KB059379

숙명 宿命

숙명

宿命

히가시노 게이고 _{지음} ─ 권남희 _{옮김}

소미미디어
Somy Media

목차

서
장

유사쿠가 초등학교에 들어가기 전해 가을, 벽돌병원의 사나에가 죽었다. 알려 준 사람은 이웃에 사는 마음씨 착한 아주머니였다.

벽돌병원은 동네 아이들이 지은 이름이다. 고지대로 향하는 완만한 언덕길 끝에 우뚝 서 있는 커다란 벽돌 건물 병원을 아이들은 그렇게 불렀다. 너도밤나무와 상수리나무가 건물을 싸고 있어서, 담장 밖에서 보면 마치 서양의 성 같았다.

경영자가 너그러운 성격이었는지 볼일 없는 사람이 병원 부지 안에 들어가도 나무라는 일이 없었다. 그래서 유사쿠도 근처에 사는 나이가 더 많은 아이들을 따라서 종종 곤충 채집을 하거나 도토리를 주우러 다니곤 했다.

사나에는 항상 그 넓은 부지 안을 산책하고 있었다. 머리에 쓴 하얀 스카프와 하얀 앞치마는 그녀의 트레이드 마크였다. 어딘가 인형을 연상시키는 뽀얀 피부의 얼굴이었다. 나이는 알 수 없었다. 유사쿠는 사나에를 누나라고 불렀지만, 실제로는 엄마와 아들만큼 차이가 났을지도 모른다.

유사쿠와 친구들이 놀고 있으면 사나에는 늘 멀찌막이 떨어져서 그 모습을 바라보고 있었다. 더운 여름에는 물통에 차가운 보리차를 갖고 와서 주기도 했다. 앞치마 주머니에는 항상 사탕과 캐러멜을 넣어 두고 유사쿠와 친구들이 먹고 싶어 하면 기꺼이 꺼내 주었다.

사나에가 왜 벽돌병원에 있는지 아이들은 아무도 몰랐다. 딱

히 신경 쓰지 않았다고 해야 할지도 모른다. 본인에게 묻는 일
도 없었다.

다만 그녀가 평범한 어른과 다르다는 것은 유사쿠와 친구들도
알고 있었다. 일단 그녀의 말투가 달랐다. 마치 어린 소녀 같았
다. 유사쿠와 친구들을 대할 때뿐만이 아니라 병원에 찾아오는
사람들을 대할 때도 그랬다. 그러면 다들 놀란 얼굴을 하고 그
녀에게서 멀어졌다.

그녀가 언제나 작은 인형을 갖고 있는 것도 조금 색다른 모습
이었다. 그 인형이 마치 자식이기라도 한 것처럼 말을 거는 모
습을 유사쿠는 몇 번이나 보았다.

"누나는 말이야, 좀 이상해."

어느 날, 가장 나이 많은 아이가 자기 머리를 가리키면서 말
했다. "그래서 이 병원에 있는 거야. 선생님한테 치료받으려고."

충격적인 이야기였다. 유사쿠는 사나에가 병에 걸렸다는 생
각은 한 번도 한 적이 없었다.

이 소문이 돌 무렵부터 아이들은 병원 뜰에서 잘 놀지 않게 되
었다. 아무래도 소문을 들은 부모들이 아이들을 그녀 가까이에
가지 못하게 한 것 같다.

하지만 유사쿠는 이따금 혼자 갔다. 그가 가면 사나에가 다가
와서 "다른 아이들은?" 하고 꼭 물었다. 볼일이 있어서 못 온다
고 대답하면, "슬퍼."라고 했다.

유사쿠는 주로 나무를 타며 놀았다. 그동안 사나에는 풀을 뽑

거나 꽃에 물을 주었다. 그리고 유사쿠가 놀다 지쳐서 쉬고 있
으면 수박을 갖다 주기도 했다.

사나에와 같이 있으면 유사쿠는 평온한 기분이 들었다. 그녀
는 이따금 노래를 불렀는데 그걸 듣는 것도 즐거웠다. 그녀의 노
래는 일본 노래가 아니라 다른 나라 말이었다. 무슨 노래인가 물
었더니 모른다고 했다.

그런 일이 그해 여름에 있었다.

그리고 그 가을에 사나에가 죽었다.

사나에가 죽었다는 얘기를 들은 날 초저녁 무렵, 유사쿠는 혼
자 벽돌병원에 갔다. 색이 들기 시작한 낙엽수 아래, 유사쿠는
사나에의 모습을 찾았다. 그러나 늘 있던 곳에 사나에는 없었다.

유사쿠는 여름에 올라갔던 나무 아래에 웅크리고 앉아서 한참
동안 울었다.

유사쿠의 아버지 고지는 경찰관이었다. 그러나 아버지가 제
복 입은 모습은 한 번도 본 적이 없다. 언제나 갈색 옷을 입고 평
범한 아버지처럼 집을 나갔다.

아버지는 어쩐지 사나에의 죽음을 조사하는 것 같았다. 가끔
젊은 남자를 데리고 돌아와서 늦게까지 얘기를 나누었다. 유사
쿠는 옆에서 그 얘기를 듣고, 사나에는 역시 병원의 환자였다는
것, 그리고 병원 창에서 떨어져 죽었다는 것을 알았다. 하지만
아버지가 무엇을 조사하는지는 알 수 없었다.

아이들 사이에서도 사나에의 죽음은 화제가 되었다. 병원 근처에 가서 저게 그 창문이라고 말하는 아이도 있었다. 유사쿠는 창을 올려다보며 그곳에서 그녀가 떨어지는 모습을 상상했다. 무언가가 가슴에 걸린 듯한 느낌이 들어서 몇 번이나 침을 삼켰다.

그러나 그녀의 죽음이 아이들 관심을 끈 것도 일주일 정도였다. 다른 자극적인 일에 마음을 빼앗긴 아이들은 아무도 사나에 이야기를 하지 않게 되었다. 그래도 유사쿠는 전처럼 혼자 병원에 가서 그녀가 떨어졌다고 하는 창을 올려다보았다.

아버지 고지는 여전히 사나에의 죽음을 조사하는 것 같았다. 연일 귀가가 늦고 때로는 집에 오지 않는 날도 있었다. 그럴 때는 옆집 아주머니가 와서 식사를 챙겨 주었다. 아마 고지가 전화를 했을 것이다.

집에 고지의 상사가 찾아온 것은 그리고 또 일주일쯤 지났을 무렵이었다. 머리가 벗어지고 뚱뚱한 남자였다. 고지보다 연하로 보였지만, 두 사람의 말투로 아버지가 이 남자의 부하 같다고 유사쿠는 어린 마음에도 알아차렸다.

이 남자는 고지에게 무언가를 설득하려고 온 것 같았다. 때로는 강한 어조로 또 때로는 달래는 듯한 어조로 길게 얘기하는 것이 문지방 너머로 유사쿠의 귀에 들어왔다. 고지는 그 상사의 말을 완강하게 거부하는 듯했다. 이윽고 뚱뚱한 남자는 몹시 언짢아하면서 뺨을 실룩거리며 현관을 나갔다. 고지도 기분이 좋지 않아 보였다.

그 후 또 며칠이 지나서 집에 다른 손님이 찾아왔다. 이번에는 차림새가 말쑥한 남자로 며칠 전의 상사처럼 거드름 피우는 법도 없고 인사도 공손하게 했다.

고지와 그 남자의 이야기는 상당히 길었다. 그동안 유사쿠는 이웃집에 맡겨졌다.

이윽고 고지가 유사쿠를 데리러 왔다. 남자가 돌아가는 참이었다. 그는 유사쿠를 발견하자, 얼굴을 빤히 바라보더니 "아빠 말씀 잘 들어라." 하고 머리를 쓰다듬었다.

약간 갈색빛이 도는 선한 눈이었다.

이 날을 경계로 고지의 생활은 원래대로 돌아왔다. 귀가가 늦는 일도 없고, 전화로 사나에 건을 이야기하는 일도 없었다.

그리고 어느 날 그는 유사쿠를 데리고 성묘를 갔다. 그것은 공원 묘지 안에서도 가장 훌륭한 묘지였다. 손을 모아 기도를 한 뒤, 유사쿠는 이게 누구 묘인지 물었다. 고지는 희미하게 미소 짓더니, "사나에 씨 묘야."라고 했다. 유사쿠는 놀라서 한 번 더 묘비를 바라본 뒤, 새삼 진지하게 손을 모았다.

결국 유사쿠는 사나에의 죽음에 관해 아무것도 알지 못했다. 약간 자세히 알게 된 것은 한참 뒤의 일이다.

초등학교 입학 직전, 유사쿠는 벽돌병원을 찾았다. 오랜만의 일이었다. 특별히 목적이 있었던 건 아니고 왠지 모르게 발길이 향했다. 그가 갔을 때 병원 주차장에 큰 승용차가 서 있었다. 옆을 지나가며 유사쿠는 목을 쭉 빼고 안을 들여다보았다. 감색 옷을 입은 운전사가 양팔을 베개 삼아 자고 있었다.

유사쿠는 차에서 떠나 숲으로 들어갔다. 수목 사이를 걷고 있으니 사나에가 생각났다. 그녀가 대나무 빗자루로 낙엽 쓸던 소리와 캐러멜의 달콤함, 그리고 그녀의 노래.

도토리가 떨어져 있었다. 유사쿠는 그걸 주워서 손가락으로 흙을 털어낸 뒤 반바지 주머니에 넣었다. 굵고 동그란 도토리였다. 성냥개비를 꽂으면 훌륭한 팽이가 된다. 만드는 법을 가르쳐 준 사람은 사나에였다.

얼굴을 들고 다시 걷다 이내 유사쿠의 걸음이 멈추었다. 바로 눈앞에 사람이 서 있었다.

유사쿠와 비슷한 또래의 남자아이였다. 빨간 스웨터에 재색 목도리를 목에 감고 있었다. 하얀 양말은 무릎 아래까지 왔다. 이런 세련된 차림을 한 아이는 유사쿠 주위에 한 사람도 없었다.

두 사람은 한동안 말없이 서로의 얼굴을 보았다. 노려보았다는 표현이 적절할지도 모른다. 적어도 유사쿠는 이 낯선 상대에게 호의를 품을 수 없었다.

그때 어디선가 소리가 났다. 여자 어른의 목소리였다. 유사쿠가 소리 나는 쪽을 보니 기모노를 입은 여자가 아까의 차 옆에서 손을 흔들고 있었다.

그러자 지금까지 유사쿠와 서로 노려보던 상대가 빠른 걸음으로 기모노 여성 쪽으로 걸어갔다. 어쩐지 엄마 같다.

유사쿠는 나무에 몸을 숨기며 그들에게 가까이 가 보았다. 엄마인 듯한 여성이 유사쿠를 발견했다.

"친구?"

소년에게 물었다. 소년은 유사쿠 쪽을 보지도 않고 고개를 저었다.

이윽고 운전사가 차에서 내려서 뒷문을 열었다. 기모노 여성, 그리고 소년의 차례로 올라타고 마무리를 하듯이 운전사가 매몰차게 문을 닫았다.

시동이 걸리는 것과 동시에 유사쿠는 나무 그늘에서 나왔다. 검은 차는 연회색 연기를 내며 천천히 달려갔다.

유사쿠는 차가 달려가는 것을 보고 있었다. 차가 문을 나가기 직전 그 소년이 뒤돌아 그를 보았다. 그 장면은 한 장의 사진처럼 유사쿠의 뇌리에 강하게 새겨졌다.

제1장

실

1

꼭 이런 날 날씨가 좋다니까, 하고 미사코는 병실 창으로 들어오는 빛을 보며 생각했다. 하얀 벽에 반사되어 실내가 한층 밝아졌다. 하지만 이 밝기는 병실 분위기를 생각하면 좀 생뚱맞았다.

미사코는 침대에 누워 있는 우류 나오아키를 보며 닭을 연상했다. 정육점 앞에 매달려 있는, 비참하게 털이 뽑힌 생닭의 모습 말이다. 몇 년 전에 그녀가 시집올 때만 해도 시아버지는 약간 살집이 있었다. 그런데 몸의 이상을 호소하여 입원한 뒤, 수술할 때마다 마치 살을 깎아 내듯이 야위어 갔다. 병명은 식도암. 본인에게는 알리지 않았지만, 꽤 오래전부터 눈치챈 것 같았다.

"여보."

침대 옆에 쭈그리고 있던 아야코가 나오아키의 주름투성이인 손을 잡고 불렀다. 그러자 그 목소리가 들렸는지 나오아키는 고개를 조금 움직였다. 그걸 보고 히로마사가 "아버지." 하고 한 걸음 앞으로 나갔다. 동생인 소노코도 따라 했다.

나오아키의 입이 희미하게 벌어졌다. 아야코가 얼른 귀를 가까이 가져갔다. "네? 뭐라고요?" 하고 물은 뒤, 그녀는 미사코 쪽을 보았다.

"아키히코를 찾네."

그래서 미사코가 아야코를 대신해서 침대 옆에 앉았다. 거의 표정을 잃은 노인의 귓가에다 말했다.

"아버님, 미사코예요. 아키히코 씨한테 뭐라고 전할까요?"

미사코는 자기 목소리가 나오아키에게 제대로 닿았을지 자신이 없었다. 설령 들렸다고 해도 미사코가 누구인지 아는지 의문이다. 그는 몇 초 뒤에 다시 입을 움직였다. 미사코는 그가 내는 낮고 힘없는 소리를 알아듣기 위해 온 신경을 집중했다.

"아키히코……."

비교적 또렷하게 그의 말이 들렸다. 평범한 말이었다. 그러나 아버지가 아들에게 남기는 마지막 말치고는 특이하다고 생각했다.

"미사코, 아버지가 뭐라 그러셔?"

아야코가 물었지만, 미사코가 대답하기 전에 "아빠!" 하고 소노코가 소리를 질렀다. 나오아키가 잠을 자듯이 눈을 감았기 때문이다. 그러자 아야코도 히로마사도 그의 몸에 가까이 다가갔다.

"여보, 눈을 떠요."

아야코가 담요 위로 남편의 몸을 흔들었다. 하지만 반응은 없다. 가는 목이 힘없이 좌우로 흔들릴 뿐이었다.

"임종하셨습니다."

의사가 맥을 짚어보고 약간 떨리는 목소리로 말했다. 한 호흡 뒤에 아야코가 울음을 터트리고, 이어서 소노코가 소리를 질렀다.

미사코도 눈시울이 뜨거워졌다. 이윽고 시야가 부예지고, 나오아키의 잿빛 얼굴이 일그러져 보였다. 그리고 몇 년 전, 그와 처음 만났을 때의 일이 선명하게 되살아났다.

　신데렐라가 됐네. 결혼이 결정됐을 때, 미사코는 모든 지인에게 그런 말을 들었다. 5년하고 10개월 전 일이다.

　미사코의 옛 성은 에지마라고 한다. 친정은 가난하다고 할 정도는 아니지만, 풍족하지도 않았다. 미사코도 특별히 눈에 띄는 외모도 아니고, 딱히 뛰어난 면이 있는 것도 아니었다.

　그런 그녀가 UR전산 주식회사에 입사하면서 우류 가와 연결이 되었다.

　UR전산은 일본에서도 손꼽히는 전기기기 제조업체다. 공장도 전국에 여섯 군데 있는데, 그중 네 군데가 현 내에 있다. 따라서 이 지역에서는 최대 규모의 기업이라고 해도 과언이 아니다.

　미사코는 이 회사에서 인사부에 배속되어 인사 업무를 담당하게 되었다. 그렇다고 인사부실에 있는 게 아니라, 각 부서에 파견된다. 제조 현장에 가는 사람도 있고 홍보과로 가는 사람도 있다.

　미사코가 받은 사령에는 '임원실 부속 근무를 명함'이라고 쓰여 있었다. 임원실 부속, 즉 이사를 돕는 것이다. 이 사령을 받은 것은 동기생 중에 미사코 한 사람이었다.

　"대단하네, 에지마 씨. 이건 굉장한 발탁이야."

　인사부 선배가 흥분하여 가르쳐 주었다. 신입이 임원실에 가는 것은 극히 드문 일이었다.

미사코가 근무하게 된 곳은 전무이사 방이었다. 근무 첫날 아침, 미사코가 인사부 계장을 따라서 인사하러 가니, 전무는 굳이 일어나서 빙그레 웃으며 말했다.

"기다리고 있었어요. 잘 부탁해요."

잘 부탁합니다, 하고 미사코도 긴장하여 머리를 숙였다.

이것이 우류 나오아키와의 첫 만남이었다.

나오아키는 약간 작은 체구였지만, 관록을 나타내기에 적당하게 지방이 있는 몸집이었다. 눈과 입이 모인 듯한 느낌인 네모난 얼굴에는 바른 가정교육과 온후한 성격이 엿보였다.

실제로 그는 그때까지 엘리트로 회사 생활을 해 온 것 같았다. 그의 아버지인 우류 가즈아키가 쇼와* 초기에 정밀부품 제조회사를 차린 뒤, 전기제품으로 사업을 확장시켜 지금의 UR전산을 만든 것이다. 그래서 이때의 직책은 전무였지만, 차기 대표이사가 보장되어 있었다.

나오아키와 둘만 있는 것은 당초 각오했던 만큼 어색하지 않았다. 같이 있어도 그가 이것저것 배려를 해 주었다. 말투는 부드럽고, 화제도 풍부했다. 다른 전무나 상무에게 간 선배들에게 들어보니 간혹 집적대는 임원도 있는 것 같지만, 나오아키는 절대 그런 일이 없었다.

미사코가 입사한 지 1년이 지났을 무렵, 나오아키에게 저녁 식

---

* 쇼와는 20세기 일본의 연호 중 하나로, 1926년 12월 25일부터 1989년 1월 7일을 쇼와 시대라고 부른다.

사 초대를 받았다. 미사코가 망설이자 그는 부드럽게 웃었다.

"걱정하지 말게. 시커먼 속셈은 없다네. 실은 지인이 오늘 프랑스 요리 음식점을 개업했거든. 그래서 축하할 겸 들여다보러 가려고. 아내하고 아들도 오기로 되어 있다네. 자네도 평소 수고가 많으니 이런 기회에 맛있는 걸 대접하고 싶어서 그래."

그는 가게의 팸플릿을 보여 주었다. 미사코는 나오아키의 가족이 온다는 말에 또 다른 의미에서 망설였다. 출생과 성장이 전연 다른 사람들 속에서 비참함을 맛보는 건 아닐까 두려웠다.

그러나 미사코는 이 초대를 받아들였다. 너무 강경하게 거절하는 것도 실례라고 생각했다.

이렇게 해서 그날 저녁, 미사코는 나오아키의 아내인 아야코와 장남 아키히코를 만났다.

아야코는 젊고 아름다운 여성이었다. 약간 올라간 눈과 뾰족한 턱이 조금 차가운 인상이었다. 30대 후반이라고 하지만, 탄력 있는 피부를 보니 20대라고 해도 통할 것 같았다. 그래도 당시 이미 초등학생인 아이가 둘이나 있었다.

아키히코는 나오아키의 전처 자식으로 이때 스물다섯 살이었다. 큰 키에 근육질 몸이었다. 얼굴은 작고 홀꺼풀진 눈매는 또렷했다. 나오아키가 미사코를 소개할 때, 아키히코는 그녀의 얼굴에서 눈을 떼지 않았다. 미사코는 민망해서 고개를 숙였다.

요리가 나오고 나이프와 포크를 움직이면서 담소가 시작되었다.

아키히코는 도와대학 의학부에 남아서 공부 중이라고 했다. 미사코는 뜻밖이라고 생각했다. 나오아키가 초대 대표이사 뒤를 이었듯이 아키히코도 당연히 UR전산에서 일할 줄 알았다.

"이 녀석은 옛날부터 부모가 하는 말을 도통 듣지 않는 놈이었지. 내 일하고 가장 인연이 먼 직업을 고른 걸 봐."

나오아키는 약간 실망스럽다는 어조로 말했다.

"물론 부모 후광에 기대는 사내보다는 나을지도 모르겠지만 말이야."

"게다가 도와의대라니 굉장하시네요."

미사코는 솔직한 감상을 말했다. 현에서는 물론 이 지방에서도 최고인 대학이었다. 그러자 아키히코가 물었다.

"당신은 어느 쪽이 좋아요?"

네? 하고 미사코는 되물었다. 그는 한 번 더 말했다.

"의사와 기업인 중에서요. 바꿔 말해서 나 같은 사람하고 아버지 같은 사람 중에서 말입니다. 어느 쪽을 고르겠어요?"

"어……."

미사코는 우물거렸다. 이것이 농담이라면 뭐라고든 대답할 수 있다. 그러나 아키히코의 어조는 진지했다. 미사코는 양손에 포크와 나이프를 든 채 아무 말도 하지 못했다.

"이상한 질문 하지 마. 에지마 양이 곤란해하잖냐."

나오아키가 웃음 섞인 목소리로 말했다. 그러자 아야코가 편을 들듯이 말했다.

"나라면 둘 다 좋겠네. 둘 다 멋지잖아요."

그 말에 나오아키도 웃고, 미사코도 미소를 지었다. 뭔지 모르게 다들 한편인 분위기여서인지 아키히코도 그만 묻기로 한 듯했다.

"그럼 조만간 다시 묻도록 하죠."

네, 하고 미사코도 웃으며 대답했다.

솔직히 이때 그가 말한 '조만간'이 정말로 오리라고는 생각지도 못했다. 지극히 형식적인 추임새인 줄 알았다. 그런데 4일 후, 아키히코는 그녀의 자리로 전화를 걸었다.

"음악 감상과 스포츠, 둘 중 어느 것을 좋아하세요?"

자기소개를 한 뒤에 느닷없이 물었다. 미사코는 당황했다.

"네? 무슨 말씀이신지……."

"이벤트 취향이요. 당신의 취향을 묻고 있는 겁니다. 기왕이면 좋아하는 곳에 가는 편이 즐거울 테니까요."

"아……."

데이트 신청이구나, 깨달았다. 동시에 심장의 고동이 격렬해졌다. 안색이 바뀐 게 느껴졌다. 나오아키 쪽을 보았다. 그는 자기 자리에서 자료를 훑고 있었다.

"아버지한테는 말했어요. 당신한테 데이트 신청할 거라고."

아키히코는 그녀의 동요를 간파한 듯이 말했다.

"그러니까 신경 쓸 필요 없어요. 내일 저녁, 비어 있죠?"

네, 하고 그녀는 잠시 망설이다 대답했다.

"그럼 취향을 말해 주세요."

"아, 뭐든 좋아요."

나오아키가 의식되어 목소리가 작아졌다. 그러자 아키히코는 잠시 생각한 뒤에 말했다.

"그럼 뮤지컬로 하죠. 그 편이 나중에 식사 때 할 얘기가 많겠네요. 6시에 회사 앞에서 기다려요. 데리러 갈게요."

"아, 네……. 알겠습니다."

수화기를 내려놓은 뒤에도 미사코는 떨리는 마음이 진정되지 않았다. 나오아키를 보았지만, 그녀의 표정을 눈치채지 못한 모습이었다.

다음 날 저녁, 아키히코와 나란히 뮤지컬을 감상하고 마주 앉아서 식사를 했다. 그는 나오아키와는 다른 스타일로 말을 잘했다. 한 가지 화제에서 마치 가지가 뻗듯이 작은 에피소드가 퍼져 나갔다. 이야기가 어떤 방향으로 발전해 나가도 그의 박식함은 화제를 소화했다. 부잣집 도련님 이미지와는 동떨어져 있었다.

자기만 얘기하는 게 아니라 미사코에게서 자연스럽게 얘기를 이끄는 점도 훌륭했다. 평소 말수가 적은 타입이지만, 아키히코 앞에서는 자기까지 말을 잘하는 사람이 된 것 같았다.

아키히코는 그녀의 어린 시절이나 가족에 관해서도 자세히 물었다. 특히 건강 상태. 다행히 몸만은 건강해요, 라고 얘기하면서 역시 의사여서 이런 데 관심이 있구나, 하고 미사코는 생각했다.

식사를 마친 뒤에는 집까지 바래다 주었다. 미사코는 사양했지만, 아키히코는 "아버지가 시켰어요. 꼭 바래다 드리라고." 하고 말했다. 요컨대 이날 밤 일은 나오아키도 알고 있다는 말이다.

돌아오는 차 안에서 그가 또 말했다.

"의사하고 기업은 서로 적입니다."

단호한 어조였다. 요전의 얘기에 이어진 거란 걸 바로 알았다.

"기업은 사람의 몸에는 관심이 없어요. 그걸 무시하면서 번창해 가는 거죠. 의사는 죽을힘을 다해 그 뒤처리를 하고 있어요. 불도저로 깔아뭉갠 잔디를 하나하나 다시 심는 마음으로요."

"알 것 같아요. 그래서 의사선생님이 되기로?"

"네."

그는 대답하고 잠시 침묵한 뒤 말을 계속했다.

"그렇지만 정말로 무서운 것은 불도저보다 농약이죠. 형태뿐만이 아니라 지질 자체를 바꿔 버려요. 아무리 힘과 재력이 있는 사람이어도 손대면 안 되는 부분이 있는 거예요."

그의 말뜻을 몰라서 미사코는 아무런 리액션도 하지 않았다. 그도 그녀가 맞장구쳐 주길 기대하는 것 같지는 않았다.

이렇게 아키히코와의 첫 데이트는 끝났다.

그 후 그는 한 달에 한 번꼴로 미사코에게 데이트를 신청했다. 영화나 연극 같은 구체적인 목적을 동반할 때도 있고, 단순히 식사만 할 때도 있었다.

이런 교제가 시작되고 1년이 지났을 무렵, 아키히코에게 청혼을 받았다. 그는 이따금 이용하는 커피숍에서 마치 테니스 치러 가자고 하는 투로 말했다. 그런데 결혼해 주지 않겠어요? 하고. 예상하지 못한 것은 아니다. 하지만 미사코는 아키히코와의 결혼을 도저히 현실로 생각할 수가 없었다. 무엇보다 처지가 너무 다르다. 아키히코는 독자적인 길을 걸어가고 있다고 하지만, 우류 가의 후계자임엔 변함이 없다. 아무리 그래도 경제 상태도 집안도 평균 이하인 자신과는 어울리지 않는다. 그래서 교제를 계속해도 언젠가 끝날 것이라 생각했다.

그만큼 그의 구혼은 미사코를 동요하게 했다. 시간을 주세요, 하고 헤어졌지만, 시간이 있다고 결론을 내릴 수 있는 문제가 아니었다.

객관적으로 생각하면 이렇게 좋은 혼담은 없다. 그러나 미사코는 망설였다. 미사코가 갈등한 가장 큰 이유는 아키히코에게 느끼는 감정이 사랑이라고 부를 만한 게 아니라는 것이었다. 물론 그를 존경하는 건 사실이다. 하지만 같이 있으면 가슴이 설레고 가만히 있어도 마음이 통하는 적은 한 번도 없었다. 결혼을 한다면 그런 마음의 소통이 가장 중요하지 않을까 생각했다.

미사코에게는 예전에 진심으로 사랑한 남성이 있다. 고등학생 때여서 아직 정신적으로 미성숙했을지도 모르지만, 그런 감정은 그 이전에도 그 이후에도 느낀 적이 없다. 그 남성과는 불행한 우연이 겹쳐서 헤어졌지만, 사람을 사랑한다는 건 그런 느낌이라고 생각했다. 박식함에 감탄하고 행동력에 놀라는 것과는 전혀 다른 문제다.

그러나 그녀는 결국 청혼을 받아들였다. 딱히 무엇이 결정타가 된 건 아니다. 한마디로는 표현할 수 없는 다양한 요인으로 인해 막연하지만 받아들이는 편이 좋겠다는 방향으로 굳어졌다. 그 요인 중에는 연애와 결혼은 별개라고 주장하는 친구의 권유와 말은 하지 않지만 미사코가 청혼을 받아들이길 바라는 부모님, 그리고 세속적인 통념도 포함되었다. 그래서 최종적인 그녀의 심경을 되도록 적확하게 표현한다면 '거절할 만한 이유가 없어서.'일 것이다.

미사코는 모두에게 말했다. 신데렐라가 될 거라고.

아키히코가 나타난 것은 나오아키가 숨을 거두고 30분 이상 지난 뒤였다. 아야코의 모습은 없고, 미사코는 시누이와 시동생과 셋이 병실에 남아 있었다.

나오아키의 몸은 평소와 마찬가지로 침대에 누워 있고 담요도 덮어 놓았다. 그저 얼굴에 하얀 천을 덮어놓은 점이 어제까지와는 달랐다.

소노코는 여전히 바닥에 무릎을 꿇고 아버지 침대에 엎드려 울었다. 히로마사는 조금 떨어진 의자에 앉아서 고개를 푹 떨어뜨리고 있다. 미사코는 문 옆에 서서 그런 두 사람을 멍하니 바라보았다.

아키히코는 조용히 문을 열고 병실로 들어오더니 침대에 누운

아버지를 보고 순간 얼어붙었다. 나오아키의 죽음은 이미 알고 있을 테지만, 실제로 보고 또 다른 충격을 받았을지도 모른다.

소리가 들렸는지 소노코가 울음을 그쳤다. 그녀는 돌아보더니 울어서 퉁퉁 부은 눈으로 오빠를 노려보았다.

"오빠, 뭐 하고 있었던 거야, 이럴 때. 아빠가 오빠를 얼마나 기다렸는데. 그런데 일이나 하고……."

"히로마사."

여동생의 항의에는 대답하지 않고 아키히코는 동생을 불렀다.

"소노코 데리고 잠깐 나가 줄래."

히로마사는 묵묵히 끄덕이고 일어섰다. 하지만 소노코는 고개를 저었다.

"싫어. 나, 여기서 꼼짝하지 않을 거야."

"그러지 말고 형 마음도 이해해 줘."

히로마사는 그녀의 팔을 잡고 일으켜 세우려고 했다.

"어째서? 아키히코 오빠는 아빠가 하는 말 하나도 듣지 않았어."

"지금 그런 말 하지 말고."

히로마사는 소노코를 억지로 끌고 나갔다.

두 사람의 모습이 사라지자, 아키히코는 눈을 감고 작게 심호흡을 했다. 그리고 천천히 침대에 다가가서 얼굴에 덮은 천을 걷었다.

"괴로워하면서 돌아가셨어?" 그가 물었다.

"아뇨. 주무시는 것처럼……. 아주 평온하게." 미사코는 말했다.

"그랬군. 다행이네."

그는 천을 원래대로 덮더니 가운 주머니에 양손을 찔러 넣고 창 쪽으로 얼굴을 돌렸다. 아까보다 해가 조금 기운 것 같다.

"당신한테 말씀이 있었어요."

미사코의 말에 아키히코는 고개만 약간 뒤로 돌렸다.

"말씀?"

"아버님의 말씀이요. 당신을 찾으시기에 내가 대신 들어드렸어요."

"뭐라 하셨어?"

미사코는 입술을 적시고, 그때 들은 말을 전했다.

"아키히코, 미안하다, 잘 부탁한다……라고."

그러자 아키히코의 표정에 명확한 변화가 나타났다. 고통스럽게 눈썹을 모으고 몇 번이나 깜박거렸다. 그리고 눈을 감더니 희미하게 끄덕였다.

"그랬구나……. 미안하다고. 아버지가 그렇게 말했구나."

"무슨 뜻인지 전혀 모르겠지만."

"별 뜻 아닐 거야. 마지막 순간에 잠깐 그런 마음이 들었겠지. 신경 쓸 일 아냐."

아키히코가 여전히 창밖을 내다보며 말했다. 하지만 그 어조는 평소의 그답지 않게 어색했다.

"그 말씀 하시고 바로 숨을 거두셨어요."

미사코의 말에 그랬군, 하고 그는 짧게 대답했다. 그녀에게 등을 돌린 채였다. 그 뒷모습은 자신을 거부하는 것 같다고 미사코는 생각했다.

"어머니 좀 도와드리고 올게요."

그렇게 말하고 미사코는 병실을 뒤로했다.

미사코가 아키히코와 이혼을 생각한 것은 그리 최근 일이 아니었다. 뭔가 해결책이 있지 않을까 고민하고 시행착오를 겪다 보니 지금에 이르렀다. 그리고 지금도 마음을 확실히 정한 건 아니었다.

결혼이 정해지자, 나오아키는 우류 가 부지에 아키히코와 미사코를 위해 별채를 지었다. 40평 남짓한 2층짜리 목조 건물로 두 사람 살기에는 충분한 신혼집이었다. 결혼 후 놀러 온 친구들은 이런 집은 평생 일해도 사지 못할 거라고 탄식하며 미사코를 부러워했다. 그런 얘기를 들으면 미사코는 역시 자신이 복이 많다고 생각했다. 일단은 무난한 신혼생활이 이어졌다.

미사코의 마음속에 불안이 싹튼 것은 결혼한 지 일 년 가까이 지났을 무렵이었다.

불안의 원인은 미사코의 마음이었다. 그때까지도 아키히코에게 애정이 느껴지지 않았다. 결혼 전과 마찬가지였다. 존경하고 신뢰했다. 어느 정도 호감도 있었다. 그러나 거기까지다.

생리적인 문제라고는 생각할 수 없었다. 성생활은 평범했고, 미사코도 나름대로 기쁨을 느꼈다. 다만 그 상대가 아키히코여야 하느냐고 묻는다면 그렇지도 않은 것 같았다.

어째서 그를 사랑하지 못하는가.

객관적으로 생각해도 아키히코에게 결점은 없다. 결혼한 뒤에도 교제할 때와 다름없이 세심하게 챙겨 주었고, 그녀가 원하면 대부분 들어주었다. 부부라고 예의를 무시하거나 사생활을 침해하는 일도 없었다. 결혼하면 무신경하고 무례해지는 남성이 많은 것을 생각하면 이상적인 남편이었다.

그러나 미사코는 사람을 사랑하기 위한 조건은 그런 게 아니라고 생각했다. 적어도 자신은 아니다. 필요한 것은 상대를 얼마나 이해하는가, 라고 생각한다.

아키히코를 이해할 수 있는가.

이해할 수 없다. 일 년이나 함께 살아왔지만, 그에 관해 무엇 하나 알지 못한다. 그가 고민하는 것, 원하는 것, 꿈꾸는 것, 하나도 모른다. 아는 것은 좋아하는 음식과 싫어하는 음식, 그리고 그날 스케줄 일부뿐.

노력은 했다고 생각한다. 하지만 도저히 아키히코의 마음에 가닿을 수 없었다. 이유는 단순했다. 그가 마음을 열지 않아서다.

"뭐라고?"

그녀의 말에 아키히코는 눈썹을 모았다. 아침 식사를 마친 그가 신문을 읽고 있을 때였다.

"그러니까 부탁하잖아요. 속을 좀 털어놓으라고."

앞치마 끝을 잡고 미사코는 말했다.

"털어놓다니, 뭘?"

"뭐든요. 당신이 가슴속에 숨기고 있는 것 전부."

"이상한 소리 하지 마."

아키히코는 신문을 접어서 테이블에 내려놓았다.

"내가 뭘 감춘다는 거야."

"모르겠어요. 그렇지만 당신이 뭔가를 감추는 것만은 알겠어요. 당신이 나한테 하는 얘기는 아무렇거나 상관없는 일뿐. 중요한 얘기는 감추고 있어요."

"뭐든 다 얘기한다고 생각하는데."

"거짓말. 속이지 말아요."

호소하다 보니 눈물이 흘렀다. 이런 대화를 주고받아야 한다는 사실이 너무 슬펐다.

"숨기는 것 없어. 속이지도 않았고."

아키히코는 언짢은 얼굴로 일어서더니 자기 방에 들어가 버렸다.

이때의 대화로 미사코는 처음으로 아키히코의 마음에 가닿은 기분이 들었다. 그가 이런 식으로 동요하는 일은 한 번도 없었다. 동시에 확신했다. 역시 그는 뭔가를 숨기고 있다.

미사코가 안채에서 보내는 시간이 많아진 것은 이때부터였다. 아키히코의 가족과 보내는 시간을 늘리면 그에게 느끼는 깊은 골을 조금이라도 메울 수 있을지도 모른다고 생각했다. 아키히코는 안채와 완전히 독립한 생활을 바랐지만, 그곳에 드나들어서 미사코의 스트레스가 해소된다면 어쩔 수 없다고 생각한 것 같다.

우류 가 사람들과의 생활은 생각만큼 답답하거나 숨 막히지 않았다. 젊은 시어머니인 아야코와는 의외로 마음이 잘 맞았고, 어린 시누이 소노코와 시동생 히로마사도 미사코를 잘 따랐다.

하지만 그들과 친해져도 아키히코를 이해할 수는 없었다. 그것도 당연한 것이, 아야코네가 아키히코를 알 리 없다.

"아키히코의 마음? 난 이거야."

아야코는 두 손을 들었다.

"포기했다는 말. 내가 후처로 이 집에 온 이후, 내게 마음을 열어 준 적이 한 번도 없어. 히로마사나 소노코한테도 마찬가지야. 오빠나 형으로서 의무는 다하지만, 애정이 아니라고 생각해."

"그런 상태로 몇 년이나?"

"몇 년이나. 아마 앞으로도 줄곧 아키히코가 마음을 여는 사람은 아버지뿐일 거야. 너라면 두 번째가 될지도 모르겠지만, 역시 무리일 것 같네."

"어째서요?"

"글쎄……."

아야코는 어깨를 으쓱이더니 힘없이 머리를 저었다.

"난 모르겠어. 나도 처음에는 엄마로 인정받으려고 노력했거든. 그렇지만 소용없었어. 어머니라고 부르긴 하지만, 그냥 형식에 지나지 않아. 친자식처럼 붙임성 있게 굴진 않았어."

미사코는 끄덕였다. 그대로다. 자신들의 관계도 부부라는 형태를 갖추고 있는 데 지나지 않는다. 매일 좋은 부부 연기를 하는 것 같다.

그 후에도 오랜 시간에 걸쳐 미사코는 아키히코를 이해하려고 했다. 또 사랑하려고 노력도 했다. 하지만 그런 식으로 애를 태우면 태울수록 두 사람 사이의 골은 깊어져 갔다.

요즘 미사코는 새삼스럽게 궁금한 게 있다. 아키히코는 어째서 자기를 아내로 선택했을까, 하는 것이다. 그러면 어떤 여성이든 아내로 맞을 수 있었을 터다. 아무런 장점도 없는 평범한 자신을 고를 이유가 어디에도 없다.

어쩌면, 하고 미사코는 생각한다. 말하자면, 보이지 않는 실이 아닐까. 그 실이 아직 존재하고 있어서 지금도 내 인생을 조종하는 게 아닐까…….

2

'실'의 존재를 느끼게 된 것은 벌써 10년도 전의 일이었다.

당시 아버지 소스케가 다니던 곳은 전력회사 하청 회사로 아버지는 오랜 세월 이 지역에서 전기공사 일을 했다. 수입은 많은 편이 아니었다. 하지만 엄마 나미에가 성격은 조용하지만 금전 면에서는 야무져서 그럭저럭 빚은 지지 않고 살았다. 외동딸인 미사코도 딱히 불만은 없었다.

에지마 가에 변화가 찾아온 것은 미사코가 고등학교 2학년 때였다. 소스케가 공사 중에 사고를 당했다. 빌딩 외벽 작업을 하던 중, 발이 미끄러져서 떨어진 것이다. 높이는 7, 8미터였지만, 다리가 부러지고 머리를 세게 박아서 뇌진탕을 일으켰다.

소스케가 실려 간 곳은 가까운 종합병원이었다. 다리 치료를 한 뒤, 그곳 뇌외과에서 머리 치료를 받았다.

대단한 건 아냐, 라고 소스케는 말했다. 그래서 미사코나 나미에도 그다지 걱정하지 않았다. 하지만 다리 골절이 나을 무렵 사정은 바뀌었다. 갑자기 소스케는 다른 병원으로 옮기게 되었다.

"머리 검사를 해야 하는 것 같아."

걱정하는 미사코에게 소스케와 나미에는 이렇게 설명했다. 두 사람의 표정에 심각해 보이는 기색은 없었지만, 그래도 미사코의 불안은 가시지 않았다.

"검사라면 이 병원에서도 할 수 있잖아?"

"그렇긴 한데, 병원마다 더 잘 보는 진료 과목이 있거든."

"괜찮아. 미사코가 걱정할 일은 없을 거야."

두 사람은 밝게 말했다. 어딘지 모르게 부자연스러웠지만, 용태가 나빠진 것을 딸한테 감추는 것 같지도 않았다.

소스케가 옮긴 병원은 우에하라 뇌신경외과라는 곳이었다.

당시에는 아직 벽돌로 만든 건물이 남아 있어서 격조와 역사가 느껴지는 병원이었다.

이 병원에서 조촐한 재회가 있었다. 소스케와 원장인 우에하라 마사나리가 아는 사이였다. 자세한 것은 미사코도 모르지만, 소스케가 젊은 시절에 알고 지냈던 것 같다. 우에하라 원장은 소스케보다 훨씬 연상으로 보였지만, 태도도 정중하고 거만함 같은 것도 없었다.

소스케는 이 병원에 두 달쯤 입원했다. 왜 아버지가 그렇게 오래 입원해야 했는지 지금도 미사코는 이해할 수 없다. 어떤 검사를 하고 아버지의 몸이 어떻게 다뤄졌는지도 잘 모른다. 거의 매일 문병하러 갔지만, 아버지 몸에서 변화는 발견하지 못했다.

게다가 의문인 것은 이렇게 장기 입원을 하고 있으면서 소스케나 나미에가 입원비를 전혀 신경 쓰지 않는다는 점이었다.

"별다른 치료를 하지 않아서 싸." 하고 나미에는 말했지만, 병실을, 그것도 1인실을 두 달이나 쓰면 상당한 금액이 나온다는 건 고등학생인 미사코도 알고 있었다. 아무리 예전의 지인이라고 해도 우에하라 원장이 그렇게까지 편의를 봐주리라고는 생각할 수 없었다.

어쨌든 이런 두 달을 보낸 뒤, 소스케는 퇴원했다. 다시 예전 생활로 돌아갔지만, 딱 한 가지 변화가 있었다. 그것은 소스케의 직장이었다. 그의 연령과 체력을 고려하여 우에하라 원장이 새 일자리를 알아봐 준 것이다.

UR전산이라는 회사가 새로운 근무지였다. 그곳 시설부에서 전기공사 경험자를 찾았다고 한다. 이 이야기를 들었을 때, 미사코는 약간 믿을 수 없었다.

이 지방에서 가장 큰 기업이다. 이 지방의 일류 코스라고 하면 UR전산에 입사하는 것이었다. 그런 회사에 40대인 소스케가 재취업했다. 미사코가 아니어도 의심스러워 할 얘기였다.

그러나 소스케는 별다른 의심도 없는 모습으로 새 직장에 출근했다. 일은 생각보다 즐거운 듯하고 야근도 그리 많지 않았다. 혹시 고된 노동에 시달리는 게 아닐까 하던 미사코의 걱정은 완전히 기우였다.

뭔가 좀 이상하지 않은가, 하고 생각한 것은 이때였다. 일이 너무 잘 풀린다고 생각했다. 어딘가에 함정이 설치되어 있을 것 같은 불길한 예감이 들었지만, 그 후에도 딱히 달라진 것은 없었다.

믿기 어려운 행운 덕분에 에지마 가의 평온한 생활은 계속되었다. 1년 뒤에 미사코는 그 지역 대학교의 영문과에 입학했다.

대학 생활은 별달리 인상에 남는 일 없이 평범하게 지나갔다. 소스케는 성실하게 출근했다. 그 무렵에는 예전의 행운도 미사코의 기억에서 지워져 갔다. 그 기억을 떠올린 것은 4학년 때였다.

미사코의 꿈은 영어 선생님이 되는 것이었다. 하지만 그녀가 졸업할 무렵에 그쪽 분야 취업이 까다롭게 바뀌었다. 지역에서 고등학교 교사가 남아도는 탓에 비상근 강사로라도 뽑히면 다행이었다. 그렇다고 해서 일반 기업에 들어가기도 어려웠다. 당시 4년제 대학을 졸업한 여학생의 취업 상황은 지금처럼 여유롭지 못했다.

막막해하고 있을 때, 아버지 소스케가 UR전산에 원서를 넣어보지 않겠느냐고 했다. 미사코는 농담인 줄 알았다.

"말도 안 되는 소리 하지 마세요. 넣어 봤자 헛수고예요."

"헛수고가 어디 있어. 밑져 봐야 본전이지. 시험이나 쳐 봐."

"떨어질 게 뻔해요."

하지만 소스케가 강력히 추천하여 다른 회사에 시험 치는 길에 UR전산에도 가 보기로 했다. 백화점에 가서 회색 투피스를 사 입고 총 네 군데 회사에 응시했다.

그리고 세 곳에서 불합격 통지가 왔다. 유일하게 채용이 된 곳은 UR전산이었다.

꿈을 꾸는 기분이었다. 소스케와 나미에는 순수하게 기뻐해 주었지만, 뭔지 모르게 무서웠던 것이 솔직한 심정이었다. 또 생각했다. 분명히 무언가가 있다고.

소스케가 사고를 당했을 때부터다. 그때부터 에지마 가에는 행운이 계속되고 있다. 하지만 미사코는 그게 단순히 운이 좋았다 생각하고 넘어갈 일이 아니란 것을 느꼈다. 뭔가 다른 큰 힘이 자신들을 지켜보며 레일에서 굴러떨어지지 않도록 조작하고 있다는 느낌을 떨칠 수 없었다.

합격통지서를 받은 날 밤, 미사코는 그 생각을 부모님에게 털어놓았다. 당연하지만, 두 사람은 부정했다.

"그럴 수도 있는 거지."

딸의 얘기를 들은 뒤, 소스케는 온화하게 말했다.

"좋은 일이 계속되면 신의 존재를 믿게 돼. 아빠도 그렇거든."

"그렇지 않아요. 신이 어쩌고 하는 그런 막연한 게 아니라 더 뚜렷한 힘을 느낀다고요."

미사코는 주장했지만, 나미에는 "생각을 너무 많이 하네."라고 했다.

"엄마는 운으로 붙었다고 생각하지 않아. UR전산에 붙은 건 네가 실력이 있어서야. 선생님도 될 뻔한 실력이잖아."

미사코는 고개를 저었다. 자신의 실력을 알기 때문에 보이지 않는 힘을 느낀 것이다.

이듬해 4월부터 미사코는 출근을 시작했다. 발령받은 곳은 인사부였다. 숫자에 약해서 회계 쪽은 잘하지 못할 것 같고, 그렇다고 사교성이 필요한 영업도 자신 없고, 그나마 인사부가 적소일 것 같았다. 하지만 인사 사무 담당 일은 아무리 생각해도 자신의 그릇에 맞지 않았다.

그리고 그 후, 우류 나오아키와의 만남이 있었다.

그 만남도 역시 '실'에 조종당한 결과이지 않을까. 아키히코와의 결혼 생활에 의문을 가질 때마다 미사코의 생각은 거기까지 거슬러 올라갔다.

3

미사코는 창문을 열고 한껏 심호흡을 했다. 서늘한 바람이 정원 나무 사이를 지나, 방으로 흘러 들어왔다. 펼쳐 둔 책 페이지가 두세 장 넘어갔다.

"훌륭하네. 참으로 훌륭해."

등 뒤에서 소리가 나서 돌아보니 고서점 주인인 가타히라가 키보다 훨씬 높은 서가를 올려다보고 있었다.

"전부 귀한 것들뿐이어서 어째야 할지 모르겠네요."

"그럼 다 가져가실래요?"

아키히코가 무심하게 말했다.

"그 편이 우린 좋습니다. 적당한 가격을 말씀해 주세요. 되도록 원하시는 대로 드리겠습니다."

"그럴까요."

가타히라는 한 번 더 서가를 올려다보며 잠시 생각하더니 말했다.

"권수가 이렇게 많으니 며칠 생각 좀 해 봐도 되겠습니까. 2, 3일 안에 연락드리겠습니다."

"그럼요. 저한테 연락 주세요. 제가 없으면 아내한테 전해 두세요."

아키히코는 미사코 쪽을 잠깐 돌아보면서 말했다. 그제야 고서점 주인도 그녀를 향해 가볍게 인사했다.

나오아키가 죽은 지 40일 남짓 지났다. 아키히코는 사십구재 전에 나오아키가 소장했던 대량의 장서와 미술품을 처분하기로 했다. 가타히라를 데리고 온 것은 아까부터 연신 서가를 둘러보고 있는 비토 다카히사였다. 나오아키의 비서였던 남자로 약간 선이 가는 얼굴이었다. 그래서인지 30대 후반일 텐데 보기에 따라서는 아키히코보다 어린 느낌이다.

나오아키의 소지품을 아키히코가 자기 뜻대로 처분하는 데는 이유가 있었다. 장례식이 끝나고 공개된 유언장에 따르면 나오아키는 재산 대부분을 장남 아키히코에게 넘겼다.

미사코는 변호사가 그 유언장을 다 읽었을 때의 광경이 지금도 선명하게 생각났다. 히로마사나 소노코의 놀라고 실망한 얼굴, 아야코의 망연한 눈, 그 속에서 아키히코만은 자신과 무관한 일처럼 표정이 바뀌지 않았다.

"그런데 아까부터 신경 쓰였는데요, 저 금고는?"

가타히라는 방구석으로 시선을 보내며 말했다.

"금고? 아, 저거요."

그것은 검은색 구식 금고였다. 높이는 허리까지 오고 정면에 어마어마한 다이얼이 붙어 있다. 이 방에서는 확실히 이질적인 존재였다.

"아버지가 애용했던 골동품입니다. 돈 가치는 없어요."

"안에는 무엇이?"

"잡동사니입니다. 보셔도 시시할 겁니다."

"그럴지도 모르겠지만, 흥미는 있습니다."

가타히라는 탐이 나는 모습이었다. 하지만 아키히코는 그의 말이 들리지 않는 것처럼 안락의자에서 일어나더니 "바쁘신데 와 주어서 고맙습니다. 그럼 부탁합니다." 하고 오른손을 내밀었다. 가타히라도 포기했는지, "아닙니다, 저야말로." 하고 악수에 응했다.

고서점 주인을 현관까지 배웅한 뒤, 1층 거실에서 한숨을 돌렸다. 가사 도우미 스미에가 홍차를 끓여 와서 미사코가 그걸 테이블까지 갖다 주었다. 우치다 스미에는 벌써 20년 이상 이 집에서 일하고 있는 베테랑이다. 평소에는 그녀 혼자지만, 바쁠 때면 미즈모토 가즈미라는 젊은 여성이 도우러 온다.

"다음은 미술품이네. 사람이 언제 오려나."

아키히코는 홍차에 우유를 넣고 난 뒤, 비토에게 물었다.

"다음 주에 오기로 했습니다. 우류 대표이사님이 오랫동안 거래했던 가게여서 꽤 값을 잘 쳐줄 것이라 생각합니다."

"돈 같은 건 상관없어요. 정리만 해 주면."

차가운 말투다. 비토는 멋쩍은 듯이 찻잔을 젓다가 문득 생각난 듯이 물었다.

"아까 금고도 미술상 쪽에서 처분하게 할까요?"

아키히코가 한쪽 뺨을 일그러뜨리며 웃었다.

"돈 가치가 없다고 했잖아요. 그건 팔지 않아요. 내가 맡지, 뭐."

"우리 집에요?" 미사코는 놀라서 물었다.

"별로 걸리적거리지 않을 거야. 내 방에 두면 돼."

그렇게 말하고 아키히코는 밀크티를 마셨다.

잠시 후 아야코가 나타났다. 끝났어? 하고 미사코에게 물어서, 네, 하고 대답했다.

"그럼 비토 씨, 잠깐 괜찮을까?"

조심스러운 말투인 것은 아키히코를 신경 써서일 터다. 하지만 아키히코는 모른 척했다.

"예, 괜찮습니다." 하고 비토가 일어섰다.

"사십구재 준비로 비토 씨하고 상의할 게 많아서."

아야코가 변명하듯이 말했다. 그래도 아키히코는 말이 없어서 "죄송해요, 다 맡기기만 해서." 하고 미사코가 사과했다.

"괜찮아, 내 일이니까." 아야코가 빙그레 웃었다.

두 사람이 거실을 나간 뒤, 아키히코가 말했다.

"당신이 마음 쓸 것 없어. 켕기는 게 없으면 변명할 것도 없지. 저렇게 살살 웃을 필요도 없고. 사십구재 준비한다고 온갖 생색 다 내도 될걸."

"그럴지도 모르지만……."

미사코는 우물거렸다.

"어이쿠, 타이밍 최악이네."

아키히코가 테라스 너머 문 쪽을 보고 말했다. 미사코도 따라서 시선을 보냈다. 아야코와 비토가 나가자마자 감색 교복을 입은 소노코가 돌아온 것이다. 정말 타이밍 최악이네, 하고 미사코도 생각했다.

소노코는 문기둥 옆에 서서 아버지의 전직 비서와 엄마가 지나가기를 기다리듯이 고개를 숙이고 있었다. 하지만 두 사람은 그냥 지나가지 않고 소노코 앞에서 멈추었다. 아야코가 뭔가 말을 거는 것 같다. 소노코는 입을 움직였다. 여전히 고개는 숙인 채로다.

아야코와 비토가 차에 올라타자, 소노코는 이쪽을 향해 달려왔다.

"어, 누가 돌아오셨지?"

주방 쪽에서 스미에가 나오며 말했다. 거칠게 현관문을 여닫는 소리가 들린 것이다.

"공주님이죠. 지금은 가까이 가지 않는 편이 몸에 이로울 겁니다."

아키히코가 웃으면서 신문을 들었다.

미사코는 쇼핑할 게 있어서 아키히코를 남겨 두고 거실을 나오다가, 불단 앞을 지나며 교복 차림으로 손을 모으고 있는 소노코를 보았다. 학교 갔다 돌아오면 자기 방보다 불단으로 먼저 가, 하는 말을 아야코에게 들은 적이 있다. 미사코는 소노코에게 방해가 되지 않도록 발소리를 죽이고 현관으로 향했다.

늦둥이여서일까. 나오아키는 소노코를 무척 귀여워했다. 야단치는 것을 본 적이 없고, 소노코가 원하는 것은 거의 들어주었다. 미사코가 보기에도 그것은 아버지가 딸에게라기보다 할

아버지가 손녀에게 베푸는 사랑에 가까웠다. 더 노골적으로 말하자면, 노인이 새끼 고양이를 귀여워하는 것 같았다.

그렇게 사랑받고 자란 만큼 나오아키의 죽음은 소노코에게 큰 충격이었던 것 같다. 장례식 기간 내내 소노코는 한 마디도 하지 않았다. 화장터에서 뼈를 주울 때는 어지럼증을 일으키고 쓰러졌다.

그런 그녀를 더욱 상처 입힌 것은 유언장이었다. 미사코는 변호사가 내용을 읽어 나가는 동안 창백해진 소노코의 얼굴을 잊을 수 없었다.

"그거요, 돈은 아무래도 좋다고요."

장례식이 끝나고 얼마 후, 소노코가 털어놓은 적이 있다. 여자 형제가 없어서 그녀는 종종 미사코에게 이런저런 얘기를 한다.

"내가 엄청난 재산을 받아 봐야 감당도 못할 테고, 아키히코 오빠가 우리를 버리지도 않을 거니까요."

"그건 그렇죠." 미사코가 말했다.

"하지만요, 그 유언은 너무 분해요."

소노코가 놓치지 않은 것은 나오아키가 유언장에서 그녀를 전혀 언급하지 않은 점이었다. 그녀뿐만이 아니다. 둘째 오빠인 히로마사도 마찬가지였다.

"너무하다고 생각해요. 뭘 바란 건 아니에요. 기왕 유언장을 쓸 거라면 딸의 장래를 걱정하는 말 한두 마디 넣어 주면 좋잖아요."

47

"그건 그렇지만."

미사코는 잠시 생각한 뒤 말을 이었다.

"아버님은 유언장을 단순한 절차라고 생각하셨지 않을까요. 글로 남기지 않아도 아가씨를 가장 걱정하셨을 거예요."

그러나 미사코가 말하는 도중에 소노코는 고개를 가로저었다.

"그렇지 않아요. 아빠는요, 일부러 우리를 무시한 거예요. 그것도 마지막까지. 봐요, 아빠가 마지막에 찾은 건 아키히코 오빠였잖아요."

듣고 보니 미사코도 할 말이 없었지만 소노코를 계속 달랬다.

"그렇지만 아가씨를 무시할 이유가 없잖아요."

"그럴까요. 난 있다고 생각해요. 아빠는 엄마의 배신을 눈치챈 거예요."

소노코는 쌓여 있던 것을 토해 내듯이 강한 어조로 말했다.

"언니도 알았잖아요. 아빠가 몰랐을 리 없어요."

"아가씨……."

미사코는 시누이의 어조에 압도되었다.

미사코가 아야코와 비토의 관계를 눈치챈 것은 비교적 이른 단계였다. 나오아키가 쓰러진 무렵부터 어렴풋이 느꼈다. 그러니 나오아키가 그 사실을 눈치채지 못했다고 하긴 어렵다.

"난요, 유언장 쓸 때 아빠 마음을 이해할 것 같아요."

소노코는 백팔십도 달라진 얼굴로 담담하게 말했다.

"남편의 죽음을 눈앞에 두고 다른 남자와 불륜에 빠진 아내한테 법대로 유산을 물려줄 수 없다. 내 자식은 역시 아키히코뿐이다. 아빠는 이렇게 생각한 거예요. 그래서 우리는……."

우리는 무시당했다고 소노코는 말했다. 그를 배신한 여자의 자식이다. 그 여자의 피가 흐르는 자식들은 나오아키에게 증오의 대상에 지나지 않았다.

말하다 보니 더 비참한 기분이 들었던지, 소노코는 얼굴을 묻고 울었다.

"그건 너무 나갔네요." 미사코가 달랬지만 효과는 없었다.

이윽고 소노코는 눈이 퉁퉁 부은 채 얼굴을 들었다.

"언니, 나 의심한 적 있어요."

"뭘요?" 불길한 예감이 들었다.

"아빠를 정말 살릴 수 없었던 걸까 하고요."

"아가씨, 그런 말 하면……."

미사코는 당황했지만, 전혀 생뚱맞은 말은 아니었다.

"이상하잖아요. 몸이 좋지 않다는 말을 듣자마자 입원하고, 수술하고……. 아빠 몸은 순식간에 나빠졌어요. 처음에 정밀 검사 받았을 때, 암세포가 상당히 퍼져 있다고는 했지만, 정말로 그랬을까요."

"식도암은 발견이 늦는 수가 많다고 오빠가 그랬어요. 진행도 굉장히 빠르다고."

"그렇지만 살아난 경우도 많아요."

소노코는 도전하는 듯한 눈으로 보았다. 미소녀가 이런 표정을 지으니 박력이 있다.

"난 그렇게 생각해요. 엄마랑 그 사람 사이를 눈치챈 아빠는 정신적으로 너무나 큰 고통을 받았을 거예요. 그런 스트레스가 몸에 좋을 리 없잖아요. 특히 소화기계 병은 스트레스 영향이 크다고 책에 나와 있었어요. 그러니까 아빠를 죽인 건 그 두 사람이라고요."

"그렇게 생각하면 안 돼요."

미사코는 나무랐지만 소노코는 귀에 들리지 않는 것 같았다.

"만약 그렇다면 나 진짜 그 두 사람 용서하지 않을 거예요."

소노코가 고양이 닮은 눈을 크게 뜨는 걸 보고, 미사코는 등에 한기를 느꼈다.

4

나오아키의 사십구재 날에는 아침부터 음울하게 가랑비가 추적추적 내렸다.

신센지 절에서 의식을 마친 뒤, 우류 가 1층 객실에 식사를 준비했다. 나오아키가 쓰러진 뒤 새로 대표이사가 된 스가이 마사키요를 비롯한 UR전산 임원들이 손님이어서 제사라기보다 임원회 같은 분위기였다.

미사코는 아야코와 함께 손님맞이에 바빴다. 소노코 남매와 아키히코는 구석 자리에 앉아서 묵묵히 젓가락을 움직였다.

"그 기사 좋더군요. 이미지가 더 좋아지시겠어요."

넙데데한 얼굴의 상무가 스가이 마사키요에게 술을 따르면서 큰 소리로 하는 얘기가 귀에 들어왔다. 이 상무는 마사키요의 매제다. 옆에 붙어 다니는 딸랑이라고 미사코는 아키히코에게 들은 적이 있다.

"아주 젊디젊은 대표이사라는 이미지에, 무엇보다 인정 넘치는 분이란 인상을 받을 겁니다."

"별로 그런 계산을 한 건 아니지만."

감정 없는 목소리로 말하고는 재미도 뭐도 없다는 얼굴로 마사키요는 잔을 기울였다. 꽤 마셨을 텐데, 전혀 흐트러짐이 없다. 예전에 검도를 해서 나이에 비해 군살이 적은 몸이다. 육체노동자처럼 햇볕에 그을린 얼굴에 부릅뜬 눈은 위압감이 있었다.

"그 신문하고 괜히 인터뷰했다고 후회하고 있어. 그렇게 천박하게 기사를 쓸 줄 몰랐네. 그 얘기는 이제 그만해."

마사키요가 차갑게 말하자, 딸랑이 상무는 고개를 움츠렸다.

3일 전쯤 경제 신문에 실린 기사 얘기였다. 대기업 대표의 사생활을 취재하는 코너인데, 거기에서 마사키요를 다루었다. 기사 내용은 그의 젊음과 건강함을 강조한 것으로 거기에 맞추듯이 두 장의 사진이 실렸다. 한 장은 현장에서 지휘하는 모습, 그리고 한 장은 트레이닝 차림으로 성묘하는 사진이었다. 완전히 분위기가 다른 이 두 사진을 설명하며 '점심 식사 후 조깅을 빼

놓지 않는다. 특히 매주 수요일 낮에는 아버지 묘지에 성묘를 간다'라고 쓰여 있었다. 스가이 가의 묘도 오늘 사십구재를 한 신센지 절 뒤에 있다.

남자들은 회사에서의 지위에 따라 스가이 마사키요를 중심으로 모였다. 아내들도 둥그렇게 모였다. 여기서도 마사키요의 아내 유키에가 주도권을 잡았다. 원래 아내들 중에서 가장 나이가 많고, 남편이 대표 자리에 올라갔으니 무리도 아니다. 아야코는 후처여서인지 이런 자리에서는 두드러지지 않으려고 하는 것 같다.

그녀들은 저마다 자식 자랑으로 끝없이 이야기꽃을 피웠다. 결혼 적령기인 딸 이야기, 후계자 이야기. 특히 유키에의 외아들인 도시카즈의 장래에 이야기가 집중되었다. 도시카즈는 올해 UR물산에 갓 입사했다. 물론 신입사원 교육도 현장 실습도 받지 않고 임원 후보의 길을 걷고 있다. 이렇게 되자 친척 여자들 관심은 도시카즈가 어느 집안 누구를 아내로 맞이할 것인가에 모였다. 자신과 관계있는 여성이라면 좋겠다고 생각하는 것이다.

"이른 건 아냐. 지금부터 후보를 찾아 둬야지. 막상 찾으려고 하면 좀처럼 보이지 않거든."

"맞아요. 게다가 어디 사는 개뼈다귀인지도 모르는 여자면 유키에 씨도 난감할 테죠."

친척 여자들은 저마다 한마디씩 했다. 유키에는 자신감과 여유로 가득 찬 미소를 지으면서 모두의 이야기를 잠자코 듣고 있었다. 화제의 인물 도시카즈는 마사키요 옆에 가만히 앉아서 우류 가 사람들에게 인사조차 하지 않았다. 겁쟁이고 신경질적인 데다 교만한 것은 아버지와 꼭 닮았다.

미사코는 이런 상황을 보며 아키히코가 말한 대로구나 생각했다. 나오아키가 쓰러지고 마사키요가 대표이사에 취임했을 때의 얘기다.

"이것으로 우류 가 천하도 끝이네." 하고 아키히코는 말했다.

UR전산의 토대를 쌓은 것은 아키히코의 조부인 우류 가즈아키다. 하지만 그가 떠난 뒤에는 부하이자 처남인 스가이 다다키요, 즉 마사키요의 아버지가 회사를 물려받았다. 그 후에는 우류 가와 스가이 가가 거의 번갈아가며 실권을 잡는 모양새였다. 그러나 최근에 그 힘의 균형이 무너졌다. 가장 큰 원인은 스가이 가에 비해 나오아키에게는 혈육이 적다는 것이었다. 장남인 아키히코만 해도 전혀 다른 길을 선택했다. 후계자가 없는 대표에게 붙어 봐야 이득 볼 일이 없다. 나오아키는 회사 내에서도 점점 고립되었다. 그래도 그의 인망으로 몇 명의 충신이 있긴 했지만, 그들도 나오아키가 쓰러짐과 동시에 스가이 가에 흡수되었다. 마사키요의 기본 방침은 우류 가를 배척하는 것이 아니라 자기 편으로 만드는 것인 듯했다.

하지만 아직 한 사람 흡수되지 않은 남자가 있었다. 마쓰무라 겐지다. 친척 관계는 아니지만, 젊을 때부터 나오아키의 한쪽 팔로 공헌해 온 남자로 현재는 상무 자리에 있다. 마사키요도 마쓰무라 때문에 골머리를 앓고 있다는 소문이었다.

그 마쓰무라가 아키히코 맞은편에 앉아서 무언가 얘기를 하고 있었다. 미사코도 한숨 돌리기 위해 아키히코 옆자리로 돌아왔다.

"사모님, 고생이 많으십니다."

그녀의 수고를 위로하며 마쓰무라는 맥주병을 들었다. 조금만, 하고 미사코가 잔을 들었지만, 그는 "뭐 어떻습니까." 하면서 가득 따랐다. 얼굴도 몸도 동글동글하지만 눈만은 실처럼 가는 남자다. 그 눈초리에 몇 가닥 주름이 잡히며 사람 좋게 웃었다.

"무슨 얘기들 나누고 계셨어요?" 미사코가 물어보았다.

"시시한 푸념 같은 거지. 둘 다 앞으로 헤쳐 나가기 어렵겠다는 얘기."

아키히코가 대답했다.

"그래도 아키히코 씨는 현명했습니다."

마쓰무라는 조금 소리를 낮추고, 여전히 떠들고 있는 마사키요 무리를 흘끗 보았다.

"UR전산은 분명히 말해서 쓸데없이 몸집만 커진 상태입니다. 이런 회사에 들어와 봤자 보람 같은 건 없어요. 능력 있으시니 자기 힘으로 운명을 개척하시는 게 좋을 겁니다."

"이따금 지루한 주주총회에나 나가면서…… 말이죠."

"그건 어쩔 수 없습니다. 우류 가 장남으로 태어난 게 운이 나빴던 거죠."

마쓰무라는 건배하듯이 잔을 든 뒤 단숨에 마셨다. 미사코는 얼른 맥주를 따르고, 아키히코의 잔에도 병 주둥이를 내밀었다. 그런데 이때 반대편에서 불쑥 병이 나오더니 그의 잔을 채웠다. 팔의 주인을 돌아보니 마사키요가 한쪽 뺨을 일그러뜨리며 웃고 있었다.

"훈훈하네요." 하고 마사키요가 말했다.

"옛날 얘기를 하던 참입니다. 오늘은 우류 전 대표이사님의 사십구재니까요."

마쓰무라가 점잖게 말했다. 떠들고 있는 사람들을 비꼰 것이리라. 그러나 마사키요는 얼굴 근육 하나 움직이지 않고, "그런가. 그럼 나도 아키히코 부부와 옛날 얘기 좀 해 볼까." 하고 자리에 앉았다.

그러니까 너는 자리를 뜨라는 것이다. 마쓰무라는 눈치를 채고, "네, 그럼 천천히 말씀 나누십시오." 하고 떠났다.

"재미있는 남자군."

마쓰무라가 간 뒤 마사키요가 말했다.

"썩은 사과 아닙니까, 스가이 씨한테는."

"썩었어? 말도 안 되지."

마사키요는 입을 옆으로 벌리고 히죽 웃었다.

"나는 사람 보는 눈이 있어. 뭐, 저 친구한테도 나름대로 어울리는 일을 맡길 생각이야."

"오호. 나름대로라."

아키히코가 맥주를 조금 마시자, 마사키요가 다시 마신 만큼 따라주었다.

"그런데 어떤가." 그의 목소리가 낮아졌다.

"아직 마음이 바뀌지 않았나?"

아키히코는 마사키요의 각진 얼굴을 찬찬히 바라보며 고개를 가로저었다.

"도저히 진심으로 하는 말씀 같지 않군요."

"나는 언제나 진심이야. UR전산과 자네의 장래를 생각하고 있어. 그 명석한 머리를 나빠진 남의 머리를 수선하는 데 쓰지 말고 내게 빌려주지 않겠나."

"번짓수가 틀렸습니다. 의사를 동료로 삼아 봐야 아무 도움 안 됩니다."

"그냥 의사가 아니잖아. 내 눈이 옹이구멍인 줄 아나."

"과찬이십니다."

"이제 와서 능청 떨지 말게. 시간 낭비야."

마사키요는 옆에 있던 새 잔을 들더니 청주를 따랐다. 그리고 단숨에 반쯤 마셨다.

옆에서 듣고 있던 미사코에게 이 대화는 밤중에 홍두깨 같은 소리였다. 얘기를 들어 보니 마사키요가 아키히코를 동료로 끌어들이고 싶어 하는 것 같다. 그런 얘긴 아키히코에게 한 번도 들어 보지 못했다. 무엇보다 나오아키의 후계를 거부하고 의사의 길을 가고 있는 그를 마사키요는 왜 필요로 하는 걸까.

"그러고 보니 슈가쿠대학 마에다 교수와 친한 것 같더군요."

아키히코의 입에서 미사코가 모르는 이름이 나왔다. 마사키요의 눈동자가 움직였다.

"잘 아는군."

"우리 교수님한테 들었습니다. 그래서 학생들한테도 소문이 났고요. UR전산은 인간의 뇌를 모델로 한 컴퓨터 시스템이라도 개발하는 건가 하고."

흥, 하고 마사키요는 콧방귀를 꼈다.

"아주 예리한 학생들이네."

"지도자가 훌륭하니까요."

아키히코의 말에 마사키요의 입술 끝이 일그러졌다. 그리고 아키히코의 어깨를 가볍게 치더니, "잘 생각해 보게." 하고 자리에서 일어났다.

요리가 떨어질 즈음, 나오아키가 남긴 미술품 얘기가 나왔다. 친척 중에는 유산은 어쨌든 그런 콩고물에 관심 갖는 사람이 적잖았다. 그런 만큼 전 재산을 독점한 아키히코에게 질투 어린 시선을 보냈다.

그런 분위기를 눈치챘는지 아키히코는 비토를 불러서 나오아키의 서재로 희망자를 안내하도록 했다. 수집품 대부분은 아직 미술상에 팔지 않았다.

"원하는 사람이 있다면 줘도 괜찮아요."

다만, 하고 아키히코는 덧붙였다.

"오늘은 보여 주기만 하세요. 아버지 방에서 서로 멱살 잡고 싸우는 건 민폐니까."

알겠습니다, 하고 비토는 말했다.

아키히코의 뜻을 전하자, 다들 기뻐하며 일어났다. 여자들뿐만 아니라 남편들까지도. 한꺼번에 다 들어갈 수는 없어서 차례대로 보기로 했다.

"당신도 가 봐. 설마 몰래 가져가는 사람이 있진 않겠지만, 만일을 위해."

아키히코의 말에 미사코도 복도로 나갔다.

나오아키의 방은 10평 남짓한 서양식 방으로 아트 갤러리를 방불케 했다. 크고 작은 액자에 든 그림이 벽 가득 진열되었다. 나오아키는 예술을 좋아했지만, 전문적인 지식은 없어서 마음이 동하는 물건이 있으면 충동적으로 사들이는 타입이었다. 그래서인지 유화, 일본화, 판화, 동판화 등, 아무 맥락도 없이 걸려 있었다. 그래도 찬찬히 보면 작품들 저변에서 통일성이 느껴진다. 하지만 친척들한테는 예술성 따위 상관없었다.

"이거 얼마 정도 하는 걸까."

"글쎄. 그 분이 산 거니 100만 엔 이하는 없을 거야."

오로지 현금으로 환산하는 얘기뿐이었다.

그림 외에도 컬렉션이 있었다. 벽 쪽에 놓인 커다란 유리 진열장에는 다양한 것이 들어 있었다. 추시계, 원시적인 인쇄기,

초기의 자동차 설계도 등. 일본 물건으로는 환등기나 꼭두각시 인형이 있었다.

미사코가 그런 물건에 시선을 빼앗기고 있을 때, 어느샌가 마쓰무라가 옆에 와서 말을 걸었다.

"정성껏 만든 기계도 일종의 예술품이라고 대표이사님은 말씀하셨죠. UR전산의 대표로 지냈지만, 예술적인 창조는 하나도 하지 못해서 유감이라고도 하셨고."

"아버님이 그런 말씀을……."

첨단기술을 추구하는 데만 정열을 불태운 걸로 보였던 나오아키지만, 속내는 전혀 달랐을지도 모른다.

마사키요의 아내 유키에와 도시카즈가 다가왔다. 도시카즈는 남자여서인지 이 진열장 안을 흥미롭게 들여다보았지만, 유키에는 고인의 취미 같은 데에는 관심이 없는 것 같았다.

그녀는 "나오아키 씨도 참 이상한 걸 다 모으셨네." 하면서 지나갔다. 그러더니 진열장 옆에 있는 목제 장식장에 시선을 멈추었다. 양쪽으로 열리는 문은 꼭 닫혀 있었다. 뭐가 들어 있어요? 하고 묻듯이 그녀는 미사코를 보았지만, 미사코도 고개를 갸웃거렸다.

유키에는 주저하지 않고 문을 열었다. 안을 보더니, 앗, 하고 조금 당황했다.

"우와, 엄청나다."

도시카즈가 감탄의 소리를 질렀다. 미사코도 뒤에서 들여다보았다.

그리고 유키에와 마찬가지로 놀랐다. 그곳에는 총과 도검, 미니어처 대포, 화약총, 석궁 같은 것이 있었다.

"아아, 무기들이군요. 여기에 있었네요."

마쓰무라는 놀랍지 않은 얼굴로 말했다.

"물건의 역사는 무기의 역사이기도 하다는 것이 대표이사님 말버릇이셨거든요. 그러나 무기류는 그리 적극적으로 모으지 않으신 것 같습니다."

"이 총과 칼은 진짠가요?" 도시카즈가 물었다.

"일단 그렇습니다만, 쓰지는 못하겠지요. 마지막으로 사람을 죽인 뒤 까마득한 세월이 흘렀을 테니까요."

"그래도 이건 쓸 수 있을 것 같은데."

도시카즈가 손에 든 것은 갈색 나무로 만든 석궁이었다. 총과 활의 중간처럼 생겼다.

"아하, 이거요. 작년 말, 유럽에 갔다가 아프리카를 거쳐 온 남자가 갖고 온 선물이네요. 대표이사님 취향을 생각해서 준비한 것 같은데 대표이사님은 별로 가치를 느끼지 못하신 모습이었습니다."

"화살도 있네요."

도시카즈가 두 개의 화살을 꺼내 오는 걸 보고 마쓰무라는 주의를 주었다.

"만지지 않는 편이 현명할 겁니다. 독화살이라는 얘기가 있습니다."

"앗, 큰일 날 뻔했네."

도시카즈는 얼른 화살과 석궁을 원래대로 돌려놓았다.

이후로도 많은 친척들이 나오아키의 서재에 왔다. 우류 가 사람이라는 이유로 미사코는 수집품에 관련된 질문을 많이 받았지만, 대답할 수 있을 리 없었다. 다행히 마쓰무라가 계속 옆에 있어 주었다. 그는 나오아키가 골동품을 수집할 때 몇 번 따라다녀서 사정을 거의 다 아는 것 같았다.

마지막에야 히로마사와 소노코도 들어왔다. 그들도 아버지의 수집품을 찬찬히 본 적이 없다고 한다. 그러나 그림은 지루했던 모양이다. 이내 목제 장식장을 들여다보았다.

"이거 봐, 엄청난 게 있어."

히로마사도 석궁이 마음에 든 것 같았다.

미사코는 일단 나오아키의 서재를 나왔지만, 창문 잠금쇠 잠그는 걸 잊은 게 생각나서 되돌아갔다. 히로마사와 소노코가 아직 방에 남아 있었다. 미사코는 문손잡이를 돌리다가 안에서 들려오는 소리에 동작을 멈추었다.

"아빠는 역시 엄마와 엄마 자식인 우리를 미워했을지도 몰라."

소노코의 목소리였다.

"무슨 말을 하는 거야."

"오빠도 눈치챘잖아. 엄마는 그 사람하고……."

소노코는 그다음을 망설이는 것 같았다. 하지만 히로마사는 바로 알아차렸는지 정색하고 말했다.

"바보 같이. 엄마가 그런 남자를 진심으로 상대할 리 없잖아."

잠시 정적이 흘렀다가, 다시 히로마사의 목소리가 났다.

"뭐야, 기분 나쁘게 웃지 마."

"그렇지만 웃기잖아. 오빠는 엄마 편이니까."

"무슨 뜻이야."

"말 그대로지. 엄마를 다른 남자한테 빼앗겼다고 생각하기 싫은 거지."

탁 하는 소리가 났다. 이어서 소노코의 목소리가 났다.

"아파, 놔. 정곡을 찔렸다고 화낼 건 없잖아."

"엉터리 같은 소리 하니까 그렇지. 너야말로 아빠가 돌아가신 뒤로 히스테리만 부리잖아."

"히스테리 아냐. 진심으로 미워하고 있어. 오빠는 인정하고 싶지 않겠지만, 엄마가 아빠를 배신한 건 사실이야. 그래서 그 배신이 아빠의 생명을 단축하는 결과를 부른 건지도 몰라. 만약 그렇다면……."

또 소리가 났다. "뭐 하는 거야." 하고 히로마사가 물었다.

"만약 그렇다면 나는 절대로 용서하지 않을 거야. 진짜로."

"위험해. 이쪽으로 향하지 마."

히로마사가 비명 같은 소리를 질렀다. 거기서 미사코는 참지 못하고 문을 노크하자마자 손잡이를 돌렸다.

"아가씨······. 뭐하는 거예요?" 미사코는 숨을 삼켰다.

"아무것도 아니에요. 그냥 놀고 있었어요."

석궁을 든 채 소노코는 말했다. 화살도 꽂혀 있다. 히로마사는 벽에 달라붙듯이 서서 파랗게 질려 있었다.

"아빠 유품하고 헤어지는 걸 아쉬워하는 것뿐이에요. 뭐 하나 우리 것이 아니잖아요."

그렇게 말하고 소노코는 석궁을 놓고 나갔다.

5

다음 날 아침 아키히코를 배웅한 뒤, 미사코가 베란다에서 빨래를 널고 있는데 비토가 대문을 지나서 안채로 향하는 것이 보였다. 어젯밤에 과음이라도 했는지 안색이 별로 좋지 않다.

그는 현관에 다다르자 문을 열었다. 머리를 한 번 숙이고 들어간다. 안에서 그를 맞이한 사람은 아야코일 것이다. 미사코의 위치에서도 가사 도우미 스미에가 정원 손질 하고 있는 모습이 보였다. 오늘은 젊은 도우미인 가즈미가 오지 않는다.

사십구재가 끝났는데 무슨 볼일일까. 비토는 현재 스가이 마사키요 비서로 있다. 평일 아침부터 이런 곳에 있어도 되는 건가.

그래도 소노코가 학교에 간 뒤여서 다행이라고 미사코는 생각했다. 이런 장면을 본다면 엄마를 향한 증오가 점점 커질 것이다.

다만 대학생인 히로마사는 아직 나가지 않았을 터다. 미사코는 어젯밤 두 사람 대화를 생각하니 왠지 안정이 되지 않았다.

나오아키를 그리워하는 소노코와 달리 히로마사는 마마보이였다. 무엇을 하건 제일 먼저 아야코에게 의논한다. 여행을 가서도 아야코에게 꼬박꼬박 전화를 건다. 고등학교 입시 때에는 아야코가 교문 앞에 차를 세우고 종일 기다렸다. 그렇게 하지 않으면 불안해서, 라고 그녀가 쓴웃음 짓던 모습을 미사코는 기억한다.

"엄마 젖 좀 떼면 좋을 텐데 말이야. 애 키우는 건 역시 어려워."

마더 콤플렉스라고도 할 수 있는 히로마사의 성격에 나오아키도 골치를 앓았던 것 같았다. 그런 상태이니 어젯밤 소노코가 말한 대로 아야코와 비토의 관계를 안다면 심하게 동요할 거라고 생각했다.

오후가 되어 또 새로운 손님이 왔다. 마침 미사코가 안채 쪽 문으로 들어가던 참이었다. 스미에가 주방에서 밤을 까고 있어서 잠시 잡담을 나누는데 초인종이 울렸다.

복도 쪽에서 사람 소리가 들리더니 이윽고 발소리가 가까워졌다. 주방에 들어온 아야코는 미사코를 보고 조금 놀란 것 같았다. 어머나, 하는 입 모양이었다.

"내일 준비 때문에 좀 여쭈러 왔어요." 미사코가 말했다.

나오아키의 미술품 처분에 관해서였다. 어젯밤 아키히코가 희망자에게 양도하겠다고 한 순간, 친척들은 당장이라도 몰려올 기세였다. 그러자 아키히코는 3일 후에 미술상이 오니 그 전날에라도 모여서 서로 의논하여 정하라고 했다. 그게 내일이다. 그래서 오늘 중에 미술품을 서재에서 거실로 옮기자고, 어젯밤 미사코와 아야코는 입을 맞추었다. 그 얘기를 자세히 물어보려고 했다.

"아, 그렇구나. 그 일도 의논해야지. 근데 잠깐만 기다려 주겠어? 지금 좀 바빠서. 정리되면 내가 부르러 갈게."

평소의 매끄러운 어조가 아니었다. 그래서 미사코는 자기가 이곳에 있는 것이 불편한가 보다고 생각했다.

"그럼 별채에서 기다릴게요."

"응, 그래 줄래? 그리고 스미에 씨, 미안하지만 시내 나가서 장 좀 봐 올래요. 여기 메모 있으니까."

아야코는 스미에에게 말했다. 미사코는 고개를 갸웃거렸다. 마치 훼방꾼들을 전부 쫓아내려는 것 같다.

쪽문을 나와서 별채로 돌아올 때, 미사코는 내객용 주차장을 들여다보았다. 검은색 벤츠가 서 있고 그 주위에는 아직 배기가스 냄새가 남아 있었다. 낯익은 차였다. 스가이 마사키요의 세컨드 카다.

'스가이 씨는 무슨 볼일로?'

그리고 미사코는 지붕 있는 차고 쪽에 히로마사의 포르쉐가 있는 것도 발견했다. 히로마사는 학교에 갈 때 주로 차를 이용한다.

'이상하네. 오늘은 전철 타고 갔나.'

의아해하며 미사코는 안채를 돌아보았다.

밤이 되어 미술품을 옮겼다. 미사코는 아야코와 스미에와 함께 그림을 서재에서 거실로 날랐다. 그림이라고 해도 액자 무게가 장난이 아니었다. 게다가 다루는 데도 신경을 써야 한다.

"이건 나르지 않아도 되겠지. 인기가 없는 것 같던데."

아야코가 유리 진열장과 목제 장식장을 가리키며 말했다. 미사코도 동의했다. 친척들의 관심은 금전적 가치가 있는 그림에 한정되어 있었다.

서재에 혼자 남은 미사코는 새삼스럽게 실내를 둘러보았다. 미술품을 정리했을 뿐인데, 훨씬 넓어진 것 같다.

목제 장식장 문이 반쯤 열려 있어서 그걸 닫으려고 했다. 그런데 잘 닫히지 않았다. 자세히 보니 제일 아래 칸에 무언가가 걸려 있었다. 몸을 구부리고 자세히 보니 석궁의 화살 한 개가 삐져나와 있었다. 이상하네, 하고 미사코는 생각했다. 석궁과 두 개의 화살은 제일 위 칸에 있었다. 왜 이것만 이런 곳에 들어 있는 걸까.

그러나 그 의문은 이내 풀렸다. 자세히 보니 그 화살은 화살 깃 하나가 떨어질 듯 달랑거렸다. 아마 곧 수리할 생각으로 이것만 따로 둔 것이리라.

만지면 위험하다는 마쓰무라의 말이 생각나서 미사코는 화살을 원래 자리에 돌려놓았다.

목제 장식장 문을 닫을 때, 툭 하는 소리가 났다. 옆방에서였다. 아무도 없는 줄 알았던 만큼 미사코는 가슴이 철렁했다. 이 두 방은 복도를 통하지 않고 곧바로 오가게 되어 있다. 그 문이 천천히 열렸다.

나타난 사람은 아키히코였다. 미사코는 멈추고 있던 숨을 토했다.

"여보⋯⋯. 겁주지 말아요. 깜짝 놀랐잖아요."

"누가 왔어?"

아내의 말은 귀에 들어오지도 않는 것처럼 아키히코는 물었다. 눈초리가 험상궂어졌다.

"누구라니요?"

"낮에. 이 집에 누가 오지 않았냐고."

"아, 그러고 보니."

비토와 스가이 마사키요가 온 것 같다는 말을 했다. 순간 아키히코의 뺨이 움찔했다. 낭패스러울 때 보이는 버릇이다.

"그렇지만 직접 본 건 아니에요. 주차장에 차가 있어서⋯⋯. 어머니한테 물어보죠?"

"아냐, 됐어."

아키히코는 서재에서 나가려고 손잡이를 잡다 말고 미사코를 돌아보았다.

"내가 이런 걸 물어봤다고 아무한테도 말하지 마. 알겠지?"

네, 하고 그녀가 대답하자, 거칠게 문을 닫고 나갔다.

6

다음 날은 아침 열 시가 넘어서부터 손님이 찾아오기 시작했다. 일찍 와야 좋은 물건을 고를 수 있다고 생각했을 것이다. 남편들은 출근을 하니 대부분 아내들이 왔다. 아야코네에게 인사도 하는 둥 마는 둥 거실로 향했다. 미사코는 두 사람의 가사 도우미와 함께 다과 준비에 바빴다.

아내들 중에는 미술상인 지인을 데리고 온 사람도 있었다. 어느 그림이 가장 값이 나가는지 의논해서 정하려는 것이다. 그러나 모두가 그런 준비는 빈틈없이 해 와서 특정 그림에 인기가 집중되는 탓에 얘기는 쉽게 결론이 날 것 같지 않았다.

실내의 열기가 뜨거워서 다들 몇 번이고 차를 더 마셨다. 손님용 차가 부족해져서 스미에가 황급히 사러 나갔을 정도였다.

한낮이 가까워지자 남편들도 상황을 보러 왔다. 어쩐지 회사는 농땡이 친 것 같다. 아직 결론이 나지 않은 걸 알자, 아내에게 격려의 말을 남기고 다시 저택을 뒤로했다. 그런 이유로 내객용 주차장은 빌 새가 없을 정도였다. 마사키요의 대리인답게 비토의 모습도 있었다.

점심은 근처에서 초밥을 배달시켰다. 나오아키가 건강했던 시절에는 갑자기 수십 명분의 초밥을 주문하는 일이 일상다반사였다.

거실 쪽도 일시 휴전을 하고, 미사코는 스미에와 같이 주방에서 먹기로 했다. 거실에 있을 마음이 들지 않았다. 나오아키의 유품을 둘러싸고 친척들이 욕망을 뿜어내는 곳에 앉아 있으니 숨이 막힐 것 같았다.

미사코가 초밥에 젓가락을 댔을 때였다. 싱크대 위에 있는 쪽창 밖으로 사람 그림자가 지나가는 것이 보였다. 무늬 유리여서 또렷이는 보이지 않았다.

"어, 누구지……."

"왜 그러세요?"

스미에는 못 본 것 같다. 미사코는 젓가락을 놓고 쪽문으로 밖에 나가 보았다. 그리고 뒷문 쪽으로 돌았다.

검은 그림자가 쓱 사라지는 것이 보였다. 앗 하고 소리를 흘렸을 때 이미 그 모습은 사라지고 없었다.

"작은 사모님……."

뒤따라 온 스미에가 불렀다. 미사코는 고개를 저었다.

"아니, 아무것도 아니에요. 초밥이나 먹죠."

방금 본 사람 그림자를 생각하면서 미사코는 쪽문으로 향했다. 그러나 그때, "어머나, 아가씨." 하고 스미에가 큰 소리로 말했다. 보니 소노코가 걸어오는 참이었다.

"속이 좀 안 좋아서 왔어요. 그렇지만 별일 아니니까 걱정하지 마세요. 당당하게 들어가기도 그러니까 쪽문으로 들어갈게요."

"그건 상관없지만."

소노코는 정말로 속이 좋지 않은 듯, 안색이 별로 좋지 않았다. 집 안에 들어가서 차를 마시고 시계를 보더니 미사코에게 물었다.

"히로 오빠는 있어요?"

"오빠? 아뇨." 미사코는 고개를 저었다. "학교 갔죠. 왜요?"

"아뇨, 그냥 물어봤어요."

그렇게 말하고 가방을 든 채 주방을 나갔다.

오후 1시쯤부터 다시 유품 쟁탈전이 시작되었다. 정리하는 역할은 아야코지만, 역시 우류 가에서는 후처여서인지 사람들을 통솔하는 힘이 좀 부족한 것 같았다. 따라서 실제로 리더십을 발휘하는 것은 유키에였다. 미사코가 옆에서 보니 명백히 유키에와 가까운 친척이 유리한 물건을 손에 넣고 있다.

"누구 유품인지 모르겠네."

아야코가 미사코의 귓가에 속삭였다.

그때 그녀들 뒤에서 조심스럽게 문이 열리고 가즈미가 얼굴을 내밀었다. 전화 왔어요, 하고 입 속으로 중얼거리듯이 말했다.

"전화? 어디에서?" 아야코가 물었다.

"그게……." 가즈미는 몸을 내밀어 아야코의 귀에 얼굴을 가까이 가져갔다. 미사코는 흠칫했다. '경찰'이라는 말이 들렸다.

아야코도 같은 생각이었을 것이다. 심각해진 표정으로 일어섰다.

그리고 몇 분 뒤, 그녀의 아름다운 얼굴이 얼어붙은 듯이 굳어서 돌아왔다. 그녀는 바로 유키에에게 달려갔다. 유키에는 몇 점의 일본화를 어떻게 나눌지 얘기하는 참이었다.

"유키에 씨, 큰일 났어요."

아야코는 숨을 헉헉거리며 말했다.

"마사키요 씨가 돌아가셨대요. 살해당했대요."

순간 침묵이 온 방을 감쌌다.

제2장

화
살

1

사체는 묘비를 껴안는 듯한 자세로 쓰러져 있었다.

이마가 깨져 붉은 피가 흘렀지만, 쓰러지다 부딪친 것으로 추측된다. 복장은 묘지에 어울리지 않게 파란색 트레이닝복이었다. 묘 앞에 공양한 하얀 꽃이 떨어져서 꽃잎이 사체 발밑에 날리고 있었다.

비참하군, 하고 와쿠라 유사쿠는 묘석에 새겨진 글씨를 보면서 생각했다.

아무리 높은 지위에 오르고 돈을 벌어도 느닷없이 덮치는 죽음은 피할 수가 없다. 죽는 방법도 전혀 선택의 여지가 없다. 이 남자도 설마 이런 꼴로 자기 인생을 마치게 되리라고는 꿈에도 생각하지 못했을 것이다. 죽을 때는 황금을 깔고 누워서 모두에게 둘러싸여 평안하게 죽길 바랐을 텐데.

사체의 신원은 이미 밝혀졌다. UR전산 대표이사 스가이 마사키요다. 이 지역에서 가장 힘 센 사람이 누구인지 설문조사를 한다면 틀림없이 베스트3에 들어갈 인물이다.

공평하군, 하고 유사쿠는 생각했다. 죽을 때는 공평해. 생각해 보니 인간 세상에서 유일하게 공평한 부분일지도 모르겠다.

"정리하자면 이렇군요. 먼저 12시부터 12시 15분까지는 대표이사실에서 가벼운 점심, 12시 20분부터 트레이닝복으로 갈아입고 조깅 출발. 여기까지는 당신도 알고 있죠."

옆에서 형사과장이 말했다. 평소에는 별로 일을 열심히 하지 않는 몸집이 큰 남자지만, 이번 사건은 피해자가 거물인 만큼 자세가 달랐다.

질문을 받고 있는 사람은 스가이 마사키요의 비서 비토 다카히사였다. 갸름한 얼굴이 파랗게 질려서 손수건으로 몇 번이나 입가를 닦고 있다. 비토는 형사과장의 질문에 말없이 끄덕였다.

과장은 계속했다.

"평소 같으면 12시 50분경에 돌아와서 샤워를 하고 13시 정각에는 자리에 앉으신다……고. 샤워실이 있습니까?"

"대표이사실 옆에 있습니다."

"오, 대단한 신분이시네요. 그럼 당신은 13시경에는 대표이사실에 갔다. 그런데 스가이 대표이사가 없었다는 거군요."

"그렇습니다. 제가 스가이 대표이사님 밑에 들어간 이후, 이런 일은 한 번도 없었습니다."

비토에 따르면 스가이 마사키요는 매주 수요일 점심시간에는 회사 뒷산을 달렸다고 한다. 그리고 도중에 있는 신센지 절 묘지에 들러서 스가이 가의 묘에 참배하는 일을 거르지 않았다. 마사키요가 쓰러진 그 묘이다.

"30분이나 기다려도 오지 않았다. 그래서 걱정이 되어 조깅 코스로 찾으러 가 봤더니 여기에 쓰러져 있었다는 거죠."

"그렇습니다. 처음에 봤을 때는 심장 발작이라도 일으킨 건가 했습니다만……."

비토가 꿀꺽 침을 삼키는 것이 가느다란 목의 움직임으로 보였다.

유사쿠는 옆에서 들으면서 심장 발작이라고 생각한 건 타당하다고 생각했다. 쉰을 넘은 남자가 조깅 도중에 트레이닝복 차림으로 뻗어 있으면 누구라도 그렇게 생각할 것이다.

그러나 비토는 이것이 병사가 아니란 것도 이내 눈치챘을 터다. 왜냐하면 마사키요의 등에는 정상적인 사체라면 없었을 이물이 꽂혀 있었기 때문이다.

화살이었다.

총 길이는 약 40센티미터, 지름 약 1센티미터, 본체는 알루미늄으로 보이는 금속으로 화살깃이 후반부에 세 장 붙어 있다. 그런 진짜 화살이 마사키요의 등에서 왼쪽으로 10센티미터 되는 곳에 꽂혀 있었다.

"스가이 대표이사가 수요일 점심시간에 조깅하는 습관을 또 누가 알고 있습니까?"

과장이 물었다. 비토는 고개를 저었다.

"글쎄요. 상당히 많은 분이 알고 있지 않을까요?"

"유명한가 보군요?"

"네. 신문에도 소개됐습니다. 얼마 전에 나온 경제 신문이었습니다만."

비토는 그 신문 이름을 말했다. 거기에 조깅 이야기가 실려 있었다고 한다. 신센지 절 사진도 같이 실렸다고 한다.

"뭐야, 그럼 누구에게나 기회는 있었다는 건가."

과장은 과장스럽게 얼굴을 찡그렸다.

"스가이 씨 등에 꽂힌 화살은 짐작 가는 데가 없습니까?"

유사쿠가 물어보았다. 별로 기대는 하지 않았지만, 비토는 미간을 모으며 "그게 말입니다만." 하고 심각한 목소리로 말했다.

"본 적이 있는 겁니까?"

"네……. 아마 그게 아닐까 하는데."

"그거라면?"

"우류 전 대표이사님의 유품일 겁니다."

비토는 우류 나오아키의 수집품 중에 석궁이 있었다고 형사들에게 얘기했다.

"오, 그런가요. 그거 중요한 사실이네."

형사과장은 흥분한 모습으로 부하 한 사람을 불렀다. 우류 저택 근처 파출소에 연락해서 집에 석궁이 있는지 확인하라는 지시를 내렸다.

"화살이란 게 흔히 볼 수 있는 게 아니니까 말이지. 흉기는 이거라고 단정 지어도 되겠네."

운 좋게 단서를 얻어서인지 과장의 목소리가 통통 튀었다. 피해자가 거물인 만큼 여기서 조금이라도 많은 실적을 남기고 싶을 것이다.

이 심리는 과장뿐만 아니라 서장도 마찬가지인 것 같았다. 서장은 현재 방범대원과 경찰들을 지휘하여 신센지 절 주변을 철저히 탐문하고 있을 터다. 귀를 기울이면 독특한 탁성이 바람에 실려 올 것 같다.

그러나 유사쿠는 이들 상사와는 다른 생각을 품고 있었다.

"그 석궁을 포함한 유품 말입니다만, 현재는 어느 분이 관리를?"

비토에게 묻자 명쾌한 대답이 돌아왔다.

"장남인 우류 아키히코 씨입니다."

그것은 바로 유사쿠가 예상한 이름이었다.

'우류 아키히코⋯⋯냐.'

그에게 그 이름은 특별한 의미를 갖고 있었다.

유사쿠는 그 자리를 벗어나, 범인의 흔적을 찾아서 사체 바로 뒤로 걸어가 보았다. 묘지를 둘러싼 콘크리트 담이 나타났다. 유사쿠 가슴께쯤 오는 담은 화살 쏘는 사람에게 방해가 될 정도는 아니었다.

담 너머에는 잡목림이 우거졌다. 유사쿠는 담을 넘어서 수풀 속에 몸을 숨겨 보았다. 바깥에서 보는 것만큼 좁은 공간은 아니다. 하지만 그곳에서라면 눈앞의 묘석이 방해되어 스가이 마사키요를 겨냥하는 것은 불가능했다. 유사쿠는 목표물이 한눈에 보이는지 확인하면서 담을 따라 이동했다.

이렇게 해서 발견한 장소는 큰 삼나무 옆이었다. 무엇에도 방해받지 않고 곧장 스가이 마사키요의 등을 겨냥할 수 있을 것 같았다. 거리로 보아 10여 미터 정도일까.

지면을 주의 깊게 살펴보니 명백히 최근에 사람이 밟은 흔적이 있었다. 발자국처럼 움푹 들어갔다.

"과장님."

유사쿠는 상사를 불러서 그 상황을 보여 주었다.

"과연. 범인이 이곳에 숨어 있었을 가능성이 높군."

"담이 있으니 몸을 구부리고 있었다면 피해자 쪽에서 보이지 않겠지요. 상황을 지켜보다가 피해자가 등을 돌렸을 때 노렸을 겁니다."

경감은 납득하고, 큰 소리로 감식반을 불러서 사진 촬영과 발자국을 채취하도록 명령했다.

감식 작업을 지켜보다가 유사쿠는 묘지 쪽을 보았다. 그리고 그 자리에서 팔을 수평으로 들어, 손바닥을 총이라 가정하고 목표물을 겨냥하듯이 검지를 뻗었다. '스가이'라고 새겨진 글씨가 가공의 조준기에 들어온다. 그는 조준을 그대로 왼쪽으로 이동했다. 다음에 팔을 멈춘 것은 '우류'라는 글씨가 눈에 들어왔을 때다. 우류 가의 묘도 바로 옆에 있었다.

유사쿠는 가슴이 쓰렸다. 위(胃)에 납을 채워 넣은 것처럼 고통스러웠다.

권총을 대신한 손가락을 '우류' 두 글자에 맞추고 유사쿠는 가공의 방아쇠를 당겼다.

2

유사쿠는 초등학교 입학식 날을 기억한다. 아버지 손을 잡고 초등학교 교문을 들어갔다. 강당에서 열린 입학식에서 아이들은 반별로 나란히 앉았다. 학부모는 당연히 뒤에서 지켜본다.

유사쿠의 오른쪽은 통로이고 그 너머에 옆 반이 줄지어 앉아 있었다.

본 적도 없는 어른들이 잇따라 단상에 올라가서 연설을 했다. 유사쿠는 이내 지루해져서 꼼지락꼼지락 움직였다.

그러던 중에 유사쿠는 누군가가 자기를 보고 있다는 사실을 깨달았다. 그 시선은 통로를 사이에 둔 옆 반에서 보내는 것이었다. 유사쿠는 그쪽을 보았다.

아는 얼굴이 그곳에 있었다.

잊지 않았다. 그곳에 앉아 있는 아이는 벽돌병원에서 만난 소년이었다. 빨간 스웨터, 회색 목도리, 하얀 양말, 모든 것이 선명히 뇌리에 새겨져 있다. 그리고 그 크고 검은 차를 타고 유사쿠 앞에서 사라진 것도.

'이 녀석도 같은 학교라니.'

유사쿠는 그 소년을 노려보았다. 하지만 상대 소년은 평가하듯이 시선을 위아래로 쓱 훑더니 그대로 얼굴을 정면으로 돌리고, 끝까지 유사쿠 쪽은 보지 않았다.

학교생활은 유사쿠가 상상했던 것보다 훨씬 신나고 즐거웠다. 친구도 많이 생기고 그전까지 몰랐던 것을 엄청나게 많이 배웠다. 소풍이나 운동회 전날은 흥분해서 잠이 오지 않을 정도였다.

체격이 큰 데다 남들을 잘 돌보는 성격이어서 유사쿠는 반에서도 리더 같은 존재였다. 숨바꼭질을 할 때도, 딱지치기를 할 때도 조 나누기와 순번 정하기는 유사쿠의 일이었다. 그리고 그의 결정에 아무도 불평하지 않았다.

처음으로 받아온 성적표에는 '수'만 나란히 있었다. 담임 선생님의 통신란에는 유사쿠의 적극성과 리더십을 칭찬하는 말로 가득했다.

아버지 고지가 기뻐한 것은 말할 것도 없다. 성적표에서 얼굴을 들더니 진심으로 감탄한 표정으로 아들을 보았다.

"대단하네, 유사쿠. 나하고는 질적으로 다르구나."

이런 상태로 1년, 2년이 지나고, 3학년에 올라갈 때 반이 바뀌었다. 여기서도 한 달도 지나지 않아 유사쿠는 주도권을 쥐는 데 성공했다. 그렇다고 의도한 것은 아니었다. 문득 깨닫고 보니 그런 결과가 되어 있었다. 자신을 중심으로 지구가 도는 기분이었다.

단 한 가지, 마음에 걸리는 것이 있었다. 아니, 단 한 사람 마음에 걸리는 아이가 있다고 해야 할까.

그 소년이었다. 입학식 때, 유사쿠를 빤히 보던 소년.

자기하고 아무런 관련도 없는데 이상하게 마음에 걸리는 사람이 있다. 그 인물에게 매력을 느낀 것도 아니고 원한이 있는 것도 아니다. 그런데 어째선지 그 얼굴을 보면 마음이 어수선해진다.

유사쿠에게 그 소년은 그런 존재였다. 반이 달라서 얘기를 한 적도 없는데 어느새 보면 소년의 움직임을 눈으로 쫓고 있었다. 친구가 되고 싶다는 명랑한 심리가 아니다. 뭔지 모르게 마음에 안 드는 녀석이네, 하는 부정적인 느낌이었다.

어쩌면 거기에는 질투가 크게 작용했을지도 모른다. 벽돌병원에서 만났을 때와 마찬가지로 그 후에도 그의 옷차림은 유사쿠와 생활 환경에 격차가 있다는 것을 보여 주었다. 그러나 그것이 진짜 이유라고도 할 수 없었다. 유사쿠보다 좋은 환경에서 사는 아이들이 몇 명이나 있지만, 그들에게는 아무 느낌도 없었다.

또한 유사쿠는 자기만 그쪽을 신경 쓰는 게 아니라는 확신도 있었다. 운동장에서 공 던지기를 할 때도 문득 시선을 느낄 때가 있다. 그래서 돌아보면 반드시라고 해도 좋을 만큼 그 녀석과 눈이 마주쳤다. 그래서 같이 노려보면 녀석이 시선을 돌렸다. 그런 일이 몇 번이나 있었다.

'기분 나쁜 놈이네.'

그때마다 유사쿠는 생각했다. 어쩌면 그 녀석도 그렇게 생각했을지 모른다.

1, 2학년 때 같은 반이었던 친구를 통해 이름을 알았다. 우류 아키히코. 듣자마자 이름도 재수 없다고 생각했다.

친구는 그의 아버지가 큰 회사의 높은 사람이라는 것까지 가르쳐 주었다. 그러나 이 얘기는 유사쿠가 우류 아키히코에게 더 나쁜 인상만 심어 주었다.

"공부는 잘하냐?"

"엄청 잘해. 선생님이 질문할 때마다 정확하게 대답하고 시험은 맨날 백점이야. 반에서 1등이야. 어쩌면 전교에서도 1등일지 몰라."

전교에서도 1등이라는 말이 유사쿠를 건드렸다. 1등은 자기라는 자부심이 이때 이미 있었던 것이다.

"그렇지만 반장은 안 하는 것 같네."

유사쿠가 말했다. 어느 반이나 공부를 제일 잘하는 사람은 주목을 받는다는 것이 그의 지론이었다.

"그게, 우류한테는 친구가 없어. 아무도 추천하지 않아."

"흠. 그럼 별로 인기는 없구나."

유사쿠는 많은 친구들의 추천으로 반장이 되었다.

"없어, 전혀. 아이들하고 놀지도 않아. 혼자 잘난 척해."

이 말은 유사쿠의 기분을 좋게 했다. 별로 원한이 있는 건 아니지만, 우류 아키히코의 험담을 들으니 즐거워졌다.

그 후에도 여전히 그를 신경 쓰고, 또 그의 기분 나쁜 시선을 느끼는 사이 시간이 흘러갔다. 그리고 두 사람이 직접 부딪히게 된 것은 4학년 여름, 수영 시간 때였다.

그해 여름 마지막 수영하는 날이었다. 다섯 반이 릴레이 경기를 하게 되었다. 각 반에서 정예 멤버 4명이 뽑혀서 1인 50미터, 합계 200미터를 경쟁하는 것이다.

물론 유사쿠도 뽑혔다. 수영에는 자신 있었다. 지금까지 수업으로 보아 자기보다 빠른 사람은 없다는 확신도 있었다. 그는 마지막 주자로 나가게 되었다.

출발대 뒤에서 기다리고 있을 때 옆 반에서 얘기하는 소리가 들렸다. 우류 아키히코가 있는 반이다. 그도 선수에 뽑힌 것이다. 서 있는 차례를 보아하니 세 번째 선수 같다. 그런데 그는 뒤를 돌아보더니 "야, 바꿔." 하고 마지막 선수에게 말했다.

"왜? 가위바위보로 정했잖아." 하고 마지막 선수가 말했다.

"됐고, 하여간 바꿔."

우류도 4학년치고는 큰 편이었다. 게다가 얼굴이 어른스럽게 생겼다. 그가 노려보자 마지막 선수인 아이가 마지못해 엉덩이를 들었다. 그 모습을 보고 있다가 우류와 눈이 마주쳐서 유사쿠 쪽이 먼저 시선을 돌렸다.

드디어 경기가 시작되었다. 첫 번째 선수, 두 번째 선수가 뛰어들었다. 세 번째 선수의 모습이 사라졌을 즈음 유사쿠는 출발대에 올라갔다. 귀에 침을 발랐다.*

"유사쿠, 부탁해."

반 아이들의 응원에 유사쿠는 손을 들었다.

---

* 수영할 때 귀에 물이 들어가지 않도록 침을 바르는 동작. 잘못된 상식으로 밝혀졌다.

다섯 명 선수 중에서는 우류네 반이 몸 하나만큼 앞서고 있었다. 유사쿠네 반은 세 번째였다. 역전할 수 있다고 그는 확신했다. 이런 녀석, 바로 추월해 버리자.

그런데 생각지 못한 일이 일어났다. 세 번째 선수가 1등으로 돌아왔는데, 마지막 주자인 우류가 뛰어들지 않고 있는 것이다. 뭐 하는 거야, 하는 소리가 응원석에서 들렸다.

그러는 중에 유사쿠네 반 선수가 돌아왔다. 배턴 터치와 동시에 뛰어들었다. 타이밍이 좋았다.

유사쿠는 자유형은 자신 있어서 쌩쌩 헤엄쳤다. 이제 선두로 나왔을 것이다. 독주하여 골인, 그렇게 확신했다.

하지만 25미터에서 턴하기 직전, 믿을 수 없는 것을 보았다. 자기 앞에 헤엄치고 있는 녀석이 있었다. 그 코스는…… 우류다.

'설마, 나보다 늦게 출발했을 텐데.'

유사쿠는 온 힘을 다해서 물을 갈랐다. 그러나 골인해서 얼굴을 들었을 때 본 것은 이미 수영모를 벗고 있는 우류의 모습이었다. 우류는 그의 시선을 느끼고 희미하게 미소 지었다.

유사쿠가 처음으로 본 그의 미소였다. 만약 중학생이었다면 조소라는 말을 떠올렸을 것이다.

우류의 미소는 이렇게 말했다. 자아도취하지 마라.

일부러 그랬구나, 유사쿠는 깨달았다. 우류는 처음부터 유사쿠를 웃음거리로 만들 생각이었다. 그래서 군이 마지막 선수와 바꾸고, 유사쿠가 당황하는 꼴을 보기 위해 출발을 늦춘 것이다.

분한 나머지 눈물이 날 것 같아서 유사쿠는 다시 물속에 얼굴을 박았다. 그리고 어금니를 악물었다.

　이때 우류의 수영이 얼마나 대단했는지는 보고 있던 반 친구들이 증언했다.

　어떤 아이는 팔을 풍차처럼 돌렸다고 하고, 어떤 아이는 물고기처럼 물을 탔다고 했다. 아마 둘 다 사실일 것이다.

　그날부터 한동안 유사쿠는 기분이 우울했다. 우류를 보면 얼른 길을 돌아서 갔다. 그런 자신이 싫었다.

　이것이 처음 맛보는 열등감이라는 것을 이때는 아직 깨닫지 못했다. 그 대신 '왠지 모르게 싫은 녀석'이라는 막연한 기분이 확실한 미움으로 바뀐 것만은 자각했다.

　"언젠가 물리쳐야지."

　그렇게 굳게 마음먹었다.

　그리고 그다음 해 봄, 5학년 때 두 사람은 드디어 같은 반이 되었다.

　유사쿠는 5학년이 되어서도 역시 학급의 리더였다. 이때쯤 되자 학년에서 와쿠라 유사쿠를 모르는 아이는 거의 없었다. 그래서 반장 선거 때도 압도적인 지지로 유사쿠가 뽑혔다.

　성적도 불안을 느낄 일이 없었다. 수학이든 국어든 조금도 어렵다고 생각하지 않았다. 교사가 하는 말은 노인들 옛날이야기처럼 쉽게 이해했고, 질문을 받아도 재빨리 정확하게 대답했다.

분수 덧셈 때문에 고생하는 동급생을 보면 왜 이런 걸 못하는지 신기했다.

'이 반에서도 역시 내가 1등이군.'

5학년이 된 직후에는 그렇게 자아도취에 빠져 있었다.

그런데 머잖아 그것이 큰 착각이었음을 깨달았다. 그리고 여기서도 그의 자신감을 깬 것은 우류 아키히코였다.

같은 반이 되고 나서 한동안은 신경 썼지만, 전에 친구한테 들은 대로 우류는 눈에 띄는 존재가 아니었다. 말이 없고, 언제나 집단에서 떨어져 있었다. 수업 중에 유사쿠처럼 활발하게 발표를 하는 일도 없다. 쉬는 시간이면 반 아이들이 대부분 운동장으로 뛰어나가지만, 그는 자기 자리에서 책을 읽거나 했다. 친하게 지내는 친구도 없는 것 같고, 대체 어떤 녀석인지 파악할 수가 없었다.

다만 멀리서 유사쿠를 보는 눈, 차갑고 악의가 담긴 시선은 여전했다. 그리고 유사쿠도 그의 동향이 마음에 걸렸다. 서로 상대에게 가까이 가는 일은 없지만, 언제나 서로 의식하고 있었다.

우류의 실력이 처음으로 명확해진 것은 첫 번째 시험이 끝난 뒤였다. 그 시험에서 유사쿠는 만점을 받았지만, 담임 선생님이 우류도 만점이라고 발표했다. 유사쿠는 놀라서 그를 보았다. 우류는 별 시시한 발표를 다 하네, 하는 표정으로 턱을 괴고 있었다.

그 후 유사쿠는 우류의 성적을 항상 주시했다. 이 정체불명인

상대의 정확한 실력을 알고 싶었다. 그리고 두 달쯤 지났을 무렵에 확실하게 알았다.

우류 아키히코의 실력은 남들보다 뛰어났다. 확연히 달랐다. 시험이건 숙제건, 유사쿠가 아는 한 어떤 과목도 그가 풀지 못한 문제는 없었다. 숙제는 언제나 완벽했고 시험은 거의 만점이다. 유사쿠도 90점 이하를 받은 적은 거의 없었지만, 몇 번에 한 번은 작은 실수도 한다. 또 선생님은 아이들이 풀지 못할 것을 알고 문제를 낼 때도 있다. 그럴 때는 유사쿠도 포기했지만, 우류한테는 별것 아닌 것 같았다. 유럽 지도와 각국 수도를 써넣는 문제도, 한자 쓰기도, 방정식이 복잡한 수학도, 그는 시시하다는 표정으로 금세 풀었다. 답은 물론 정답이다.

대단한 것은 공부뿐만이 아니었다. 어떤 운동이건 무난하게 했다. 이 무난하게 하는 점이 수상했다. 제대로 하면 더 빨리 달리고, 더 높이 뛰겠는걸, 하는 생각이 들게 만든다. 마치 이런 시시한 데 전력을 다하는 건 한심하다고 하듯이.

이렇게 만능인 우류지만, 협동성은 완전히 빵점이었다. 남한테 민폐를 끼치는 일은 없지만, 모두와 즐겁게 무엇을 해야겠다거나 상대에게 융화하려는 마음이 전연 없다. 반별로 무언가를 할 때도 자기 몫만 빨리 해치우고 다른 친구의 작업에는 조금도 관심을 보이지 않았다. 게다가 녀석이 해낸 부분은 주위와 차이 날 정도로 완벽했다.

"우류와 같이 하기 싫어."라고 말하는 학생이 점점 많아졌다.

"공부 좀 잘한다고 뻐기기는."

"와쿠라, 저런 녀석한테 지지 마. 부숴 버려."

유사쿠 주변의 친구들이 말했다. 모두 사람을 멸시하는 듯한 우류의 태도를 참을 수 없었던 것이다.

우류에게 가장 불쾌한 감정을 품고 있는 사람은 유사쿠였다.

유사쿠는 지금까지 누구한테도 밀린 적이 없었다. 공부든 운동이든 그림이든 붓글씨든. 물론 그 뒤에는 나름대로의 노력이 있었다. 그런데 그가 온갖 고생해서 손에 넣은 1등 자리를 우류는 콧노래 부르면서 빼앗아 갔다.

수영 대회 때와 마찬가지다. 그러고는 이따위 기쁠 것도 뭣도 없다는 얼굴을 한다. 그 태도는 일부러 유사쿠의 신경을 건드리는 거라고밖에 생각할 수 없었다.

"왜 그래, 요즘 힘이 없네."

친구들에게 이런 말을 듣는 일이 잦아졌다. 유사쿠에게는 의외의 말이었다. 남한테 동정 어린 말을 듣다니 생각도 해 보지 못한 일이다.

"아무것도 아냐. 나도 컨디션이 안 좋을 때가 있지."

그때마다 일부러 큰 소리로 말했다.

분함을 해소하려면 우류를 이기는 것밖에 없었다. 유사쿠는 집에 돌아온 뒤에도 시간이 나면 책상 앞에 앉았다. 공부를 하는 중간에 달리기며 팔굽혀펴기를 했다. 세계지도를 그리고, 별자리를 외웠다. 리코더는 눈을 감고도 불 수 있게 됐고, 붓글씨쯤은 가뿐하게 썼다. 상용한자도 다 외웠다.

그러나 우류와의 격차를 줄이려고 노력하면 할수록 그 차이는 명확해지기만 했다. 유사쿠는 초조했다. 평소보다 짜증내는 일이 많아지고 친구들한테 화풀이하는 일도 잦아졌다.

그리고 그 사건이 일어났다.

화단 관리 문제로 토론을 할 때였다. 언제나처럼 의장은 유사쿠였다. 반에서 관리하는 화단이 최근 엉망이 되어서 어떻게 하면 좋을까 하는 것이 의제였다. 각자 여러 가지 의견을 말했다. 그걸 정리하는 것이 유사쿠의 일이다.

실은 이런 학급 회의도 최근 왠지 힘들어졌다. 단상에 서서 아이들을 내려다보면 우류의 모습이 시야 끝에 잡힌다. 게다가 그가 자신을 어떤 식으로 보고 있는지 몹시 신경 쓰였다.

'뭘 해도 나를 이기지 못하는 주제에 리더인 척하네.'

라고 생각할 것만 같다. 그런 비굴한 생각은 지금까지 한 번도 품은 적이 없었다.

토론을 진행하면서도 유사쿠의 마음은 반은 딴 데 가 있었다. 우류의 움직임이 신경 쓰여서 미칠 것 같았다. 그러면서도 그가 있는 쪽을 제대로 보지 못했다.

"그럼 화단 관리는 당번제로 정하겠습니다. 하지만 당번 순서가 돌아와도 열심히 하지 않으면 의미가 없습니다. 그 점을 어떻게 할 수 없을까요?"

의견이 어느 정도 조율됐을 즈음 유사쿠가 말했다. 이런 식으로 새로운 문제를 내는 것도 의장의 일이다. 그때 우류가 하품하는 것이 눈에 들어왔다. 입을 다문 뒤, 창밖을 보고 있다. 유사쿠는 시선을 돌리고 "무슨 좋은 생각 없습니까?" 하고 한 번더 모두에게 물었다.

몇 가지 의견이 나왔지만, 통일이 되지 않았다. 그래서 유사쿠는 말했다.

"이를테면 이런 건 어떨까요. 기록장을 만들어서 물을 주었다, 잡초를 뽑았다, 하고 관리한 내용을 쓰는 겁니다. 그러면."

유사쿠의 목소리가 끊겼다. 우류를 보았기 때문이다. 우류는 턱을 괴고 입술을 일그러뜨린 채 웃고 있었다. 그 미소다. 수영할 때의 미소.

이 순간, 마음속에서 무엇인가가 뚝 끊겼다. 유사쿠는 단상에서 뛰어내려왔다.

모두가 놀랄 새도 없이 그는 우류의 책상 앞에 가 있었다. 그리고 주먹으로 책상을 힘껏 내리쳤다.

"하고 싶은 말이 있으면 똑바로 말해. 불만 있지?"

하지만 우류는 무슨 일이 일어났는지 모르겠다는 표정이다. 턱을 괸 채 멀뚱멀뚱 유사쿠의 얼굴을 바라보았다.

"불만 없는데."

"거짓말. 나를 무시하는 주제에."

"너를?"

우류는 흥 하고 콧방귀를 뀌면서 고개를 돌렸다. 그걸 본 순간,

유사쿠는 머리로 생각하기보다 먼저 행동을 일으켰다. 우류의 팔을 잡고 힘껏 당긴 것이다. 그래서 우류는 의자째 바닥에 쓰러졌다. 유사쿠는 그 위에 올라타고 양손으로 멱살을 꽉 잡았다.

"그만해, 뭐 하는 거야."

뒤에서 담임 선생님의 목소리가 났을 때 엉덩이가 붕 뜨는 느낌이 들었다……라고 생각할 틈도 없이 유사쿠는 등부터 바닥에 내리꽂혔다.

간신히 몸을 일으켰을 때, 우류는 자기 옷을 털고 있었다. 그는 유사쿠를 내려다보며 작지만 또렷한 목소리로 말했다.

"돈 거 아냐?"

이 싸움은 바로 소문이 났다. 유사쿠의 아버지 고지는 얼굴이 벌겋게 돼서 화를 냈다. 담임 선생님에게 받은 편지를 들고 돌아왔을 때다. 거기에는 유사쿠의 행동이 적혀 있고, 아버지의 서명을 받아 오라는 담임의 지시가 있었다.

"이유를 말해라. 왜 그런 짓을 한 거냐." 아버지가 말했다.

유사쿠는 대답하지 않았다. 본심을 말하는 것은 자신의 약함을 드러내는 것 같아서 두려웠다.

아버지의 분노는 쉽게 진정될 것 같지 않았다. 쫓아낼지도 모른다는 각오도 했다.

그런데 아버지의 표정이 갑자기 바뀌었다. 선생님의 편지를 마저 읽은 탓인 듯했다. 그는 편지에서 얼굴을 들더니 아들에게 물었다.

"우류라는 아이가 우류공업 아들이냐."

유사쿠는 그렇다고 대답했다. 당시에는 회사 이름이 그랬다. 아들의 대답을 듣자 아버지는 미간을 찡그리며 서랍장에서 만년필을 꺼내더니 묵묵히 편지에 서명했다. 그리고 중얼거렸다.

"어리석은 짓은 하지 마라."

왜 아버지의 분노가 급속히 시들해졌는지 유사쿠는 도무지 알수가 없었다.

이 사건 이후, 유사쿠는 달라졌다. 더 이상 사람들 앞에 나서지도 않고 리더십을 발휘하지도 않았다. 그저 우류를 꺾어 버리는 것만 생각했다.

그리고 이런 두 사람의 관계는 그 후로도 몇 년이나 계속되었다.

3

현경 본부에서 수사1과 수사관을 비롯해서 기동수사대원들이 도착했다. 다시 적극적인 현장 검증이 철저하게 이루어지고 유사쿠가 발견한 화살 발사 장소도 조사했다.

스가이 마사키요의 아내 유키에가 아들 도시카즈와 함께 나났다. 그들의 사정 청취는 수사1과 수사원이 담당했다. 한편 회사에도 이미 세 명의 수사관이 갔다. 임원들은 사건을 알고 있을 터이고, 지금쯤은 한 방에 모여서 앞으로의 대책에 골머리를 앓고 있을 것이다.

이런 활동과 병행하여 현경 본부 형사조사관이 검시를 시행했다. 유사쿠도 그 속에 섞여서 메모를 했다. 검시에는 도와의과대학교 법의학 연구실 조교수도 입회하여 조언을 해 주었는데 이 자리에서 의외의 사실이 밝혀졌다. 스가이 마사키요의 사인은 중독사인 것 같다고 한다.

"중독?" 수사관 한 명이 날카로운 소리를 질렀다. "무슨 중독입니까?"

"그건 모르겠습니다. 호흡 마비를 일으킨 것 같으니 신경독이 아닐까 싶습니다만. 아마 화살에 독이 묻어 있었던 게 아닐까요."

점잖게 생긴 얼굴의 조교수는 신중하게 말했다.

사체는 지정 대학 법의학 연구실로 옮겨서 부검을 하게 되었다. 여기저기에서 경찰서 출입 기자들이 잔뜩 몰려와서 친분 있는 수사관을 붙잡고 정보를 캐내려고 달라붙는 장면이 보였다.

"와쿠라."

마침 사체 검사를 끝냈을 무렵, 형사과장이 유사쿠를 불렀다. 달려갔더니 "지금부터 우류 씨 집으로 가 줘." 하고 명령했다. 우류라는 말에 약간 심장 박동이 커졌다.

"석궁 때문입니까?" 유사쿠가 물었다.

"그래. 범행에 쓰인 것은 나오아키 씨 유품이라고 생각해도 무방할 것 같다. 조사해 보니 보관해 둔 곳에서 사라졌다는군."

"범인이 갖고 갔다는 거네요."

"그런 거겠지. 당장 가서 관계자에게 얘기를 들어 봐. 관계자가 너무 많으니 수사관이 몇 명 더 갈 거야. 감식반도 동행할 테고."

"알겠습니다."

"아, 참. 자네는 지금부터 수사1과 오다 경위와 한 조니까, 그의 지시를 따라서 움직이게."

그가 가리킨 곳에 2미터는 되지 않을까 싶은 키가 큰 남자가 서 있었다. 검은색 슈트를 입고 머리는 올백으로 넘겼다. 나이는 유사쿠와 비슷해 보였다. 하지만 직급은 그쪽이 한 단계 높았다.

알겠다고 대답한 뒤, 오다에게 인사하러 갔다. 움푹 꺼진 안와 속에서 충혈된 눈이 희번덕거리며 유사쿠를 내려다보았다.

"일단은 잠자코 있어 주게. 그게 첫 번째 지시야."

오다 경위는 낮고 억양 없는 목소리로 말했다. 유사쿠는 그와 눈을 마주치고, 애써 태연하게 말했다.

"참견할 필요가 없으면 잠자코 있죠."

우류 저택에는 유사쿠의 차를 타고 갔다. 오다는 긴 다리를 불편한 듯이 구부리고 조수석에 앉아서 수첩에 뭔가 적으며 입속말로 중얼거렸다.

유사쿠는 핸들을 잡고서 우류 아키히코를 생각했다. 지금 그 남자를 만나게 될지도 모른다. 그렇게 생각하니 가슴이 쿵쾅거리는 걸 진정시킬 수 없었다. 신기하게 반가움 비슷한 마음조차 들었다. 그 사실을 깨닫고 유사쿠는 당황했다.

우류 아키히코가 신경 쓰이는 존재가 된 것이 비단 공부나 운동에서의 경쟁의식 때문만은 아니다. 한 가지 더 특별한 사정이 있다. 그것은 초등학교 졸업식 때 일이다.

졸업식장은 입학식이 열린 강당과 같은 곳이었다. 그날과 마찬가지로 나란히 줄을 서서 교장 선생님에게 한 명 한 명 졸업장을 받았다. 교단 뒤에는 국기가 걸려 있고, 그것을 보면서 졸업식 노래를 부르는 지극히 평범한 식순이었다.

유사쿠는 혼자였지만, 졸업생 학부모 자리도 꽤 많았다. 부모와 자식이 함께 담임 선생님에게 인사를 하기도 했다.

우류 아키히코의 부모가 나타난 것은 모두가 돌아가기 시작했을 즈음이었다. 차가 정문 앞에 서고, 안에서 갈색 슈트를 입은 남성이 내렸다. 졸업식에 온 게 아니라 단순히 아들을 데리러 온 듯했다.

그리로 유사쿠네 담임 선생님이 달려갔다. 얼굴 가득 환한 미소를 짓고 약간 몸을 앞으로 구부린 채 슈트를 입은 남성에게 말을 걸고 있었다. 다른 부모를 대할 때와는 완전히 달랐다.

유사쿠가 우두커니 서서 그 광경을 보고 있는데, 슈트를 입은 남성이 무심코 유사쿠 쪽으로 얼굴을 돌렸다. 그 얼굴을 보고, 어라, 하고 그는 생각했다. 어딘가에서 만난 듯한 느낌이 들었다. 그게 누구였는지 기억한 것은 차가 배기가스를 남기고 떠난 뒤였다.

틀림없었다. 그 남성은 벽돌병원의 사나에가 죽었을 때, 집에 찾아온 인물이었다. 한참 동안 아버지와 얘기를 나누고 돌아갈 무렵에 유사쿠의 머리를 쓰다듬어 준 신사…….

'그 사람이 어째서 아키히코의 아빠인 거야.'

유사쿠는 깜짝 놀라서 떠나는 차를 지켜보았다.

그러고 보니 유사쿠와 아키히코가 처음 만난 것도 사나에와의 추억이 있는 장소인 벽돌병원이었다.

'사나에 씨 죽음에 아키히코 부자가 관계되어 있는 건가. 그렇다면 그건 어떤 관계지?'

이 의문이 유사쿠에게 우류 아키히코를 더욱 특별한 존재로 만들었다.

범행이 일어난 신센지 절에서 우류 저택까지 차로 15분이 걸렸다. 먼저 도착한 수사관이나 감식원들이 정문을 지나 현관으로 향했다. 유사쿠네도 정문 앞에서 차를 세우고 그들 뒤를 따랐다.

선두에 선 사람은 현경 본부의 니시가타 경감이었다. 몸집이 작고 얼굴도 작지만, 각 잡힌 자세가 반장의 위엄을 느끼게 했다.

현관에 나온 사람은 마흔 살 정도의 아름다운 부인이었다. 우류 아야코라고 했다. 우류 나오아키의 아내인 것 같다. 그녀가 후처라는 것은 유사쿠도 알 수 있었다.

"석궁이 있었던 방은 어디인가요?" 니시가타가 물었다.

"2층 남편의 서재입니다." 아야코는 대답했다.

"친척 분들이 모여 있다고 들었습니다만."

"네. 남편 유품 정리 때문에……. 지금은 거실에 있습니다만."

실례하겠습니다, 하고 니시가타가 구두를 벗자, 다른 수사관
도 따라서 벗었다. 하지만 니시가타는 부하들에게 "오다와 와쿠
라, 그리고 감식관은 나와 함께 서재에 간다. 다른 사람들은 거
실에 가서 한 사람 한 사람 얘기를 들어 보도록." 하고 지시를
내렸다. 그래서 아야코는 가사 도우미를 불러서 오다와 유사쿠
이외의 형사를 거실로 안내하게 했다. 유사쿠와 오다는 아야코
를 따라서 바로 옆 계단을 올라갔다.

2층에 올라가자 넓은 복도가 있고, 복도 양쪽으로 문이 나란
히 있었다. 막다른 곳은 발코니인지 파란 하늘이 보였다. 아야
코가 바로 앞의 문을 열려고 하자, 오다가 제지하고 자기가 열
었다.

"여기가 남편 서재입니다." 아야코가 말했다.

안으로 들어가자 니시가타는 먼저 "넓군요." 하고 감탄했다.
유사쿠도 같은 의견이었다. 그가 지금 월세로 사는 다세대주택
보다 훨씬 넓다.

아야코는 벽 쪽에 놓인 목제 장식장을 가리키며, 그곳에 석궁
이 있었다고 설명했다. 이곳에서도 오다가 장갑 낀 손으로 문을

열었다. 장식장 안에는 총과 도검 등 골동품이 나란히 있었다.

니시가타는 감식원에게 지문 검출을 하라고 명령을 내리고, 그들에게 방해되지 않도록 아야코를 창 쪽으로 데리고 갔다.

"여기에 석궁이 있다는 것을 아는 사람은 누구입니까?"

니시가타가 물었다. 아야코는 난감한 듯이 고개를 갸웃거렸다.

"그제가 남편의 사십구재 날이었습니다만, 그때 참석한 분들은 대부분 알고 계시지 않을까요."

"오, 어째서요?"

"실은."

아야코에 따르면 사십구재 밤에 나오아키의 수집품을 모두에게 공표했다는 것이다. 그리고 오늘 친척이 모인 것도 그 문제 때문이라고 했다.

니시가타는 낮게 신음을 하더니 물었다.

"그럼, 부인이 마지막에 석궁을 본 것은 언제입니까?"

"제가 마지막에 본 것은 어젯밤이었습니다만, 오늘 아침에 서재에 있었던 건 확실해요. 대학생인 아들이 나가기 전에 '아버지 방에 석궁이 나와 있어.' 하고 가르쳐 주었거든요. 아마 어제 미술품을 아래로 옮길 때 누군가가 꺼냈을 테죠. 그래서 가사 도우미인 가즈미 씨한테 정리하라고 시켰어요."

"그건 몇 시경인가요?"

"손님이 오시기 전이었으니…… 아홉 시 반쯤이었을 거예요."

"석궁이 없는 것을 알아차린 건 언제입니까?"

오다가 처음으로 입을 열었다.

"조금 전이에요. 형사님들이 오셔서 댁에 석궁이 있는지 확인해 보라고 하셔서."

"오늘도 이 서재에는 여러 번 오셨습니까?"

"아뇨. 오늘은 객실 손님들 때문에 바빠서……."

"이 방에 온 분이 또 누가 계실까요?"

"글쎄요." 그녀는 고개를 갸웃거렸다.

"오늘은 이곳에 올 일이 없었을 테지만……. 도우미나 며느리한테 물으면 알지도 모르겠네요."

며느리라는 말에 유사쿠는 반응했다. 며느리라고 하는 걸 보니 우류 아키히코는 결혼을 한 것 같다. 이 점에서도 졌구나, 하고 유사쿠는 생각했다. 그는 아직 독신이다.

"오늘 여기 온 사람은 아래층 객실에 모인 분들뿐입니까?"

"아뇨, 그게……."

아야코의 얘기로는 아래층에 모인 여성들 남편이 낮에 상태를 보러 왔다고 했다. 이 저택에 머문 것은 잠깐이지만, 틈을 보아 이 방에 올라오는 것쯤은 가능했을 것이다.

"그중에 가방을 들고 있는 사람은 없었습니까?"

유사쿠의 첫 질문이었다.

"가방……요?" 아야코는 당혹스러운 눈빛이었다.

"큰 가방 말입니다. 종이 가방이어도 괜찮습니다만."

그녀는 고개를 저었다.

"잘 기억나지 않네요."

그렇습니까, 하고 유사쿠는 물러났다. 가방이나 종이 가방이라고 한 것은 석궁을 넣을 수 있는 것 말이었다. 설마 범인이 석궁을 그대로 들고 나가진 않았을 것이다.

유사쿠의 의도를 깨달았는지, "그 건에 관해서는 다른 사람한테도 물어보는 편이 좋겠네." 하고 니시가타가 말했다.

이어서 오다가 이 서재에 들어오는 경로를 질문했다. 일단 1층에서 계단으로 올라오는 방법이 있다.

"또 한 가지, 밖에서 직접 들어오는 방법도 있지 않습니까. 아까 얼핏 봤습니다만, 바깥 계단도 있는 것 같던데요."

"네, 있어요. 복도 막다른 곳의 발코니에서 아래로 내려가는 계단이 있어요."

아야코의 뒤를 따라 유사쿠 일행은 복도로 나갔다. 유리가 낀 문을 열고 발코니로 나가자, 호를 그리면서 뒤뜰로 이어지는 계단이 내려다보였다. 그곳에서라면 뒷문도 가깝다.

"이런 루트도 있겠군."

니시가타 경감은 중얼거리더니 아야코에게 물었다.

"이 문은 잠겨 있었죠? 열쇠는 누가 갖고 있습니까?"

"저하고 아들이 갖고 있어요." 아야코가 대답했다.

"아들이라면?"

"장남인 아키히코예요."

"오……."

니시가타는 면도하고 남은 수염이 신경 쓰이는지 턱을 어루만졌다.

"아드님은 오늘 물론 회사겠지요?"

"일하러 갔습니다. 그러나 회사는 아녜요."

"UR전산이 아닙니까?" 오다가 물었다.

"네. 아버지 뒤를 잇는 것은 싫다고……. 지금은 도와의과대학교 뇌신경외과에서 조교수를 하고 있습니다."

유사쿠는 가슴속에 찌릿한 통증을 느꼈다. 의사, 뇌외과…….

"완전히 다른 분야군요."라고 한 뒤, "그 아들에게는 사건을 전하셨습니까?" 하고 니시가타가 물었다.

"네. 스가이 씨 댁으로 바로 가 보겠다고 했어요."

"그렇군요."

2층에서의 볼일은 거의 끝나서 유사쿠 일행도 아래층으로 내려와서 객실에 들어갔다. 네 명의 감식관이 두 조로 나뉘어서 각각 일고여덟 명의 관계자에게 얘기를 듣고 있는 참이었다. 니시가타는 일단 부하를 모아서 아야코에게 들은 이야기를 대략 설명했다. 이 정보를 바탕으로 질문하라는 것이다.

그들이 다시 담당한 곳으로 돌아가는 걸 확인한 뒤 아야코에게 물었다.

"현재 이 집에 있는 사람 전부입니까?"

그녀는 객실을 둘러본 뒤 대답했다.

"가사 도우미가 두 사람 없군요. 아마 주방에 있을 거예요. 그리고 며느리는 속이 좋지 않다고 별채로 돌아갔어요."

"별채요……. 우리 질문에 대답하지 못할 만큼 상태가 나쁜가요?"

"아뇨, 그 정도는 아닐 거라고 생각해요."

니시가타는 끄덕이고 별채에 가서 얘기를 듣도록 하라고 오다와 유사쿠에게 명령했다.

"단, 부인이 피곤해하지 않도록 주의해."

이렇게 덧붙인 것은 역시 우류라는 이름의 무게를 느껴서일 게다.

별채는 안채 현관에서 정원을 가로질러 가도록 되어 있었다. 오다가 성큼성큼 걸어가고, 유사쿠가 그 뒤를 따라갔다. 오다는 니시가타가 함께일 때보다 약간 더 가슴을 젖히고 있다.

별채라고 해도 보통 집과 별로 다를 바 없었다. 현관이 있고, 그 안쪽에 서양식 문이 있었다. 오다가 문 옆의 인터폰을 눌렀다. 젊은 여성이 받아서 오다는 신분을 밝혔다. "네, 바로 나가겠습니다." 하고 인터폰 스피커는 말했다.

잠시 후, 현관문이 열렸다. 하얀 카디건을 입은 비교적 키가 큰 여성이 모습을 나타냈다.

"쉬시는데 죄송합니다. 현경 수사1과 오다라고 합니다. 이쪽은 시마즈 경찰서 와쿠라 유사쿠 경사입니다."

소개를 받고 안녕하세요, 하고 유사쿠는 머리를 숙였다. 그리고 얼굴을 들고, 새삼스럽게 상대방을 보았다. 순간 어째서 이 여성은 이렇게 놀라고 있는가 생각했다.

하지만 그 놀람은 다음 순간 유사쿠의 것이 되었다.

'미사코⋯⋯.'

엉겁결에 나올 뻔한 소리를 유사쿠는 애써 삼켰다.

4

아키히코가 돌아온 것은 7시가 지나서였다. 친척이나 경찰들도 모두 돌아가고 겨우 조용해져서 일단 저녁을 먹으려고 할 때였다. 오늘 저녁은 같이 먹자는 아야코의 말에 미사코도 안채 식당에 있었다. 히로마사도 학교에서 돌아와, 오랜만에 우류 가 전원이 모여서 식사를 하게 되었다.

심각한 표정의 아키히코는 식탁에 앉아서도 입을 열지 않았다. 그래도 아야코가 스가이 가에서의 일을 묻자, 차분하게 설명해 주었다.

"친척들이 다들 이쪽에 와 있어서 집에는 회사에서 온 사람뿐이었어요. 정보를 듣고 언론에서 많이 와 있었고요. 도시카즈가 돌아왔지만, 혼자서는 여러모로 짐이 무거워 보여서 여기저기 연락하는 거라든가 도와주고 왔어요."

"그랬구나, 수고했네." 아야코가 말했다.

"대체 누가 그런 짓을 했을까."

히로마사가 조심스럽게 입을 열었다. 사건에 충격을 받아 별로 식욕이 없는지 일찌감치 포크와 나이프를 내려놓고 물만 마시고 있었다.

"머지않아 알게 되겠지. 경찰은 그렇게 멍청하지 않아."

피로를 풀듯이 아키히코는 목을 빙빙 돌렸다.

"형사들은 오늘 온 친척들을 의심하는 것 같았어."

소노코가 말을 거들었지만 아야코가 타이르듯이 딸을 보았다.

"함부로 의심하는 거 아냐."

"우리 석궁을 사용한 것 같으니까 언제 훔쳐갔는지 확실히 하려고 하는 것뿐이야."

"그래도 훔친 사람이 밖에서 들어온 사람이라고 단정 지을 순 없잖아."

소노코는 물러나지 않고 말했다.

"안에 있는 사람이 훔치는 편이 훨씬 간단하니까."

"친척 중 누군가가 훔쳤다는 거야? 훔쳐서 뭐 하게. 아주머니들은 이 집에서 한 걸음도 밖으로 나가지 않았어."

"훔쳐서 다른 사람에게 전달하는 방법도 있지. 낮에 아저씨들 많이 왔잖아?"

"소노코. 함부로 말하면 안 돼." 아야코는 단호히 나무랐다.

야단을 맞아도 소노코는 끄덕도 없어 보였다. 입은 다물었지만, 살짝 앞으로 나온 뾰족한 턱에 반항의 빛이 배어났다.

"어쨌든…… 대단하네."

잠시 후 히로마사가 말했다.

"그 석궁으로 사람을 죽이려는 사람이 정말로 있었다니. 어제 그걸 보자마자 퍼뜩 떠오른 사람이 있었나."

"히로마사……."

이번에는 아야코도 주의를 주지 않았다. 히로마사 말대로 범인은 어제 석궁을 보고 범행을 떠올렸다고 생각할 수 있다. 요컨대 친척 중 누군가다.

미사코는 곁눈으로 아키히코를 보았다. 남편은 이런 대화가 들리지 않는 것처럼 묵묵히 입을 움직였다.

이날 밤 잠자리에 들어서도 아키히코의 침묵은 변함없었다. 눈을 감고 있지만, 호흡으로 자고 있지 않은 것은 알았다. 뭔가 성가신 일이 일어났을 때 이 남편은 언제나 이렇게 혼자 생각하고 아내가 모르는 사이 해결해 버린다.

스탠드 스위치를 끄고 "잘 자요."라고 했다. "잘 자." 하고 그도 입술을 움직였다.

캄캄한 어둠 속에서 눈을 감았지만, 미사코도 잠이 올 리 없었다. 오늘은 정말 너무 많은 일이 있었다. 한꺼번에 많은 충격이 덮쳐 와서 몸과 마음 모두 상처를 받았다. 이런 피로감은 수면을 도와주지 않는다.

그러나 솔직히 그녀가 잠들지 못하는 가장 큰 원인은 마사키요가 살해당한 일이 아니라, 그다음에 나타난 남성 때문일지도 모른다. 두 형사 중 한 사람.

와쿠라 유사쿠. 지금도 또렷이 기억하고 있는 이름. 아마 평생 잊지 못할 이름.

미사코의 기억은 10년도 전으로 거슬러 올라간다. 고등학생 때였다. 아버지 소스케가 사고를 당해서 우에하라 뇌신경외과 병원에 입원했던 3월 중순의 일이다. 병원 뜰의 벚꽃 봉우리가 슬슬 봉긋해지기 시작할 무렵이었다.

미사코는 학교에서 돌아오는 길에 거의 매일 문병을 갔다. 소스케의 상태는 간병이 필요할 정도는 아니었지만, 아무도 없는 집에 돌아가기도 심심하고, 숲으로 둘러싸인 벽돌병원 안을 산책하는 것이 즐거워서였다.

그 정원에서 언제나 마주치는 남자가 있었다. 검은 교복을 입고 나무 사이를 누비듯이 걸어갔다. 약간 까칠한 얼굴에 어딘가 그늘이 졌다. 미사코는 처음에는 빠른 걸음으로 스쳐 지나갔지만, 점점 눈인사를 하는 사이가 되고, 그러다 그와 마주치는 걸기대하게 되었다. 아주 가끔 그의 모습이 보이지 않으면 병원 부지를 몇 번이나 돌기도 했다.

먼저 말을 걸어온 쪽은 그였다. 언제나처럼 인사를 한 뒤, "가족이 입원했니?" 하고 물었다.

아버지가 입원했지만 큰 병은 아니라고 미사코는 대답했다. 두 사람은 벤치를 찾아서 나란히 앉아 자기소개를 했다. 그는 와쿠라 유사쿠, 현립 고등학교 3학년이라고 했다. 그 고등학교는 현에서 최고의 명문고였다.

"그럼 봄부터 대학생?"

미사코가 말하자, 그는 씁쓸하게 웃었다.

"그랬으면 좋겠지만, 유감스럽게 재수해. 딱 한 군데 쳤는데 떨어졌어."

"그랬구나……."

아픈 데를 건드렸구나, 하고 미사코는 생각했다. 좋은 고등학교라고 해서 꼭 입시에 성공하는 건 아닌데.

"누가 입원하셨어?"

화제를 바꿀 생각으로 물어보자, 그는 고개를 저었다.

"아무도 입원하지 않았어. 이 병원에는 좀 추억이 있어서 말이야. 그래서 학교에서 돌아오는 길에 들를 때가 많아."

"어머……. 어떤 추억?"

"그건……."

와쿠라 유사쿠는 살짝 얼굴을 찡그렸다. 복잡한 사정을 어떻게 설명할까 생각하는 얼굴이었다. 그래서 왠지 가엾어져서 "얘기하기 곤란하면 안 해도 괜찮아." 하고 미사코는 말했다.

"아니, 얘기하기 곤란할 정도는 아냐. 실은 옛날에 이 병원에 입원한 여자를 좋아해서 자주 놀러 왔어. 그 사람은 죽었지만……."

여기까지 얘기한 뒤 그는 씁쓸한 표정으로 미소를 지었다.

"뭐 대충 그런 얘기야."

흐음, 하고 미사코는 끄덕였다. 이해하기 어려운 얘기이긴 했지만, 더 이상 묻는 건 좋지 않겠다고 생각했다. 게다가 그와 얘기하는 건 이 날이 처음이었다.

그 후로 두 사람은 거의 매일 병원 정원에서 만났다. 두 사람의 화제는 끝이 없었다. 음악 취향은 신기할 정도로 같았고, 장래 꿈을 얘기할 때는 친구들한테 느끼지 못하는 자극을 받았다. 미사코도 그랬지만, 유사쿠도 그리 넉넉한 가정에서 자라지 못한 것 같았다. 그래서 평범한 고등학생이 흔히 하는 옷이나 연예인 같은 현재 이야기보다 미래에 시선을 보내는 대화가 많았다.

"내년에는 꼭 합격할 거야."

졸업식을 마친 뒤, 유사쿠는 두 팔을 높이 올리고 말했다. 오른손에는 졸업증서가 든 통이 쥐어 있었다.

"내년에도 도와의대 칠 거야?" 미사코가 묻자,

"물론이지." 하고 그는 단언했다. 그가 의사를 꿈꾼다는 것은 미사코도 이미 들어서 알고 있었다.

이 시기에 미사코는 상당히 들떠 있었다. 어머니 나미에는 "요즘 기분이 좋아 보인다."라고 했고, 학교 친구에게도 같은 말을 들었다. 친한 친구들은 과연 감이 빨라서, "남친 생긴 거 아냐?" 하고 놀렸다. 미사코는 웃으면서 부정했지만, '남친'이라는 말에는 지금까지 느낀 적 없는 신선한 울림이 있었다.

아버지 소스케가 퇴원한 뒤로는 근처 공원을 산책하고, 커피숍에 가는 평범한 데이트를 했다. 가끔은 시내에 쇼핑도 가고 영화를 보러 가기도 했다. 유사쿠는 재수생이어서 놀 시간이 없었지만, 사흘만 만나지 않아도 금방 쓸쓸해졌다.

이따금 집으로 전화를 걸어오기도 해서 부모님은 두 사람의 교제를 알게 되었다. 그래서 딱 한 번 그를 집에 초대해서 나미에에게 소개했다. 나미에는 그리 싫지 않은 것 같았다. 의대를 목표로 하고 있다는 점이 재수생이라는 약점을 커버했다. 아버지의 직업이 경찰이라는 것도 나미에에게 안심을 준 것 같았다.

"적당히 사귀렴."

유사쿠가 돌아간 뒤, 나미에는 미사코에게 이렇게 당부했다.

그 후에도 두 사람의 교제는 순조롭게 계속되었다. 여름에는 바다에 수영하러 가기도 했다. 그날은 귀가가 조금 늦어져서 유사쿠가 집까지 바래다 주었다. 도중에 작은 공원을 지날 때, 그가 걸음을 멈추었다. 미사코도 걸음을 멈추었다. 어떤 예감을 느꼈다. 그 예감대로 유사쿠는 그녀의 입술에 키스했다. 꿈을 꾸는 듯한 기분을 맛보면서 그에게 잡힌 팔이 아프다고 생각 했다. 오래 기억에 남을 첫 키스였다.

그렇게 여름이 지나고, 가을이 오고, 그리고 겨울이 찾아왔다. 크리스마스 날, 한동안 만나지 말자고 미사코 쪽에서 제안했다.

"입시 공부에 집중했으면 좋겠어." 미사코가 말했다.

"날 무시하지 마. 두 번이나 실수하진 않아."

유사쿠는 그렇게 말하면서도 한동안 만나지 않겠다고 약속했다.

미사코는 그의 입시에 불안한 요소가 있으리라고는 조금도 생각하지 않았다. 그녀도 머잖아 고등학교 3학년이 되니, 입시에 무관심하지 않다. 그녀 나름대로 분석한 바로는 유사쿠가 도와 의과대학에 떨어질 일은 없었다.

그러나.

세상에는 믿을 수 없는 불운이 있다. 유사쿠에게 바로 그런 불운이 닥쳤다. 입시 당일 아침, 아버지가 쓰러진 것이다. 뇌출혈이었다.

아버지의 혼수상태는 몇 시간이나 계속되었다고 한다. 의사가 올 때까지 유사쿠는 부엌에서 아버지를 지키고 있었다. 움직이면 위험하다고 판단한 것이다. 이것은 적확한 대응이었다.

고혈압이 쓰러진 원인이었다. 뇌출혈은 비교적 가벼웠지만, 유사쿠의 아버지는 우반신을 거의 사용하지 못하게 되었다. 말하는 것도 어눌해졌다. 이 사건으로 유사쿠는 두 번째 입시 기회를 잃었다.

"한심하지."

소동이 일단락된 뒤, 미사코는 그를 만났다. 그때 그가 얼굴을 찡그리며 말했다.

"의대에 들어가서 뇌외과를 공부하는 것이 꿈이었는데 아버지 뇌출혈로 엉망이 되다니."

"내년이 또 있잖아. 이런 일로 좌절하다니 유사쿠답지 않아."

그러자 유사쿠는 그녀의 얼굴을 찬찬히 바라보면서 쓴웃음을 지었다.

"너한테 격려를 받다니. 하지만 걱정할 필요 없어. 좌절한 건 아냐. 다만, 이제 작년처럼 한가롭게 재수할 처지가 아니야. 아버지가 직장에 복귀할 가능성은 거의 절망적이니까."

아, 그런가, 하고 미사코는 생각했다. 그에게는 어머니가 없다. 아버지 간호도 그가 해야 한다.

"내가 할 수 있는 일이 있으면 좋을 텐데."

"괜찮아. 어떻게든 해 볼게. 너도 올해는 입시 준비로 바쁘니까 내 걱정까지 하지 마."

쾌활하게 말한 뒤, "그렇지만 고맙다." 하고 유사쿠는 덧붙였다.

그러나 실제로는 '어떻게든 할 수 있는' 상태가 아닌 것 같았다. 4월부터 유사쿠는 아르바이트를 시작했다. 낮에는 일하고 밤에는 공부하는 생활이었다. 틈틈이 아버지를 돌봐야 했다. 도저히 미사코를 만날 시간이 없었다. 그래도 주말 밤이면 전화가 왔지만, 수화기 너머로 들리는 그의 목소리는 전에 비해 힘이 없었다. 피곤하구나, 하고 미사코가 물으면 응, 뭐, 하고 유사쿠는 대답했다. 예전의 그라면 그런 것을 인정하지 않았을 터다.

여름이 되어서야 만났을 때 미사코는 사람을 잘못 본 줄 알았다. 유사쿠는 운동부 못잖게 얼굴이 타고, 바싹 야위었다. 수면

부족인지 눈은 충혈되었다.

두 사람이 만난 곳은 백화점 옥상이었다. 작은 옥상 유원지에서 아이들이 놀고 있었다. 그걸 바라보면서 벤치에 앉아 소프트 아이스크림을 핥았다.

"공부는 잘돼?" 유사쿠가 물었다.

"일단 하고 있긴 하지만, 효과가 있는지 어떤지 모르겠어."

"미사코라면 잘할 거야."

유사쿠는 힘을 담아 말한 뒤, "파이팅." 하고 그녀의 눈을 바라보았다.

"응, 열심히 할게. 같이 파이팅하자."

미사코의 말에 "그래." 하고 대답하고 그는 놀고 있는 아이들에게 시선을 보냈다.

나중에 짐작한 것이지만, 이때 그는 한 가지 결심을 하고 미사코를 만나러 온 게 분명했다. 그러나 그는 그 결심을 말하지 못했다. 물론 미사코를 위해서였을 것이다.

유사쿠가 그 고백을 한 것은 다음 해 3월이었다. 미사코가 희망 대학에 합격해서 그 사실을 알려 주기 위해 만났을 때다. 장소는 처음 만났을 때와 같은 병원 부지 안이었다.

축하해, 유사쿠는 먼저 그녀의 합격을 축하했다.

"고마워. 다음은 유사쿠 쪽 발표네. 모레던가?"

미사코의 말에 유사쿠는 눈을 내리뜨더니, 새삼스럽게 다시 바라보았다.

"실은 말이야, 이미 결과는 나왔어."

뭐? 하고 미사코는 고개를 갸웃거렸다. 뭔지 모를 불안감이 가슴속을 스쳤다.

"4월부터 경찰학교에 가. 경찰관이 될 거야."

"경찰관이……."

그의 말을 따라했지만, 그 의미가 좀처럼 머리에 들어오지 않았다. 그는 도와의과대학교에 시험을 치고 결과를 기다리고 있다, 그렇게 믿고 있었는데.

"속일 마음은 없었어. 하지만 네 공부에 영향을 끼치면 안 될 것 같아서 지금까지 잠자코 있었어."

"언제부터……. 언제부터 결정한 거야?"

"결정한 건 작년 여름이야. 시험이 가을에 있었어. 아버지가 그런 상태이니 내가 일할 수밖에 없고 달리 생각나는 일이 없었어."

"너무해. 의논이라도 해 주면 좋았을 텐데……."

가슴속에서 뜨거운 것이 끓어올라 와서 눈으로 흘러넘쳤다. 유사쿠의 얼굴이 점점 번져 갔다.

"미안해. 너를 동요하게 하고 싶지 않았어."

미사코는 머리를 저었다.

"같이 대학생이 될 줄 알았는데."

"그러게. 그러고 싶었어."

그리고 그는 말을 이었다.

"앞으로는 각자 다른 길을 가게 될 거야."

미사코는 놀라서 유사쿠를 보았다.

"이제 만나지 않겠다는 거야?"

"만날 수가 없어."

유사쿠는 고개를 저으며 말했다.

"한동안은 어엿한 경찰이 되기 위한 훈련을 해야 해. 몇 달이나 기숙사에 박혀서 지낼 거야. 게다가…… 너하고는 이제 사는 세계가 달라."

"싫어, 나는 헤어지고 싶지 않아."

미사코는 유사쿠의 손을 꽉 잡았다. 유사쿠는 그 손을 빤히 바라보더니, "잠깐 걸을까."라고 했다.

두 사람은 병원을 나와서 그 근처를 걸었다. 공원을 걷고, 상점가를 걷고, 둑을 걸었다. 미사코는 그의 손을 놓지 않았다. 놓으면 그대로 그가 가 버릴 것 같은 느낌이 들었다. 미사코가 눈물을 흘리고 있어서 지나가는 사람들이 전부 두 사람을 돌아보았다. 그러나 유사쿠는 그런 시선 따위 개의치 않는 듯했다.

어느샌가 유사쿠네 집 앞까지 왔다. 유사쿠는 미사코를 돌아보며 말했다.

"오늘 아버지 안 계셔. 내가 경찰학교에 들어가 있을 동안 돌봐 주실 친척 집에 가셨어."

그래서 아무도 없다고 그는 말했다. 그 의미를 미사코는 이해했다. 그리고 말했다.

"들어가도 돼?"

"지저분한 집이지만."

그의 집에 들어가는 것은 처음이었다. 유사쿠의 방에서는 그의 냄새가 났다. 책상이나 책장, 레코드 플레이어에 포스터. 평범한 학생들과 같았다. 그럼에도 그는 다른 길을 가야만 한다.

"뭐 마실래?" 유사쿠가 물었다.

"괜찮아."

"그럼 사과라도 갖고 올까."

일어서려는 유사쿠를 붙잡았다.

"가지 마. 옆에 있어 줘. 부탁이야."

유사쿠는 뭔가를 참듯이 입술을 깨물었다. 그리고 미사코를 보더니 천천히 그녀의 어깨를 껴안았다.

포옹을 한 뒤, 그는 벽장에서 자신의 이불을 꺼내 왔다. 그곳에 미사코를 눕히고, 불을 끈 뒤 커튼을 내렸다. 그래도 아직 밝았다. 유사쿠가 옷 벗는 것을 보고 미사코는 이불을 머리끝까지 뒤집어썼다. 그리고 그 속에서 스커트와 블라우스를 벗고, 스타킹을 내렸다.

이윽고 그가 이불 속으로 들어왔다. 거의 알몸에 가까웠다. 그의 탄력 있는 몸을 만지면서 이대로 세상이 끝났으면 좋을 텐데, 하고 미사코는 생각했다.

행위가 순조로울 때까지는 상상 이상으로 시간이 걸렸다. 유사쿠는 땀에 흠뻑 젖고 미사코 쪽은 통증으로 의식이 가물거릴 정도였다.

"미안. 아팠지." 유사쿠가 말했다. 조금, 하고 미사코는 대답했다.

"그렇지만…… 처음이자 마지막이네."

"응. 처음이자…… 마지막이네."

미사코는 또 울었다. 그런 그녀를 다시 한 번 꼭 껴안고, "이해해 주길 바라. 서로를 위해서인 것." 하고 유사쿠는 말했다.

4월 5일, 미사코는 대학 입학식을 마친 뒤, 곧장 유사쿠의 집으로 향했다. 그날은 유사쿠가 집을 떠나는 날이기도 했다. 마지막으로 한 번만 더 보고 싶었다.

그러나 유사쿠네 집에는 아무도 없었다. 현관에는 자물쇠가 잠겨 있고 덧문은 굳게 닫혀 있었다.

미사코는 벽돌병원으로 달려가서 유사쿠와 함께 시간을 보냈던 벤치에 앉아서 펑펑 울었다.

그것이 처음이자 마지막 사랑이기도 했지, 하고 미사코는 어둠 속에서 생각했다. 그런 감정을 남편인 아키히코에게 느낀 적이 없다. 실제로 지금도 낮에 본 유사쿠의 얼굴을 떠올리자 가슴이 설렜다.

미사코는 오다라는 형사와 유사쿠를 거실로 안내했다. 주로 질문하는 것은 오다 쪽이었다. 나이로는 별 차이가 없는 듯한데 두 사람의 직급은 다른 것 같았다. 역시 유사쿠가 대학을 나오지 않은 것이 불리했을지도 모른다.

질문 내용은 아침부터 드나든 사람들, 석궁, 그리고 사건에 관해서 뭔가 짐작 가는 게 없는가 하는 것. 미사코는 아는 한도 내에서 전부 얘기해 주었다. 시선 끝에 유사쿠의 모습을 담으면서.

'수사를 하는 동안, 그 사람을 만날 기회가 많아질지도 몰라.'

이 상상은 그녀를 설레게 했다. 먼 과거에 잊고 온 보물을 발견한 듯이 가슴의 고동을 느꼈다. 그런 마음을 자제해야 한다는 의식도 없는 건 아니지만.

미사코는 뒤척거리다 아키히코 쪽을 보았다. 그의 넓은 등이 눈앞에 있다.

'남편과 결혼한 건 내 운명에서 어떤 의미가 있을까.'

아무 말도 해 주지 않고 고민을 털어놓지도 않고 평온한 날들을 보내기만 하면 아내는 만족할 거라고 생각하는 남편. 단순히 가정을 지킬 뿐만 아니라, 인간적인 부분에서 그의 힘이 되고 싶다는 바람을 이해해 줄 날은 오지 않는 걸까.

미사코의 뇌리에 낮에 있었던 일이 떠올랐다. 뒷문으로 사라져 간 인물.

순간적인 일이어서 단언할 수 없다. 그러나……

그 뒷모습은 아키히코이지 않았나.

이 사실은 아직 경찰에 얘기하지 않았다.

5

이날 밤 정식으로 시마즈 경찰서에 수사본부가 설치되었다. 살인 사건도 오랜만이지만, 이번에는 피해자의 지명도가 다르다. 시마즈 경찰서 생긴 이후 최대의 사건이라고 할 수 있을 것이다. 그것을 증명하듯이 경찰서 앞에는 보도관계자가 잇따라 몰려왔다. 그들에게 하는 정식 발표는 오후 7시에 서장의 기자회견 형태로 열렸다.

형식적으로는 서장이 수사본부장이 된다. 그러나 주임 수사관으로 실제 지휘하는 사람은 현경 본부 수사1과의 곤노 총경이었다. 곤노 밑에는 니시가타 경감을 팀장으로 하는 수사1과팀 10명이 있고, 그들을 중심으로 수사 활동을 한다. 거기에 기동수사대, 시마즈 경찰서 형사과와 방범대원, 경찰 등이 협력하게된다.

회의실에 주요 인물이 다 모였을 때 니시가타가 일어서서 사건 개요를 설명했다. 유사쿠는 뒷벽에 기댄 채 얘기를 들었다. 이미 알고 있는 내용 복습이다.

"피해자가 그 시각에 그 장소에 간 것은 매주 습관적으로 하는 일로, 그 사실을 알고 있던 범인이 잠복하고 있었던 걸로 보입니다. 물론 이런 습관은 신문에서도 다룬 적이 있어서 현실적으로 범인을 좁힐 단서가 되긴 어렵겠죠."

니시가타 경감의 목소리가 낭랑하게 울렸다. 큰 사건을 맡았다는 허세가 느껴지지 않는다. 그 점은 옆에서 어깨에 힘주고 있는 서장과 크게 달랐다.

"다음은 범행에 사용된 화살 얘깁니다만……."

우류 가의 석궁 설명이 이어졌다. 아직 발견되지 않아서 형태를 확인하지 못했지만, 그것이 사건에 쓰인 흉기임은 틀림없는 사실이라고 니시가타는 말했다.

"화살에 지문은요?"

중간쯤에 앉아 있던 수사관이 물었다.

"검출되지 않았습니다. 깨끗이 닦여 있었습니다."

회의실이 약간 술렁거렸다.

"피해자는 출혈과다나 쇼크사가 아니라 중독사라고 하더군요. 화살에 독이 묻어 있었던 걸까요?"

다른 수사관이 질문했다.

"그 얘기는 석궁 소유주인 우류 나오아키 씨 측근 인물에게 자세히 듣고 왔습니다."

니시가타는 후쿠이라는 형사에게 탐문 내용을 보고하라고 명령했다. 후쿠이는 동안이지만 체격이 다부진 사내였다.

"그 인물은 현재 UR전산 상무인 마쓰무라 겐지 씨입니다. 마쓰무라 씨에 따르면 작년 말 독일에서 돌아온 사원이 선물로 그 석궁을 우류 씨한테 주었다고 합니다. 우류 씨는 미술품이나 특이한 물건을 수집하고 있어서 말이죠."

"그 사원은 현재 다시 독일에 가 있습니다. 연락을 취하고 있는 중입니다."

옆에서 니시가타가 덧붙였다.

"그래서 문제의 석궁 말입니다만." 하고 후쿠이는 계속했다.

"활시위도 팽팽하고 아직 충분히 사용할 만하다고 합니다. 조준기도 달려 있다고 합니다."

"아마추어가 사용할 수 있는 건가."

곤노 총경이 질문했다.

"화살을 끼우는 건 간단하다고 합니다. 다만 적중률은 사용한 적이 없어서 모르겠답니다."

"그렇다면 활을 다루는 데 익숙한 사람인가."

총경이 혼잣말처럼 중얼거리자, "아닙니다, 그렇게 볼 수만도 없습니다." 하고 니시가타가 말했다.

"현장에서 조사해 본 바, 범인이 겨냥한 위치는 스가이 씨의 후방 10미터쯤 되는 곳으로 보였습니다. 그 정도라면 석궁의 몸통을 고정하면 처음 쓰는 사람이어도 그리 어렵잖게 맞힐 수 있었을 겁니다."

"과연 그렇군. 근데 그걸 어떻게 고정하지?"

"범인이 숨어 있던 곳은 묘지를 둘러싼 콘크리트 담 바깥쪽입니다. 담의 높이는 1미터쯤이니, 그 위에 올려놓으면 안정되지 않을까요."

이 점에 관해서는 이미 검토가 끝났는지 니시가타는 자신감 있는 말투였다.

곤노 총경이 납득한 모습을 보고 후쿠이는 보고를 재개했다.

"문제의 화살 말입니다만, 마쓰무라 씨는 화살에 독이 있다는 것을 알고 있었습니다. 듣자하니 독을 묻혔는지 어쨌는지 겉으로는 모르도록 장치되어 있다고 하더군요."

"그 장치에 관해서는 나중에 감식원에게 보고를 받겠습니다." 니시가타가 말했다.

"독 종류는요?" 유사쿠의 상사인 형사과장이 질문했다.

"쿠라레 같습니다." 하고 후쿠이는 대답하자, 또 실내가 시끄러워졌다. 낯선 독극물이었기 때문이다. 후쿠이가 설명을 덧붙였다.

"덩굴 식물에서 만들어진 식물 독으로 아마존 유역의 원주민들이 사용했던 것 같습니다. 현재도 부족의 남자들이 은밀히 만든다고 합니다. 쿠라레는 부족어로 새를 죽인다는 의미가 있다고 하더군요. 사용법은 오로지 독화살로, 이 독으로 쏘면 아픔을 느낄 틈도 없이 근육이 이완되어 움직이지 못하다가 이윽고 호흡 마비로 죽습니다. 잘도 이런 걸 일본에 갖고 들어왔네요."

"그 화살은 몇 개나 있습니까?"

시마즈 경찰서의 베테랑 형사가 손을 들고 질문했다.

"장식장에 들어 있던 두 개가 없어졌습니다. 요컨대 범인은 한 개 더 여유가 있었던 겁니다."

10여 미터 거리에서 화살을 두 개 쏘면 어느 쪽이 맞을지 범인은 생각했을 것이다. 또 그 정도의 보험이 없다면 범행을 감

123

행하지 못했을지도 모른다.

이어서 감식원이 화살 구조를 설명했다. 담당 수사원이 비닐 봉지를 들었다. 그 안에는 범행에 사용된 화살이 들어 있었다.

"이 화살을 잘 봐 주십시오. 앞부분이 평범한 화살과는 다릅니다."

감식원은 비닐봉지를 곤노 총경에게 건넸다. 총경은 꼼꼼하게 본 뒤, "화살 끝에 구멍이 있군." 하고 말했다.

"1밀리미터 정도의 구멍입니다. 실은 이게 수상합니다."

감식원은 보고서를 든 채 칠판 앞까지 이동했다. 그리고 화살의 단면을 어설프게 선으로 그렸다.

"화살촉은 약 4센티미터로 끝의 1센티미터 정도가 원추형이어서 끝이 뾰족합니다. 남은 3센티미터는 파이프 모양의 샤프트*에 들어가 있습니다. 그러니까 이게 화살촉 내부 구조입니다만, 안이 비어 있어서 여기에 독을 주입하게 되어 있습니다."

"그걸 쏘면 어떻게 됩니까?"

어느 수사관이 물었다.

"쏜 순간은 독이 화살촉 안에서 뒤로 밀립니다. 그런데 명중해서 화살이 갑자기 멈추면 거꾸로 앞으로 밀려 나갑니다. 독은 화살촉에 있는 작은 구멍에서 나와서 목표물의 몸속으로 들어가죠. 즉, 허공에 쏘는 주사기 같은 겁니다."

---

* 화살대.

오호, 하고 저마다의 입에서 감탄사가 새어나왔다.

"굉장한 거네." 하고 총경이 말했다.

"그것도 역시 아마존 원주민의 지혜인가요."

"아뇨, 그렇지 않을 겁니다. 보통 독화살이라고 하면 화살 끝에 바르기만 하는 것이라고 생각합니다. 전문가에게 물어봐야 확실히 말씀드릴 수 있습니다만."

"흐음, 어쨌든 대단한 장치네."

"범인은 화살을 스가이 씨 몸 어디에든 맞히기만 하면 됐던 겁니다."

니시가타가 설명했다.

흉기에 관한 설명이 끝나자 다음에 스가이 마사키요의 아내 유키에와 아들 도시카즈 이야기, UR전산에서 탐문한 내용 등을 보고했다. 결론부터 말하면 현재까지는 아직 이렇다 할 정보를 얻지 못했다.

"다만 한 가지 걸리는 점이 있습니다."

니시가타는 모두를 둘러보더니 약간 거드름을 피우듯 말했다.

"스가이 씨의 어제 행동입니다. 스가이 씨는 낮에 회사에서 나와서 우류 가로 향했습니다."

이것은 유사쿠와 오다가 우류 미사코에게 들은 얘기였다. 오전 중에는 비토 다카히사도 온 것 같다. 니시가타는 그 점도 언급했다.

"그래서 비토 다카히사와 우류 아야코 양쪽에게 사정을 들어

봤더니, 스가이 씨가 나오아키 씨의 책들을 보고 싶다고 해서 서고 옆에 있는 서재에 안내했다는 겁니다. 그러나 가치 있는 장서는 이미 고서적상에게 팔아서 스가이 씨가 원하는 것이 남아 있었을지 의문입니다. 그 이외에도 부자연스러운 점이 몇 가지 있지만, 이건 좀 더 조사해 볼 생각입니다."

그는 약간 의미 있는 어조로 설명을 마무리 지었다.

그러고 나서 앞으로 수사 방침을 알렸다. 먼저 현장 주변 탐문, 내일도 계속한다. 그러나 앞으로 얼마만큼 유용한 정보를 얻을 수 있을지는 심히 의심스러웠다. 서장 진두지휘도 허무하게 오늘 수사관 총동원 탐문은 공치고 말았다.

다음은 동기 조사다. 현재로서는 스가이 마사키요가 딱히 원한을 사고 있다는 정보는 나오지 않고 있다. 다만 강인한 성격이 일하는 방식에도 영향을 주어서 깊이 파고들면 뭔가가 나올 가능성은 다분히 있다. 또 피해자가 자산가여서 당연히 유산의 행방을 조사할 필요가 있다. 스가이 씨는 몇 명의 친척에게 돈을 빌려주어서, 그 점에서도 그의 죽음을 바라는 사람이 없지는 않을 터다. 생명보험에 들어 있는지 어떤지는 아직 불확실하다.

어쨌든 각 방면의 사정 청취는 내일부터 본격적으로 시작된다. 이것은 업무 관계와 스가이 마사키요의 사적인 관계로 나누어서 실행한다. 특히 오늘 우류 가에 출입한 사람들은 철저한 조사가 필요하다.

"각자의 알리바이는 되도록 세세한 시각까지 확실하게 알아내세요. 범행 시각뿐만 아니라 범인 혹은 공범자가 우류 가에서 석궁을 훔쳐 낸 타이밍도 잊지 않도록 부탁합니다."

니시가타가 강한 어조로 다짐을 시켰다. 오늘 탐문으로 보아, 우류 가 혹은 스가이 가 측근에 범인이 있다는 것은 확실했다. 조금의 차질도 없이 단번에 범인을 체포하고 싶을 것이다.

이후로는 세부적으로 의견을 교환하며 일을 분담했다.

유사쿠와 오다는 내일 우류 아키히코를 만나러 가기로 했다.

6

밤 12시가 조금 지났을 무렵, 유사쿠는 겨우 집에 돌아왔다. 불을 켠 뒤 부엌에서 물을 한 잔 마시고, 그 컵을 든 채 깔아 놓은 이부자리 옆에 앉았다. 베갯머리에는 반쯤 남은 위스키 병이 있었다. 컵에 따르자 쪼르륵 소리와 함께 위스키 특유의 향이 코를 찔렀다. 지친 신경이 조금 회복되는 것 같았다.

꿀꺽 한 모금 마시고, 숨을 토했다. 긴 한숨이 되었다. 한동안은 이 피로가 계속될 것이다.

'어째서 이런 사건이.'

벽의 얼룩을 바라보면서 유사쿠는 중얼거렸다. 마치 자신을 괴롭히기 위해 준비된 사건 같다. 우류 아키히코를 떠올리는 것은 절대 즐거운 일이 아니다.

그리고 미사코.

대체 무슨 인연인가, 유사쿠는 자기 인생을 저주하고 싶은 기분이었다. 지금까지 인생에서 단 한 사람, 유일하게 사랑한 여성인 미사코가 하필 우류 아키히코의 아내라니.

유사쿠는 유리컵을 흔들어 안에서 흔들리는 호박색 액체를 응시했다. 그 너머에 보이는 것은 10년도 더 지난 잿빛 날들이다.

아버지가 쓰러진 것이 비극의 시작이었다. 입시를 보는 날, 그는 수험장에 가지 못하고 병원에 있었다. 의식을 되찾은 뒤 왜 자기를 그냥 버려두고 시험 치러 가지 않았냐고 아버지는 안타까워했지만, 유사쿠는 그럴 수 없었다. 게다가 그런 상태로 시험을 친들 좋은 결과가 나올 리 없다.

그 시점에서는 아직 아무것도 포기하지 않았다. 다음 해에 재도전할 생각이었다.

하지만 아버지 고지의 몸은 생각보다 훨씬 좋지 않았다. 정상적인 수입이 없이 빚만 늘어 가는데 의사를 목표로 하는 장래 설계는 너무 비현실적으로 느껴졌다. 3개월 남짓 고민하다 그는 결론을 내렸다. 어쨌든 안정된 생활을 확보하는 것이 자신의 의무라고 생각했다. 미사코에게는 의논하지 않았다. 그녀에게 새로운 고민을 안겨 주는 결과가 되면 결국 후회만 남는다.

경찰의 길을 선택한 이유는 일반 공무원보다 수입이 좋다고 들어서였다. 물론 어릴 때부터 아버지를 보고 자란 영향도 크다. 의사가 되지 못할 거라면, 이라고 생각했을 때 바로 머리에 떠오른 직업이었다.

시험에 합격하고 4월부터 경찰학교에 가는 것이 정해졌을 때, 미사코와 이별을 결심했다. 이대로 교제를 계속하는 것은 서로에게 고통스러운 결과가 될 뿐이라고 생각했다. 그런 아버지를 떠안은 상태로 언젠가 헤어져야 하는 것은 눈에 보이기 때문이다. 미사코와 장래를 생각한 적도 있지만, 앞으로의 인생을 생각하면 그녀를 끌어들이고 싶지 않았다.

유사쿠는 미사코와 마지막으로 만난 날을 지금도 선명하게 기억한다. 그녀의 하얀 피부, 보드라운 감촉, 그녀의 체온과 숨결. 그리고 유사쿠가 서툴게 침입하려고 할 때, 아픔을 참느라 미간을 찡그리던 얼굴. 그 추억을 보물로 지금까지 살아왔다.

유사쿠는 그녀와 헤어진 것을 후회하지 않는다. 어떤 면에서는 최고의 선택이었다고 생각한다. 아버지 고지는 유사쿠가 경찰로 정식 발령을 받은 2년 뒤에 지난번과 마찬가지로 뇌출혈을 일으켜서 세상을 떠났다. 유사쿠는 할 수 있는 만큼 했다고 생각했다.

미사코를 떠올리지 않을 수 없었다. 마음만 먹으면 만나러 갈 수도 있었다. 그러나 유사쿠는 그러지 않았다. 영문과에 진학해서 그녀 나름대로 삶이 자리를 잡았을 터다. 이제 와서 자신이 나타나 봐야 당혹스럽기만 할 것이다.

유사쿠도 결혼을 생각한 적은 있다. 상사가 소개팅을 주선한 적도 있지만, 좀처럼 내키지 않았다. 상대 여성에게 미사코의 그림자가 겹쳐지니 도저히 그 차이를 간과할 수가 없었다. 요즘 들어서는 평생 결혼을 못할지도 모르겠다는 생각이 든다.

그리고 오늘 뜻밖에도 미사코와 재회했다. 옛날 모습이 그대로 남은 그녀에게는 성숙한 여성의 매력이 넘쳤다. 사정 청취를 하는 동안, 유사쿠는 줄곧 그녀의 눈을 바라보고 있었다. 그녀도 이따금 그에게 시선을 보냈다. 두 사람의 시선이 마주칠 때마다 유사쿠는 몸이 떨리는 듯한 자극을 느꼈다.

'근데 하필이면 그놈과 결혼했을 줄이야……'

그녀가 결혼한 것 자체는 의외도 뭣도 아니다. 그렇지만 하필우류 아키히코라니. 유사쿠는 운명의 장난이라는 진부한 말이 떠올랐다.

수사를 하는 동안, 나는 미사코를 숙적이었던 놈의 아내로 대해야 하는가.

"저주받은 거야."

신음하듯이 중얼거리고, 유사쿠는 남은 위스키를 단숨에 마셨다.

제3장

재
회

1

"오늘은 되도록 밖에 나가지 마."

사건 다음 날 아침, 미사코가 아키히코를 배웅하러 문까지 나갔을 때, 아키히코가 차 안에서 말했다.

"알아요. 나갈 일도 없고." 미사코는 대답했다.

"그리고 형사가 올 텐데, 뭘 묻든 경솔하게 대답하지 않도록 해. 모호한 것은 무조건 잘 모르겠다고 하고."

"그럴게요."

미사코는 차 안의 남편에게 끄덕였다. 어젯밤에는 제대로 자지 못했는지 아키히코의 눈이 약간 충혈되었다.

"그럼 다녀올게."

차창을 닫고, 그는 차를 움직였다. 무엇이 불안한지 핸들을 꺾으면서도 걱정스럽게 돌아보았다. 미사코는 조그맣게 손을 흔들었다.

이윽고 엔진 소리가 커지고 배기가스를 뿜으면서 차는 속도를 내기 시작했다. 꼬리등이 멀어져갔다. 그걸 지켜보면서 미사코는 복잡한 마음에 사로잡혔다.

'어제 낮의 일……. 끝내 묻지 못했네.'

아침을 먹으며 몇 번이나 물으려고 했다. 어제 낮에 뒷문 언저리에서 당신 뒷모습을 보았는데, 라고. 그러나 끝내 말을 꺼내지 못했다. 자연스럽게 물어보려고 해도 막상 말을 할 때는 얼굴이 굳어질 것 같았다. 그리고 미사코는 두려웠다. 자기가 그걸 묻는 것과 동시에 아키히코의 안색이 바뀌는 것이.

비겁해, 하고 미사코는 자신을 욕했다. 정말로 남편을 믿는다면 설령 무엇을 목격했다 해도 의심을 품지 않을 터다. 상대가 털어놓을 때까지 그저 기다리기만 하면 된다.

만약 믿지 못한다면 과감히 남편에게 물어야 한다. 상대를 의심하는 채 부부생활을 계속할 수는 없다.

그리고 어느 쪽이든 두려워하던 사실을 남편이 고백했을 때에는 그의 마음을 이해하고 사태를 조금이라도 호전시키려고 노력해야 한다. 만약 남편이 범죄를 일으켰다면 자수를 권하는 것도 아내의 역할일지 모른다.

'그런데 나는……'

그저 두려워하고만 있어, 하고 미사코는 자신의 마음을 분석했다. 잠자코 있는 것은 아키히코를 믿어서가 아니다. 정신적 타격을 나중으로 미루는 데 지나지 않는다. 자신은 대체 무엇을 두려워하는가.

유감스럽게 그것은 아키히코를 잃어버리는 것도 아니고, 그의 괴로움을 아는 것도 아니다. 자신이 두려워하는 것은 아키히코가 살인자로 체포되는 것보다 자신이 맞게 될 이런저런 곤란 쪽이다. 만약 현재의 생활이 보장된다면 과연 아키히코가 체포되는 것을 얼마만큼 슬퍼할지 자신이 없다.

'나는 아키히코의 아내로서는 실격이야.'

미사코로서는 이렇게 결론 내릴 수밖에 없었다.

'근데 그건 정말 그 사람이었을까.'

새삼 어제 본 그림자를 생각했다. 얼핏 보았을 뿐이어서 확신을 가질 수는 없다. 하지만 그 순간, 왜 그가 지금 여기에, 라고 생각한 것은 분명하다. 순간적인 인식은 의외로 틀리지 않을 때가 많다.

만일 그것이 아키히코라면 그가 어떤 형태로든 사건에 관계되어 있다는 걸 각오해야 한다고 미사코는 생각했다. 어지간한 사정이 아니라면 가족에게 들키지 않도록 뒷문으로 드나들 일을 하지 않을 것이다.

만약에 아키히코가 범인이라면 스가이 마사키요를 죽인 동기는 무엇일까. 미사코는 어젯밤 침대에서 생각했다. 회사 문제일까 아니면 친척 문제일까. 하지만 몇 분 지나지 않아서 그런 생각이 아무런 도움도 되지 않는다는 사실을 깨달았다. 자신은 아키히코에 관해 거의 아무것도 모르는 거나 마찬가지다. 이런 상황에서 그의 행동을 분석하는 것이 가능할 리 없다.

사건을 추리하는 대신에 한 가지 상상을 했다.

'만약 그 사람이 범인이고 진상이 명확해진다면 지금까지 몰랐던 여러 가지 일이 판명될지 몰라. '실'의 정체도……'

이 상상에 그녀의 마음이 끌렸다. 지금까지는 생각도 하지 못한 일이다. 이내 나쁜 생각을 떨쳐내듯이 머리를 저었다. 이런 생각에 혹해서, 잠시나마 아키히코가 체포되길 바라는 것이 두려웠다.

그러나 하룻밤 지난 지금도 그 상상은 미사코의 머리 한구석에 새겨져 있다. 이번 사건으로 많은 것을 잃을지도 모르지만, 그 대신 중대한 무언가를 알게 될지도 모른다……

어젯밤과 마찬가지로 미사코는 머리를 저었다.

심호흡을 한 번 하고 별채로 돌아가려고 할 때였다.

"작은 사모님."

뒤에서 누가 불렀다. 돌아보니 몸집은 작지만 다부진 남자가 걸어왔다. 옆에는 안색이 나쁜 남자가 함께였다. 어제는 만나지 못했지만, 미사코는 형사란 걸 직감했다.

"서재를 좀 더 자세히 보여 주셨으면 해서요. 지금 안채에는 누가 계십니까?"

니시가타가 부드러운 어조로 물었다.

"네에, 오늘은 다들 계실 거예요."

미사코는 두 형사를 안채 현관까지 안내했다.

현관 앞에서 형사를 기다리게 하고 아야코를 부르러 갔다. 아야코는 자기 방에서 화장을 마친 참이었다.

"그래? 일찍도 왔네."

형사가 왔다고 알리자, 아야코는 거울을 향해 얼굴을 찡그렸다.

"서재를 한 번 더 보고 싶다고 하는데요."

"또? 할 수 없지."

립스틱 상태를 확인한 뒤, 아야코는 한숨을 쉬었다.

둘이서 현관으로 나가니 형사들은 신발장을 열고 무례하게 들여다보고 있었다. 그녀들의 발소리를 듣고도 전혀 개의치 않았다. 미사코가 그들을 위해 슬리퍼를 내놓자 그제야 신발장 문을 닫고 실례합니다 하면서 구두를 벗었다.

미사코는 바로 나갈 생각으로 샌들을 신었다. 그때 니시가타 경감이 그녀의 발을 보더니, 손을 모으며 정중하게 말했다.

"미안합니다만, 발을 좀 들어 보겠습니까."

그래서 미사코는 한 걸음 뒤로 물러났다.

바닥에 뭔가 하얗고 조그마한 종잇조각 같은 것이 붙어 있었다. 니시가타는 장갑을 낀 손으로 신중하게 그것을 주워 들고는 "꽃잎 같군요."라고 했다.

"오늘 아침에는 아직 청소를 하지 않았나 보네요."

아야코는 현관이 지저분해서 지적하는 줄 안 것 같았다. 그러나 니시가타는 꽃잎에 관심이 있는 듯, 출창에 장식해 놓은 보라색 사프란을 보고 물었다.

"이 꽃은 언제부터 여기에?"

"3일 전부터입니다만." 아야코가 불안한 듯이 대답했다.

"그렇습니까."

니시가타는 깊은 생각에 잠긴 눈으로 손바닥 안의 하얀 꽃잎을 바라보더니, 좀 전까지와는 완전히 딴판인 무서운 표정으로 말했다.

"서재를 보러 가기 전에 두세 가지 질문 좀 해도 될까요."

2

도와의과대학 정문 앞에 섰을 때, 유사쿠의 가슴속에서 묘한 감회가 오갔다. 예전에 몇 번이나 들어가려고 했지만 그때마다 운명의 여신에게 거절당했다. 10여 년 후에 이런 형태로 들어서게 될 줄 그 시절에는 상상도 하지 못한 일이다.

의사가 되고 싶다는 생각을 한 게 언제부터였는지, 정확히는 기억나지 않는다. 중학교를 졸업할 때는 이미 자신의 꿈으로 인식하고 있었으니 더 전일 것이다.

그가 그런 꿈을 가진 데는 벽돌병원의 존재를 무시할 수 없다. 초등학교 때부터 뭔가 생각할 일이 있거나 마음이 혼란스러울 때마다 유사쿠는 벽돌병원 정원을 걸었다. 그러다 병원 자체에 관심을 가졌고, 멋진 모습의 의사들을 동경했다.

단순한 동경 이외에도 의사를 꿈꾸는 이유가 있었다. 그것은 부르주아에 도전하는 것이었다. 그다지 풍요롭지 못한 자신들이 단숨에 상류계급에 올라가기 위해서는 의사가 되는 길이 확실하다고 생각했다.

유사쿠가 이런 꿈을 말했을 때 아버지 고지는 눈을 반짝거렸다. 그리고 말했다.

"그 꿈을 포기하지 마라. 꼭 이뤄라. 그것도 어중간한 의사가 아니라, 훌륭한 의학박사가 돼야 해. 노벨상을 받아서 나를 기쁘게 해 주렴."

유사쿠는 고지도 예전에 의사를 동경한 시절이 있었던 것을, 그가 세상을 떠난 뒤에야 알게 되었다. 그 무렵부터 사용한 낡은 책장에 그 꿈을 이야기하는 몇 권의 책이 있었다.

결국 유사쿠의 꿈은 이루어지지 않았다. 아이러니하게도 아버지와 똑같은 길을 걷게 되었다.

그리고 오늘 경찰관으로서 도와의과대학에 왔다. 미래의 의사들이 활보하는 것을 바라보면서 유사쿠는 씁쓸한 기분을 맛보았다.

"뭘 그렇게 멍하니 있는 거야."

오다가 말을 걸었다. 덩치가 크기도 해서 이 남자가 말할 때는 항상 위압적이다. 아마 어릴 때부터 경찰관을 꿈꾸었겠지, 라고 생각하면서 "아뇨, 그냥."이라고만 하고 걸음을 빨리했다.

도와의과대학 부지는 넓디넓었다. 높아도 4층 건물 정도인 학사가 널찍하게 간격을 두고 있어서 아주 여유로운 인상을 받았다. 역사 깊은 대학이어서 박물관이라고 해도 이상하지 않을 건물도 몇 갠가 보였다.

유사쿠와 오다가 향하는 학사는 학생들이 많이 오가는 길에서 뚝 떨어진 곳에 있었다. 다른 건물과 마찬가지로 상당히 오래된 건물로 다갈색 벽에 담쟁이가 그물처럼 엉켜 있었다.

오다는 주저 없이 안으로 들어가서 첫 번째 계단을 올라갔다. 유사쿠도 뒤를 따랐다. 오다는 오늘 아침 약속 전화를 해서 연구실의 정확한 위치를 알아 둔 것 같았다.

2층으로 올라가더니 오다는 제3교실이라는 문 앞에서 멈춰 섰다. 문에는 작은 표가 붙어 있고, 이름이 다섯 개 나란히 있었다. 그리고 각자 어디에 있는지 자석으로 표시해 놓았다.

우류 아키히코의 이름은 표 맨 위에 있었다. '재실(在室)'에 빨간 자석이 붙어 있다. 다른 사람은 다른 장소에 있는 것 같다.

손목시계를 흘끗 보고, 한 번 끄덕인 뒤 오다는 문을 노크했다. 바로 대답이 들리고 발소리가 가까워졌다. 긴장한 유사쿠는 두 손을 꼭 쥐었다.

문이 열리고 흰 가운을 입은 남자가 나타났다. 유사쿠는 남자의 얼굴을 보았다.

틀림없이 그 우류 아키히코였다. 나이에 맞게 어른의 얼굴이 되었지만 굵은 눈썹, 가느다랗고 오뚝한 코, 옛날 모습 그대로다.

오다는 이름을 말한 뒤 "바쁘신데 죄송합니다." 하고 머리를 숙였다.

"괜찮습니다. 들어오시지요. 지저분합니다만."

아키히코는 문을 활짝 열고 두 사람을 안으로 안내했다. 그러나 오다 뒤에 서 있던 유사쿠를 보자 말을 더듬었다.

"유사쿠……."

아키히코의 입에서 바로 이름이 나왔다. 이 사실은 유사쿠에게 묘한 안도감을 주었다. 그도 유사쿠를 잊지 않고 있었던 것이다.

"오랜만입니다."

유사쿠는 정중하게 머리를 숙였다. 아키히코의 눈으로 보면 유사쿠는 안색도 나쁘고 옛날에 비해 많이 말라 보였을 터다.

"아는 사이입니까?" 오다가 놀란 얼굴로 아키히코에게 물었다.

"네, 좀. 동창이어서……. 잘 지냈냐?"

아키히코가 물어서 "그럭저럭." 하고 유사쿠는 대답했다.

"경찰이 됐구나. 그랬구나."

그는 유사쿠의 차림새를 체크하듯이 훑어보더니 이해했다는 듯이 끄덕였다.

"여러 가지 사정이 있어서."

"그랬겠지. 일단 들어와."

아키히코는 두 형사를 조잡한 응접세트가 있는 곳에 안내했다.

유사쿠는 실내를 둘러보았다. 창가에 책상 네 개가 나란히 있었다. 아마 학생용일 것이다. 방 반대쪽에 칸막이가 있고, 그 너머가 조교수용, 즉 아키히코용 공간인 것 같았다.

맞은편에 앉자 오다가 명함을 내밀었다.

"아, 형사부 수사1과 경위님……이시군요."

그걸 보면서 아키히코는 중얼거렸다.

"그리고 이쪽은 시마즈 경찰서의 와쿠라 경사입니다."

오다는 쓸데없이 자세히 소개했다. 오, 하고 아키히코는 끄덕였다. 두 형사의 직급 차이에 관해 생각하는 눈이었다. 유사쿠는 고개를 숙이고 어금니를 악물었다. 만약 해명할 수 있다면 고등학교 졸업하고 경찰학교에 들어간 자신이 현재 직급을 따려면 얼마나 고생해야 하는지 아키히코에게 설명하고 싶은 심정이었다.

"참 기이한 우연이군요. 선생님과 와쿠라가 동창이라니."

"그러게 말입니다." 하고 아키히코가 말했다. 유사쿠는 고개를 숙인 채 수첩을 폈다.

"직업상 여러 사람들을 만납니다만, 이런 일은 또 처음이군요. 추억 이야기는 나중에 천천히 하시고 본론에 들어가도 될까요."

오다가 조심스럽게 말했다. 아, 그럼요, 하고 아키히코는 대답했다.

"감사합니다. 그럼 먼저 이미 아실 거라고 생각합니다만."

오다는 사건 개요부터 설명한 뒤, 석궁에 관해 몇 가지 질문했다. 우류 나오아키가 어떻게 입수했는지, 언제부터 서재에 보관했는지 등의 확인이다. 아키히코의 대답은 이미 조사한 결과와 대충 일치했다.

"그래서 사십구재 밤에 그 석궁을 포함한 수집품을 공개하셨다고요."

"그렇습니다." 하고 아키히코는 대답했다.

"그때나, 혹은 그 후에 말입니다만, 석궁에 특별히 관심을 보인 사람은 없습니까. 이를테면 명중률이나 이것으로 사람을 죽일 수 있는가 묻는다거나."

오다의 물음에 아키히코는 희미하게 얼굴을 찡그렸다.

"불편한 질문이군요."

"죄송합니다. 불편한 일이 일어나서 말이죠."

오다는 가볍게 머리를 숙였다.

"내가 아는 한 그런 사람은 없었습니다. 친척들의 관심은 자산 가치가 있는 미술품뿐이었으니까요." 하고 아키히코는 대답했다.

"뭐, 자산 가치야 어쨌든 재미없는 무기 수집보다 예쁜 그림에 관심이 모이는 건 당연하겠지요."

오다가 듣기 좋게 말했지만, "아뇨, 그런 선의의 해석은 필요 없습니다." 하고 아키히코는 약간 냉혹한 어조로 말했다.

"친척을 나쁘게 말하고 싶지 않습니다만, 그들의 욕심은 장난이 아닙니다."

"오, 그런가요."

오다는 약간 몸을 앞으로 내밀었다.

"그러고 보니 살해당한 스가이 씨 재산도 상당한 것 같더군요. 이번 사건으로 그 재산을 상속할 사람이 나오겠죠."

"솔직히 말씀드려서 내심 기뻐할 사람이 많죠."

아키히코는 표정을 바꾸지 않고 지극히 사무적으로 말했다.

"상속하는 건 부인과 세 아들이겠지만, 부인의 친정이나 두 딸의 시집에서는 이미 계산기를 두드리고 있을지도 모릅니다. 시시한 사업에 손을 댔다가 고생하고 있는 사람도 있어서요, 그런 사람한테는 이번 유산 상속은 역전 만루 홈런 같은 것이겠지요. 물론 그렇다고 그 사람들이 스가이 씨를 어떻게 했다는 의미는 아닙니다만. 이 정도는 경찰에서도 이미 조사하셨겠죠."

"아뇨, 아직 그렇게 자세하게는."

오다는 당황한 모습으로 코 옆을 긁적거렸다.

"상속 이야기가 나와서 말입니다만, 달리 짐작 가는 건 없습니까. 선생님은 우류 전 대표이사님의 아들이니 스가이 씨에 관한 얘기도 여러 가지 들었을 것 같은데."

"유감스럽게 그런 건 없습니다. 나한테 회사를 이어받을 생각이 있었다면 아버지도 이런저런 얘기를 해 주었겠지만, 이렇게 전혀 다른 세계에 들어와서요."

아키히코는 차갑게 말했다.

"과연. 그럴 수도 있겠군요."

오다는 유감스러운 듯이 끄덕거린 뒤, "그런데." 하고 가식적인 미소를 지으며 아키히코를 향했다.

"흉기로 사용된 석궁이 댁에서 훔친 것은 거의 틀림이 없습니다. 그래서 석궁을 보신 분들 모두에게 확인하는 것이 있습니다만."

아키히코는 형사가 하고 싶은 말을 눈치챈 듯, "알리바이 말입니까?" 하고 직접적으로 물었다.

"그렇습니다. 어제 12시부터 오후 1시까지 어디에 있었는지 말해 주겠습니까? 이것은 형식적인 것으로 문제가 없으면 귀찮게 하지 않겠습니다. 다른 사람한테 누설하는 일도 없을 겁니다."

"누설해도 별로 상관없습니다. 잠시 기다려 주세요."

아키히코는 자리에서 일어서더니 파란 수첩을 들고 돌아왔다.

"어제 낮이라면 이 방에서 점심을 먹고 있었습니다. 학교 근처 '아지후쿠'라는 가게에서 정식을 배달시켰습니다."

아키히코는 그 가게의 전화번호와 장소를 말했다. 오다는 재빨리 메모를 하고 "점심 때 누군가와 함께였습니까?" 하고 물었다.

"글쎄요, 학생들이 드나들었던 것 같지만 기억나지 않는군요."

"어디선가 전화가 왔다거나."

"없었습니다."

"오전 중에 어딘가 외출했습니까?"

"아뇨, 어제는 줄곧 여기 있었습니다. 학회가 얼마 남지 않아서 논문 쓰기에 바빠서요."

그래서 이러고 있는 시간도 아깝다는 듯이 아키히코는 소매를 걷어 손목시계를 보았다.

"점심 식사 후에도 줄곧 혼자 있었습니까?"

"아뇨, 1시에 학생이 돌아왔습니다."

"1시에요."

오다는 손가락 끝으로 수첩을 두 번 톡톡 치더니, "알겠습니다. 바쁘신데 감사했습니다." 하고 기세 좋게 일어섰다.

"수사에 도움이 됐다면 좋겠습니다."

그렇게 말하고 아키히코가 일어서려고 할 때였다.

"잡지에서 읽었는데요."

유사쿠가 입을 열었다.

"UR전산은 창업 이후, 줄곧 두 개의 파벌이 대립해 왔다고 하더군요. 우류 파와 스가이 파로요. 호시탐탐 상대를 흡수하려고 노렸다, 뭐 그렇게 재미로 써 놓은 걸 봤는데 실제로는 어떻습니까. 그리고 현재의 상황은 어떤지요."

그의 말에 아키히코는 방어 태세로 고쳐 앉았다. 오다는 일어선 채였다. 어떤 얼굴을 하고 있는지 보이지 않았지만, 유사쿠는 상상이 됐다.

"지금도 대립은 있죠."

유사쿠가 존댓말을 사용해서일까, 아키히코도 거기에 맞춰 대답했다.

"그러나 급속히 무너지고 있습니다. 어쨌든 우류 가에는 후계자가 없으니까요. 이러니 싸울 게 없죠."

"그렇지만 지금까지의 다양한 일들로 보아 양가에 감정싸움 같은 것이 있지 않았습니까?"

대놓고 묻자, 아키히코의 눈썹이 움찔 움직였다. 유사쿠의 머리 위에서 오다의 헛기침 소리가 들렸다.

"그런 건 없다고 대답해 두죠. 불만족스럽겠지만."

아키히코는 그렇게 말하더니 유사쿠의 대답을 듣지 않고 일어섰다. 불쾌한 마음을 표현할 생각인 것 같다. 유사쿠도 더 이상 질문할 마음은 없었다. 일어서다 오다와 눈이 마주쳤다. 물어뜯을 것 같은 얼굴을 하고 있었다.

아키히코가 문을 열어 주어서, 고맙습니다, 하면서 오다가 앞장서서 나갔다. 이어서 유사쿠가 아키히코 앞을 지나갔다.

"또 보자." 하고 아키히코가 말을 걸었다. 유사쿠는 고개를 끄덕였다.

"동창이라고 편해서 그랬는지 모르겠지만, 스탠드플레이*는 곤란해."

오다가 연구실에서 나와서 복도를 걸어가며 언짢은 목소리로 말했다.

"앞으로 몇 번이나 만날 가능성이 있는 인물이야. 게다가 평범한 상대가 아니라고. 처음부터 화나게 만들면 다음부터 얘기하기 힘들어져."

"그 정도 일로 화낼 녀석이 아닙니다."

"그렇게 잘 아는 사이면 미리 말해 주지 그랬어. 그런 식으로 갑자기 말하면 나도 당황하잖아."

"그 녀석이 기억하지 못할 줄 알았습니다."

* 스포츠에서 관중에게 자신의 존재를 돋보이게 하기 위해 선수가 의도적으로 과장된 플레이나 화려한 기교를 보여주는 행동을 말한다.

두 사람은 아까 올라온 계단으로 나왔다. 하지만 오다는 그곳에서 내려가지 않고 멈춰 서더니 벽에 기댔다. 유사쿠는 이내 의미를 파악하고 옆에 나란히 섰다.

정적이 감돌았다. 다양한 약품이 섞인 냄새가 벽에까지 스며든 것 같았다. 이것이 의과대학교 공기구나, 하고 유사쿠는 눈을 감고 두 번쯤 심호흡을 했다.

우류 아키히코가 사는 세계다. 자신이 있는 곳과는 모든 것이 다르다. 물도 공기도 사람도 다르다.

바로 조금 전의 만남을 떠올렸다. 몇 년 만에 만난 숙적은 어떤 부분은 옛날 그대로이고 어떤 부분은 다른 사람 같았다.

그쪽은 자신을 어떻게 생각했을까. 경찰이 됐구나, 하는 그의 눈에 경시하는 빛은 없었다. 뜻밖이라는 것 같지도 않았다. 과연 그럴 수 있겠구나, 하는 느낌이었다.

'놈에게 나는 무엇이었을까.'

마음속으로 중얼거리고 있을 때, 학생으로 보이는 남자가 계단을 올라왔다. 금테 안경을 낀 어린 얼굴에 흰색 가운이 어울리지 않았다. 남자는 유사쿠 일행을 의심스러운 눈으로 흘끗 본 뒤, 복도를 걸어갔다. 오다가 뒤를 쫓아갔다. 유사쿠도 따라갔다.

오다가 어깨를 두드리자, 남자는 놀라서 돌아보았다. 겁먹은 빛이 역력했다. 오다는 경찰수첩을 보였다.

"저 연구실 학생입니까?"

우류 아키히코가 있는 방을 가리키며 오다가 물었다. 젊은 남자는 입을 우물거렸다. 긍정하는 것 같다. 오다는 그의 팔을 잡고 계단 층계참까지 데리고 갔다.

학생의 이름은 스즈키라고 했다.

"어제 점심 식사는 어디서 했습니까?" 오다가 물었다. 스즈키는 안경 속 눈을 동그랗게 뜨고 "학교 식당에서 먹었습니다만." 하고 대답했다.

"혼자였습니까?"

"아뇨, 같은 방 동료와 함께였습니다."

"우류 선생님은 함께가 아니었죠."

"네. 우리는 오전 중에 강의가 있어서 방에 가지 않고 바로 학교 식당으로 갔습니다. 목요일에는 언제나 그렇습니다. 선생님은 배달시켜 드시지 않았을까요."

같은 방에서 공부하는 만큼 잘 알고 있었다.

"그럼 선생님은 방에서 혼자 계셨군요. 여러분이 식사를 하고 돌아온 것은 몇 시경이었죠?"

"우리가 돌아온 것은 1시 조금 전이었습니다. 항상 그때까지 테니스를 쳐서요. 그래서 그동안은 혼자 계셨을지도 모르겠습니다."

"점심시간에는 학생들은 아무도 방에 돌아오지 않았어요?"

"아마 그럴 겁니다." 스즈키는 대답했다.

오다는 끄덕이더니, "감사합니다." 하고 인사를 했다. 스즈키는 마지막까지 의심스러운 듯했다.

"알리바이는 없군요."

학사를 나와서 유사쿠가 말했다.

"식당 종업원은 만났을 거야. 거기서 얘기를 들어 보자고."

'아지후쿠'는 대학 정문 근처에 있는 대중식당으로 커다란 주홍색 포렴이 걸려 있었다. 안에 들어가서 물어보니, 점원은 어제 우류의 주문을 기억하고 있었다. 점심때가 지나서 정식을 연구실까지 배달했다고 한다. 음식을 받은 사람은 물론 본인으로 계산도 그때 했다고 한다.

"정확한 배달 시각은 생각나지 않습니까?" 오다가 물었다.

여드름이 송송한 젊은 남자 종업원은 잠시 생각하더니 손뼉을 쳤다.

"12시 20분입니다. 틀림없어요."

"상당히 정확하군요." 유사쿠가 말했다.

"네. 선생님한테 전화가 온 것이 정확히 12시 정도였어요. 그때 몇 분 정도 걸리는지 물어보셨어요. 20분이나 25분 걸린다고 했더니, 그럼 그때쯤에는 방에 있겠지만, 만약 아무도 없으면 입구에 두고 가라고 하셨어요. 그래서 시계를 보면서 달려갔거든요. 배달한 것은 20분 조금 지났으려나."

이상한 지시라고 유사쿠는 생각했다.

"우류 선생님은 항상 그런 지시를 내려요?" 하고 물어보았다.

종업원은 고개를 갸웃거렸다.

"글쎄요. 그랬던 적은 별로 없었던 것 같기도 하고."

"서두르는 모습은 없었어요?"

"그렇진 않았던 것 같아요. 그랬더라면 A세트를 시키지 않았을까요?"

"A세트?"

"정식에는 A세트와 B세트가 있어요. 몇 분 걸리는지 물었을 때, A세트는 10분쯤 걸린다고 했어요. B세트는 장어구이가 나와서 조금 시간이 걸린다 하고요. 그렇지만 선생님은 그럼 B세트로 달라고 하셨어요."

유사쿠는 "흐음……." 하고 끄덕였지만, 석연치 않은 것을 느꼈다.

"그래서 그때 우류 선생님은 있었어요?" 오다가 물었다.

"계셨어요. 그래서 직접 전했어요."

"빈 그릇을 가지러 간 것은 몇 시경?"

"음, 2시쯤인가." 점원은 대답했다.

점원에게 고맙다는 인사를 한 뒤, '아지후쿠'를 나오자, 유사쿠가 말했다.

"알리바이가 있다고는 할 수 없군요. 여기서 신센지 절 묘지까지는 차로 20분이면 갈 수 있잖아요. 스가이 마사키요가 달리기하려고 출발한 시간으로 계산하면 묘지에 도착하는 것은 12시 40분경이니 아슬아슬하게 맞는데요."

"숫자상으로는 그렇지만, 현실적으론 어려워. 스가이 마사키요가 평소보다 빨리 현장에 도착했을지도 모르고, 범인은 적어도 12시 30분에는 잠복하고 있었을 거야."

오다가 낮은 목소리로 설명했다. 그것도 지당한 의견이었다. 그러나 유사쿠는 아까 종업원의 이야기가 걸렸다. 배달하는 시각을 확인하고, 만약 없으면 입구에 두고 가라는 지시를 내렸다.

놈이 범인이라면, 유사쿠는 생각했다.

시각을 확인한 것은 12시 20분에 자기가 방에 있었다는 인상을 심어 주기 위해서가 아닐까. 하지만 배달이 늦어진다면 아키히코는 음식을 받기 전에 출발할 수밖에 없다. 그 경우를 생각해서 종업원에게 혹시 없으면 운운하고 지시한 것이 아닐까.

'그렇지만 그 정도 알리바이를 만들 거라면 더 좋은 방법이 있었을 텐데.'

자신의 생각에 불안을 느꼈을 때, 그의 귀에 아까 종업원의 목소리가 되살아났다.

'B세트는 장어구이가 나와서 조금 시간이 걸린다 하고요.'라고 했다.

'장어구이라고?'

유사쿠는 걸음을 멈추었다. 그래서 오다도 두세 걸음 걸어가다 뒤돌아보았다.

"왜 그래?"

"아뇨, 아무것도……."

유사쿠는 고개를 젓다가, 키가 큰 오다를 올려다보고는 "죄송합니다만, 먼저 서로 가시겠습니까. 다른 볼일이 생각나서요."

152

라고 했다. 그의 말에 오다는 노골적으로 불쾌함을 드러냈다.

"혼자 몰래 뭘 하려는 거야?"

"이번 사건하고는 관계없어요."

"흠."

오다는 껌이라도 씹는 것처럼 입술을 씰룩거리더니 움푹 팬 눈으로 내려다보았다.

"그렇다면 뭐 모르겠지만, 너무 늦지 않도록 해."

"네, 그건 알고 있습니다."

오다의 모습이 사라진 걸 확인하고, 유사쿠는 도로변에 서서 차들 쪽으로 시선을 보냈다. 노란색 택시가 달려왔다. 빈 차임을 확인하고 손을 들었다.

타자마자 바로 행선지를 알렸다. 운전사는 빈차 플레이트를 꺾은 뒤 말했다.

"그 주변이라면 아마 UR전산 대표이사님 댁이 있죠."

"네, 전 대표이사님 집이 있죠."

"그 집 근처로 가면 됩니까?"

"네, 그 근처에서 내려 주세요." 유사쿠는 말했다.

3

미사코는 아침에 별채로 돌아온 뒤, 음악을 듣기도 하고 뜨개질도 하며 시간을 보냈다. 아키히코가 밖에 나가지 말라고 시키기도 했지만, 낯선 형사들이 거침없는 태도로 돌아다니는 걸 보면, 빨래 널러 베란다에 나가는 것도 내키지 않았다.

그렇다고 완전히 무관심한 건 아니었다. 몇 번이나 창밖으로 상태를 살폈다. 그리고 형사들 얼굴을 보았다. 아침에 온 사람은 니시가타를 포함하여 두 명뿐이었지만, 그 후에 두세 명이 더 합류한 것 같다.

형사들 얼굴은 아까부터 변화가 없었다. 그걸 확인하고 미사코는 작게 한숨을 내쉰 뒤, 다시 뜨개질을 했다.

와쿠라 유사쿠를 찾고 있는 것이다. 그가 오지 않았을까 생각하니, 안채 쪽이 신경 쓰였다. 그러나 지금 그의 모습은 없다. 아마 형사에게는 날마다 각자 맡는 구역이 있을 테니 오늘 하루 동안에는 바뀌지 않을 것 같다.

미사코의 뇌리에 어제의 재회가 떠올랐다. 유사쿠의 와이셔츠 깃은 이틀은 족히 빨지 않은 모습이었고, 약지에 반지도 없었다. 아마 그는 지금도 혼자일 것이다.

미사코는 자신의 뺨을 만졌다. 아직 피부 탄력은 잃지 않았지만, 10대였던 그 시절과는 비교가 되지 않는다. 그의 눈에는 어떻게 비칠까. 여성으로서 조금은 매력을 느껴 줄까.

그러나 미사코는 고개를 저었다. 무슨 바보 같은 생각을 하는 거지. 그의 눈에 자신은 이제 단순히 유부녀다. 혹은 사건 관계자에 지나지 않는다.

'그래도 한 번만 여유롭게 얘기를 나눌 수 있다면 얼마나 좋을까. 그 무렵처럼 꿈을 꾸는 기분이 느껴질지도 모를 텐데.'

벌써 몇 년째 그런 기분을 맛보지 못했어.

멍하니 그런 생각을 하고 있어서 초인종이 울렸을 때는 철렁했다. 그가 찾아온 게 아닐까 생각한 것이다. 1시부터 하는 라디오 클래식 코너가 시작되어서 뜨개질 하던 손을 멈추고 귀를 기울이던 참이었다. 미사코는 서둘러 인터폰 수화기를 들었다.

"나예요."

인터폰에서 들려온 것은 소노코의 목소리였다.

"어머, 무슨 일이에요?"

미사코는 현관문을 열고 시누이를 안으로 들였다.

"집에 있어 봐야 시시해서 놀러 왔어요."

소노코는 오늘 학교를 쉬었다. 아야코도 이런 상황에 억지로 등교시키고 싶지 않았을 것이다.

"지금 방해되는 거 아니에요?"

"괜찮아요. 들어와요. 차 갖고 올게요."

소노코를 거실로 안내하고 미사코는 홍차를 끓였다. 거실에서는 안채가 잘 보인다. 슈트 차림의 남자들이 정원을 배회하는 모습도 레이스 커튼 너머로 보인다. 미사코는 두꺼운 커튼을 쳤다.

"꽤 오래 조사하네요." 미사코가 말했다.

"어제 모인 사람들이 한 행동을 재현하는 것 같아요."

소노코가 쿠키 상자 속을 들여다보면서 말했다.

"재현?"

"네. 어제 우리 집에 온 사람들이 하는 말이 맞는지 확인하나 봐요. 범인은 친척 중에 있을 거라고 단정한 것 같아요."

"그렇겠죠. 그 석궁을 사용한 거니까."

"아빠도 이상한 걸 남겨 가지고."

소노코는 입술을 오므려 홍차 김을 날리더니 뜨거운 듯이 후후 불며 마셨다.

"그러고 보니 아까 들었는데, 화살은 전부 세 개가 있었대요. 한 개가 그 서랍장 제일 아래 칸에서 발견됐대요."

아아, 하고 미사코는 끄덕였다. 그 화살 얘기다.

"언니는 알고 있었어요?"

"네. 경찰에게 말하는 걸 잊었지만, 그제 밤에 우연히 보았어요."

"흐음."

찻잔을 입에 댄 채, 소노코는 눈을 치떴다.

"아가씨한테도 뭐 물어봐요?"

"네, 좀. 알리바이 같은 거."

"알리바이⋯⋯."

오늘 아침 니시가타 경감에게서 받은 질문을 떠올렸다. 현관에서 하얀 꽃잎을 발견한 경감은 어젯밤부터 오늘 아침에 걸쳐서 손님이 없었는지 물었다. 아야코가 없다고 대답했더니, "그럼 가족 분들뿐이었다, 이 말이군요." 하고 의미심장하게 말을 끊었다가 이었다.

'그 하얀 꽃잎에 뭔가가 있는 걸까.'

미사코가 생각하고 있는데,

"히로마사 오빠한테도 알리바이를 물었대요." 소노코가 말했다.

"도련님도요?"

히로마사도 오늘은 학교에 가지 않았다.

"그게요. 재수 없게 알리바이가 없대요. 12시부터 1시까지 점심시간이어서 줄곧 혼자 있었다는 거예요."

"정말요? 그래서 어떻게 됐어요?"

"음, 그래서 꽤 끈질기게 심문을 받은 것 같아요. 그렇지만 오빠에게도 간접적으로는 알리바이가 있다고 생각해요."

"간접적으로?"

"오빠네 학교에서 신센지 절까지 아무리 빨리 가도 차로 30분 정도 걸리잖아요. 12시에 학교를 나왔다 해도 도착하면 12시 30분. 이렇게 생각하면 가능할 것 같지만, 그러면 집에 석궁을 가지러 올 시간이 없잖아요. 신센지 절이랑 집을 왕복하면 역시 30분에서 40분은 걸리죠."

아, 그런가, 하고 미사코는 이해했다. 사건 당일 아침, 히로마사가 집을 나간 뒤에도 석궁은 집에 있었으니 그가 범인이라면 가지러 올 시간이 필요하다.

"그럼 일단 괜한 의심을 사는 일은 없겠네요."

"네, 괜찮을 거예요."

단호히 말한 뒤, "그래도 이런 식으로 의심받는 건 기분 나빠요." 하고 소노코는 고개를 숙였다. 그러게요, 하고 미사코도 맞장구를 쳤다.

"언니." 하고 소노코가 얼굴을 들었다.

"언니, 정말로 아무것도 보지 못했어요? 누군가가 아빠 서재에 들어갔다거나…….."

"못 봤어요."

미사코는 바로 부정했다. 이것은 사실이다. 하지만 머릿속에서는 어떤 장면이 걸린다. 뒷문으로 나간 아키히코 같은 사람의 뒷모습이. 그러나 이걸 말할 수는 없다.

"그렇군요. 하지만……. 누군가가 갖고 나간 건 틀림없죠."

"그런 것 같네요."

그렇게 잠시 얘기를 한 뒤, 소노코는 일어섰다. 시곗바늘은 2시 가까이를 가리키고 있었다. 형사들도 드디어 철수했는지 저택 안이 조용해졌다.

소노코가 나간 뒤 얼마 있지 않아서 전화벨이 울렸다. 전화는 거실에 있다. 뜨개질을 다시 시작한 참이어서 약간 짜증스러워하며 수화기에 손을 뻗쳤다.

"네, 우류입니다."

그녀가 말하고 한 호흡 뒤에 "여보세요, 미사코 씨……인가요." 하는 목소리가 들려왔다. 그 순간 찌릿하고 가슴에 통증이 느껴졌다.

"네, 미사코예요."

차분하게 대답한다고 했지만, 목소리가 흔들렸다. 또 짧은 침묵이 흐른 뒤에 상대는 조용히 말했다.

"납니다. 와쿠라…… 와쿠라 유사쿠입니다."

네, 하고 미사코는 대답했다. 심장이 빨리 뛰어서 쉽게 진정될 것 같지 않았다.

"지금, 혼자입니까?"

"네에……."

"근처에 있어서 지금 가려고 하는데 괜찮겠습니까?"

의식적으로 그렇게 하고 있는지 유사쿠의 말투는 지극히 사무적이었다.

"네, 괜찮습니다만……."

"그럼 뒤뜰로 나와 있어 주세요. 되도록 다른 사람한테 보이고 싶지 않으니 뒷문으로 들어가고 싶습니다. 내가 말을 걸 테니까 그때까지 모르는 척해주세요."

"저기……."

"뭡니까."

"와쿠라 씨 혼자 오시는 건가요?"

미사코가 말했다. 잠시 사이가 떴다. 희미하게 숨소리가 들린 뒤, 딱딱한 어조로 물었다.

"그렇습니다. 혼자입니다. 안 됩니까?"

"아뇨. 그런 건……. 그럼 조금 있다가 뒤뜰로 나갈게요."

수화기를 놓자, 미사코는 얼른 침실로 가서 화장대 앞에 앉았다. 그리고 곁눈으로 시계를 보면서 머리를 빗고 립스틱을 다시 발랐다. 이럴 줄 알았으면 아침부터 화장을 제대로 하고 있을걸 하고 후회했다.

일어서서 거울을 보며 옷매무새를 점검했다. 그리고 또 시계를 보았다. 약 4분이 걸렸다.

그다음은 유사쿠의 지시대로 뒤뜰로 나갔다. 식물을 들여다보는 척하고 있으니, "사모님." 하고 작은 소리가 들렸다. 뒷문을 보니 건너편에 유사쿠가 서 있었다.

"어제 잊어버린 게 있어서요. 중요한 건 아니지만, 잠시 시간 좀 내주시겠습니까?"

대화가 누군가에게 들렸을 경우를 생각해서일 것이다. 유사쿠의 말투는 형사가 관계자를 대할 때의 그것이었다.

"네, 잠시라면."

유사쿠만큼 능숙하진 않았지만, 미사코 나름대로 연기를 하며 뒷문을 열었다. 실례합니다, 하면서 유사쿠는 들어왔다.

별채로 향하는 내내 두 사람은 말이 없었다. 눈을 마주치는 일도 없었다. 하지만 곧장 앞을 향해 걸으면서도 미사코의 의식은 뒤에 따라오는 발소리에 집중했다. 그 와쿠라 유사쿠가 바로 뒤에 있다…….

현관 안으로 들어와 문을 닫을 때 두 사람은 처음으로 마주 보앉다. "자." 하고 미사코는 말했지만, "들어오세요."라는 말을 잇지 못했다. 유사쿠와 눈이 마주친 순간, 온몸이 굳어졌다.

이대로 안기는 게 아닐까, 미사코는 생각했다. 그것이 가능할 정도로 두 사람은 가깝게 서 있었다.

하지만 유사쿠는 시선을 떼고, "실례하겠습니다." 하고 구두를 벗었다. 그래서 미사코도 얼른 슬리퍼를 준비했다.

좀 전까지 소노코가 앉아 있던 의자에 그를 안내했다. 커튼을 쳐 두길 잘했네, 하고 미사코는 생각했다.

"커피 드릴까요."

주방으로 가려고 했지만, 유사쿠가 "아무것도 필요 없어. 여기 있어 주지 않을래." 하고 진지한 눈길로 말했다. 좀 전까지의 딱딱한 말투가 아니다. 그래서 미사코는 그의 맞은편에 앉았다. 제대로 얼굴을 볼 용기는 없었다. 하고 싶은 말은 무수히 많았는데, 하나도 생각나지 않았다.

이윽고 그가 먼저 입을 열었다.

"어제는 깜짝 놀랐어. 설마 네가 이 집에 있을 줄은 생각지도 못했거든."

"나도 놀랐어."

이윽고 소리가 나왔지만, 이상하게 쇳소리가 나왔다.

"결혼은 언제?"

"벌써 5년째야."

"5년……. 그렇구나, 5년이나 됐구나."

161

그 세월의 길이를 음미하듯이 유사쿠는 눈을 감았다.

"아이는?"

미사코는 고개를 저었다. 그래, 하고 그는 짧게 대답했다.

"유사쿠 씨는 혼자?"

"혼자야. 인연이 없었던 것도 있지만, 그럴 마음이 없었던 게 큰 이유겠지. 앞으로도 그런 마음은 들지 않을 것 같아."

그는 고개를 좌우로 천천히 저었다. 그리고 일단 눈을 내리뜨고 심호흡을 하더니 새삼스럽게 그녀의 얼굴을 바라보았다.

"그 후로 어떻게 지냈어? 나하고 헤어지고 대학생이 되어서……."

미사코는 무릎 위에서 손깍지를 꼈다.

"한동안은 아무것도 못했어. 대학에 들어가서도 매일이 허무하고……. 유사쿠 씨는?"

"나도 계속 우울했지. 그렇지만 경찰학교 생활이 우울해하고만 있을 여유가 없었다는 게 솔직한 심정이려나."

"힘들었어? 경찰학교."

"지옥이었어." 유사쿠는 희미하게 웃었다.

"군대나 마찬가지야. 뭐든 엄격하게 관리하고. 첫 한 달 동안에 포기하는 사람이 상당히 많았지."

"유사쿠 씨도 그만두고 싶다고 생각한 적 있었어?"

"있었지. 그렇지만 그만둘 수는 없었어. 나한테는 달리 선택할 길이 없었고, 그때까지 희생한 것이 얼마나 큰지 생각하면."

유사쿠는 미사코의 눈을 보았다.

"힘들 때는 너만 생각했어. 이제 생각하지 말아야지 하고 경찰학교에 들어가기 전에는 결심했지만."

"나는…… 잊은 적이 없어."

미사코는 단호히 말했다.

"유사쿠 씨를 포기하면서도 마음 한켠으로는 기대하고 있었어. 어쩌면 연락을 주지 않을까 하고. 우편함에 편지가 들어 있으면 당신한테 온 건가 기대했어. 그러나 언제나 기대가 어긋났지."

"연락할까 망설인 적도 있어." 그는 침통한 표정으로 말했다.

"아버지가 돌아가셨을 때. 경찰학교를 졸업하고 2년이 지났을 즈음이었지. 하지만 평온한 생활을 되찾았을 너한테 폐를 끼치고 싶지 않았어."

미사코는 눈썹을 모으고 고개를 저었다.

"평온하지 않았어. 아무것도 없는 텅 빈 매일이었어."

"그래도……."

고개를 떨어뜨린 유사쿠의 한쪽 뺨이 일그러졌다.

"그래도 나는 최선의 선택을 했다고 생각해. 서로에게. 자랑할 일은 아니지만, 너랑 헤어진 뒤 내 인생은 정말 비참했거든. 거기에 너를 끌어들이지 않길 잘했다고 생각해."

유사쿠는 얼굴을 들더니, 실내를 둘러보았다. 그녀의 지금 생활 상태를 확인하는 듯한 시선이었다.

"네가 결혼했을 거란 건 각오했어. 그게 당연하니까. 남편과는…… 우류 아키히코와는 어디서 만난 거야?"

"소개받았어. 그 사람 아버지에게."

미사코는 자신이 UR전산에 근무한 것, 거기서 우류 나오아키 밑에 있어서 그 인연으로 아키히코를 소개받은 것을 간단히 설명했다. 그래서 연애결혼이 아니라고 그녀가 말하자, 유사쿠는 잠깐 고통스러운 듯한, 그러나 어딘가 안도하는 듯한 복잡한 표정을 보였다.

"그랬구나. 연애결혼이 아니었구나……."

"나도 하고 싶었다고, 연애결혼. 당신이랑."

그러자 유사쿠는 한숨을 쉬더니, 왼손으로 얼굴을 비비면서 자조하듯이 엷게 웃었다.

"어젯밤에는 한숨도 못 잤어, 너를 생각하느라. 아니, 운명의 장난을 저주했다고 해야 하나. 네가 결혼했을 거라는 건 각오하고 있었지만, 설마 그 상대가 그 녀석이라니."

"남편을 알아?"

미사코가 놀라서 물었다.

"알다뿐이겠냐. 너를 만나기 훨씬 전부터 녀석과는 기묘한 인연으로 만났어. 그건 나한테 절대 좋은 의미가 아니지만. 말하자면 숙적이랄까."

"숙적……. 라이벌?"

"물론 녀석은 콧방귀도 뀌지 않겠지만."

유사쿠는 아키히코와의 만남과 그 후 두 사람의 관계를 얘기했다. 그가 말한 대로 정말 기묘한 인연이었다.

"중학교에서도 나는 녀석을 이기지 못했어. 늘 2등. 1등은 도저히 못하겠더라. 그 녀석이 있어서 말이야. 모든 방면에서 그랬어. 아이들은 나를 보고 감탄했지만, 한 번도 만족한 적이 없어. 가장 간단한 해결 방법은 다른 학교에 가는 것이었지. 하지만 나는 그러지 않았어. 고등학교도 우류가 간 곳에 시험 쳤어. 진 채로 끝내고 싶지 않았거든."

하지만, 하고 유사쿠는 초조함을 억누르듯이 머리를 긁적거렸다.

"결과는 마찬가지였어. 아무리 쫓아가도 달라지지 않더군. 굴욕감만 쌓일 뿐. 녀석에게 보기 좋게 당했어. 철저하게. 무엇을 해도 그 녀석만은 못 이기겠더라. 그래서 난 포기했어. 그 녀석은 이길 수 없다고. 대학은 각기 다른 곳을 갈 테니 승부는 여기까지겠구나 했지. 그런데 3학년 때, 터무니없는 얘기를 들었어. 우류가 도와의과대에 지원한다는 거야. 나와 같은 학교 지망이잖아. 불길한 예감이 들더군. 이게 결정적 승부가 되는 게 아닐까. 결과는 보기 좋게 그대로 됐지. 녀석은 합격하고 나는 실패했어. 너를 만난 건 딱 그 무렵이었어."

"그랬구나……."

운명의 장난이네, 미사코도 그렇게 생각했다.

"너와 만난 그 병원은 내가 우류를 처음 만난 곳이기도 해. 너를 만나 조금은 운이 바뀔지도 모른다고 기대했지만 말이야. 결과는 너도 아는 대로야. 그렇게 10년이 흘러서 다시 만났는데 너는 우류와 결혼했고. 신의 존재는 인정하지만, 이렇게 기가 막힌 재회를 하다니 누군가한테 하소연이라도 하고 싶은 기분이 들지 않겠니."

뭐라고도 대답할 수 없어서 미사코는 시선을 떨어뜨리고 자기 손만 보고 있었다. 그걸 어떻게 해석했는지 유사쿠는 조금 당황한 모습으로 덧붙였다.

"물론 너를 원망한다는 의미는 아냐. 네가 누구하고 결혼하든 행복하면 된다고 생각해. 그 마음은 변함없어. 우류에 대한 마음은 그것하고 전혀 별개의 문제야."

행복이라는 말에 미사코는 불편함을 느꼈다. 지금의 자신이 그렇다는 건가. 그러나 미사코는 거기에는 언급하지 않고 물어보았다.

"지금도 남편한테 적의를 갖고 있어?"

"적의라는 표현은 적확하지 않은 것 같지만, 옛날 빚을 갚고 싶다는 마음은 있어."

"그렇구나……."

"실은 오늘 그 녀석을 만났어."

"남편을?" 미사코는 깜짝 놀라 눈썹을 치켜떴다.

"용건 자체는 별것 아니지만 말이야. 그 녀석, 옛날과 별로 달라지지 않았더군. 여전히 냉정하고, 상대가 형사여도 참 능숙하게 대응하더라."

"그 사람한테 그런 건 아무것도 아니야."

"그런 것 같았어." 하고 말한 뒤 유사쿠는 등을 약간 펴고 그녀 쪽으로 얼굴을 가까이 가져갔다.

"그 녀석을…… 사랑하니?"

미사코는 눈을 크게 뜨고 전 남자 친구를 바라보았다. 머릿속에서 별의별 생각이 오갔다.

"그 질문에 꼭 대답해야 해?"

거꾸로 물어보았다. 그러자 유사쿠는 허를 찔린 듯한 표정을 짓더니 씁쓸하게 웃었다.

"아니, 대답하고 싶지 않으면 안 해도 돼. 대답할 것까지도 없다는 건가."

미사코는 입술을 다물었다. 대답할 것까지도 없다는 것이 정답이었지만, 그 말을 하는 것이 두려웠다. 그러면 모든 것을 자제하지 못하게 될 것 같았다.

"오늘 여기 온 것은 너를 만나고 싶은 마음 말고 또 한 가지 이유가 있어."

유사쿠는 약간 목소리를 낮추고 말했다.

"우류 아키히코 부인에게 묻고 싶은 것이 있어서야. 부디 솔직하게 대답해 주길 바라지만."

미사코는 침을 삼켰다. 불길한 예감이 들어서 자기도 모르게 어깨에 힘이 들어갔다.

"어떤 거?"

"어제 말이야. 우류, 점심 전에 집에 돌아왔지 않아?"

유사쿠의 질문에 미사코는 무심히 숨을 삼켰다. 심장이 크게 뛰었다. 유사쿠는 그런 그녀의 모습을 예리하게 눈치챘다.

"역시 돌아왔군."

"아니. 보지 못했어. 그 사람은 줄곧 학교에 있었을 거야." 미사코는 고개를 저었다.

하지만 목소리가 떨리는 걸 자기도 알았다. 어쩌면 이렇게 어설픈 연기를 할까 생각했다.

그는 그녀의 마음을 탐색하듯이 날카로운 눈길로 지긋이 바라보다가 낮은 목소리로 말했다.

"돌아왔구나. 석궁을 가지러 왔을 거야. 그리고 그걸 갖고 일단 학교에 돌아갔다가 다시 묘지로 갔어. 스가이 마사키요를 죽이려고."

"왜 그 사람을 의심해?"

"직감이야. 녀석에 관해서는 내 안테나가 특별히 움직여."

유사쿠는 자신의 관자놀이를 검지로 콕콕 찔렀다.

"녀석은 여기서 학교로 가는 도중에 학교 근처 식당에 전화해서 자기 연구실로 배달을 시켰어. 알리바이를 만들기 위해서지. 그러나 배달이 너무 빨리 오면 곤란하니까 되도록 시간이 많이 걸리는 메뉴를 주문했어. 내 안테나가 움직인 것은 그 메뉴를 알았을 때야. 녀석이 주문한 정식에는 장어구이가 들어갔어."

"장어가……."

미사코는 깜짝 놀랐다. 그리고 유사쿠가 하는 말의 의미를 알아차렸다.

"알아들은 것 같구나. 너도 물론 알겠지. 나도 알아. 녀석은 어릴 때부터 장어를 무척 싫어했어. 그런데 굳이 그런 메뉴를 주문한 건 뭔가 있다고밖에 생각할 수 없지 않아?"

유사쿠가 말했다.

아키히코는 정말로 장어를 싫어했다. 그래서 미사코도 식탁에 한 번도 올린 적이 없다.

"만약에 네가 정말로 보지 못했다고 해도 나는 내 직감을 믿을 생각이었어. 근데 네 반응을 보고 확신했어. 어제 녀석은 집에 들렀다는 걸."

유사쿠의 한 마디 한 마디에 미사코의 마음이 격렬하게 흔들렸다. 감추고 있던 게 들킨 탓도 있다. 그러나 한편으로 마음이 편안해진 것도 사실이었다. 남편을 향한 의심을 혼자 가슴에 품은 채 어찌할 바를 모르고 괴로워하고 있었다.

"이건 나에게 주어진 마지막 기회라고 생각해. 놈을 이길 수 있는 일생 단 한 번의 기회야. 네가 아무리 녀석을 감싼다고 해도 꼭 진상을 파헤칠 거야."

유사쿠의 목소리가 이어졌다. 그 말을 들으면서 미사코는 마음속에 차가운 부분이 생겨나는 걸 느꼈다.

"난…… 남편을 감싸지 않아."

어? 하고 유사쿠는 입을 반쯤 벌렸다.

"내가 남편을 감싸다니…… 그런 일은 없어. 난 그 사람의 무엇을 감싸야 하는지도 모르는걸. 난 아무것도 몰라. 이 집에 온지 몇 년째지만 아무것도 모르고 있어."

"미사코."

유사쿠의 입에서 이름이 흘러나왔다. 예전에 그는 그녀를 이렇게 불렀다.

"내 인생은…… 보이지 않는 실이 조종하고 있어."

4

유사쿠가 경찰서로 돌아오자 오다가 회의실 책상에서 뭔가 조사를 하고 있었다. 책상에는 두꺼운 책들이 쌓여 있었다. 양서도 섞여 있다.

"아주 여유네."

오다는 유사쿠를 보더니 대놓고 언짢은 티를 내며 말했다. 유사쿠는 거기에는 대답하지 않고 "이 책은 뭡니까?" 하고 물었다.

"우류 나오아키 씨 서재에서 갖고 온 거야. 스가이 마사키요는 살해당하기 전날 우류 씨의 장서가 보고 싶다고 서재에 들어갔다잖아. 대체 뭘 보고 싶었는지 이렇게 조사하고 있는 거 아냐. 지루하고 어깨가 빠개질 것 같네."

네가 땡땡이를 쳐서, 라고 하듯이 오다는 일부러 어깨를 돌렸다.

"다른 사람은 탐문하러 갔습니까? 니시가타 씨도 나간 것 같군요."

"신센지 절에 갔어. 석궁이 발견된 모양이야."

"우와, 드디어……."

현장에서 발견되지 않아서 범인이 어딘가 다른 데 처분했을 것이라고 생각했다.

"난 좀 쉴 테니까 여기 부탁한다."

오다는 일어서더니 유사쿠의 대답도 듣지 않고 대량의 책을 남긴 채 방을 나갔다. 이번에는 네가 지루해 봐라, 하는 것 같다. 할 수 없이 유사쿠는 의자를 당겼다.

무작위로 한 권을 골라 들었다. '과학문명에 대한 경고'라는 제목이었다. 현대적인 테마라고 생각했지만, 40년도 전에 쓴 책이었다. 인간은 언제나 같은 문제를 안고 살아간다는 걸 새삼 인식했다.

유사쿠는 책장 넘기던 손을 멈추고 미사코를 생각했다. 겨우 몇십 분 전에 만난 그녀는 유사쿠가 잘 아는 그 미사코였다. 처음에는 어색했던 두 사람의 태도가 조금씩 옛날로 돌아갔다. 그녀 앞에 있으면 유사쿠도 그 시절로 돌아간 것처럼 가슴이 뜨거워졌다.

아키히코의 알리바이에 의심스러운 점을 느꼈을 때, 바로 그녀를 만나야겠다고 생각했다. 미사코를 심문하면 뭔가를 알게 되지 않을까 생각한 건 사실이다. 그러나 그것 말고도 삐딱한 심리가 있었음을 부정할 수 없다. 다른 남자를 남편으로 맞은 그녀가 그 남편에 대한 의혹을 알았을 때 어떤 반응을 하는지 보고 싶었다.

분명히 감싸겠지, 라고 유사쿠는 생각했다. 미사코는 아키히코를 사랑해서 결혼했을 터다. 그런 아키히코를 감싸지 않을 리 없다. 유사쿠는 그걸 자신의 눈으로 확인하려고 했다. 그것은 아픈 어금니를 일부러 눌러 보는 행위와 같았다.

하지만 미사코의 반응은 유사쿠가 전혀 예상하지 못한 것이었다.

내가 남편을 감싸다니, 그런 일은 없어.

내 인생은 보이지 않는 실이 조종하고 있어.

마치 한계까지 당긴 팽팽한 고무줄이 되돌아오듯이 그녀는 말했다. 왜 자신이 우류 아키히코와 결혼했는지, 왜 자신이 지금 이곳에 있는지와 도무지 납득이 가지 않는 일들에 관해서.

'실'이라는 표현을 그녀는 사용했다. 아버지가 벽돌병원에 입원했을 무렵부터 그 실의 힘을 느꼈다고 한다.

'왜 미사코만 그 힘의 영향을 받은 걸까. 대체 미사코의 어디가 특별한 걸까?'

믿기 어려운 이야기였지만, 미사코의 진지한 눈길을 유사쿠는 무시할 수 없었다.

한참 후 오다가 돌아왔다. 유사쿠 앞에 놓인 책을 보고 불만스럽게 말했다.

"뭐야, 별로 진척이 없잖아."

"너무 힘든 작업이잖아요. 게다가 우리 같은 문외한이 보기에는 무립니다. 대표이사 비서인 비토를 부르는 건 어때요?"

"그 비토가 자기는 아무것도 모른다고 나자빠졌다고."

지긋지긋하다는 듯이 말하더니 거칠게 의자에 앉았다.

잠시 후, 니시가타네가 돌아왔다. 어지간히 돌아다녔는지 지친 얼굴이었다.

"어떻습니까?" 하고 오다가 니시가타에게 차를 권하면서 물었다. 니시가타는 연하고 미지근한 차를 꿀꺽꿀꺽 마신 뒤 말했다.

"신센지 절에서 남쪽으로 300미터 지점에 대나무 숲이 있잖아. 석궁은 그 안에 버려져 있었어. 검은 비닐봉지에 들어 있었다더군. 발견한 사람은 근처에 사는 초등학생. 아이가 대나무를 깎아 화살을 만들어서 뭔가를 쏘려고 하는 것을 엄마가 발견하고 빼앗았다는군. 누가 맞아서 다쳤더라면 큰일 날 뻔했어. 우리한테까지 불똥이 날아왔을 거야. 이런 위험성도 있으니 석궁 수색에 더 인원수를 동원해야 했던 거라고."

"우류 나오아키 씨 서재에서 도둑맞은 물건이 틀림없었습니까?"

유사쿠가 물었다.

"틀림없어. 방금 확인 받았어."

"발견된 건 석궁뿐입니까? 화살은 두 개 있었잖아요. 한 개를 썼으니 나머지 한 개는 남아 있을 텐데요." 오다가 말했다.

"석궁뿐이야. 근처를 쥐 잡듯이 뒤졌지만, 다른 화살은 보이지 않았어."

그래서 지친 얼굴이었던 것 같다.

"걱정이네요. 독화살인 만큼 모르는 사람이 만지면 위험할 텐데."

"그러게. 범인이 계속 화살을 갖고 있을 거라고는 생각할 수 없으니까. 다만 그 화살은 독화살이 아닐 가능성이 높아졌어."

"그건 무슨 이야기입니까?"

"실은 오늘 우류 나오아키 씨 서재에서 다른 화살을 한 개 발견했어."

"아직 있었습니까?"

유사쿠가 말했다. 니시가타는 끄덕였다.

"그 목제 장식장 제일 아래칸에 들어 있었어. 그걸 감식했더니 화살촉 부분에 독은 들어 있지 않대."

"독이 없다고요?"

오다는 의아해하더니, 이내 고개를 끄덕였다.

"아, 그런가. 그래서 그 한 개만 따로 있었군요."

"아니, 그게 그렇지도 않았어." 하고 오다가 말했다.

"나오아키 씨한테 석궁과 활을 선물한 사람한테 얘기를 들었는데, 그 사람 얘기에 따르면 원래는 독화살 같은 건 갖고 올 생각이 없었다고 해. 그런데 현지 지인이 장난을 친 건지 센스를 발휘한 건지, 독화살을 한 개 섞었나 봐. 그 사실을 깨달은 것은 일본에 돌아와서 케이스를 열어 본 뒤였는데 나오아키 씨는 재미있어하며 그대로 받았다는군."

"그 얘기가 오해가 생겨서 화살이 전부 독화살이라고 알려졌군요."

"아무래도 그런 것 같아."

"범인이 훔쳐낸 두 개의 화살은 한쪽이 독화살이고 다른 한쪽은 멀쩡하다는 거군요. 그리고 적중시킨 화살이 우연히 독화살이었던 거고."

오다는 가까이에 있는 빨간색과 검은색 볼펜을 들고 빨간 쪽으로 자기 가슴을 찌르는 시늉을 했다.

"우연이었는지 뭔지는 모르겠어. 범행 직전에 범인이 두 개의 화살 차이를 깨달았을지도 모르니까."

그렇게 말하고 니시가타는 오다의 손에서 검은색 볼펜을 받아 들고, 손가락 끝으로 재주 좋게 돌렸다.

"문제는 범인이 남은 한 개를 어떻게 처분했는가야. 나는 아직 범인이 어딘가에 숨겨 놓았을 가능성도 충분히 있다고 생각해. 버릴 거라면 석궁과 함께 버렸겠지. 그러지 않은 것은 뭔가 이유가 있어서일 거야."

"그러면 범인이 앞으로 화살을 처분하는 것도 생각할 수 있겠네요. 관계자 전원을 감시하면……."

오다가 말하자 니시가타는 씩 웃으며 손가락으로 그의 가슴을 쿡쿡 찔렀다.

"벌써 하고 있어. 석궁 주위에서 화살이 발견되지 않은 시점에서 사람을 썼지."

"그랬군요. 과연…….."

오다는 칭찬이라도 한마디 하려는 것 같지만, "그러나," 하고 니시가타가 그의 얼굴 앞에 손바닥을 내밀었다.

"내 직감으로는 여기저기를 망볼 필요는 없어. 중요한 것은." 목소리를 낮추고 말을 이었다. "우류 가뿐이야. 우류 가 사람들만 지켜보면 돼."

"어째서요?" 하고 오다가 물었다.

"꽃잎이야."

"꽃잎?"

"음. 지금 조사하고 있는 참이지만 말이야."

이때 다른 형사가 다가와서 니시가타에게 전화가 왔다고 전했다. 그래서 그는 수화기를 들고 2, 3분 얘기하더니, 전화를 끊고 다시 유사쿠네에게로 돌아왔다.

"타이밍 절묘하네. 자네들 지금부터 스가이 가에 가 줘."

"무슨 일 있습니까?"

"스가이 마사키요 씨 서재를 보여 주겠대. 일기나 메모 같은 것, 스가이 씨가 최근 어떤 데 관심을 가졌는지 조사해 봐."

"그전에 꽃잎 이야기를 듣고 싶습니다."

오다가 말하자 니시가타는 한쪽 눈을 찡긋했다.

"그건 나중에 기대해."

5

낮보다 무시무시해졌네, 하고 미사코는 석간을 가지러 나갔을 때 생각했다. 문 앞에 눈매가 날카로운 남자 두 명이 딱히 목적도 없이 서 있었다. 물론 목적이 없을 리는 없고, 우류 가에 출입하는 사람을 감시하는 것이리라. 뒷문에도 마찬가지로 두 명의 형사가 있었다. 미사코는 왜 저녁녘이 되어서 갑자기 감시가 엄해졌는지 영문을 알 수 없었다.

그런 긴박한 분위기 속에 미사코의 아버지 소스케가 찾아왔다. 소스케는 안채에 가서 아야코에게 인사를 하고, 미사코네 별채로 온 것 같다.

"기분 나쁘네. 대문 들어올 때 빤히 쳐다보더라."

소스케는 현관에서 구두를 벗으면서 말했다.

"뭐 물어봐요?"

"아니, 그런 건 없었어. 여기서 나갈 때 물어볼지도 모르지. 아키히코는?"

"아직 오지 않았어요. 곧 올 거예요."

미사코는 아버지를 거실로 안내했다. 오늘 이곳으로 사람을 안내하는 게 세 번째다.

"너한테는 뭐 물어보더냐?"

웃옷을 벗고 넥타이를 느슨하게 하면서 소스케가 물었다.

"이것저것 물었죠. 몇 번이나 같은 걸 물었어요. 아버지, 차 드려요?"

"신경 쓰지 마라. 그랬구나, 역시 끈질기게 조사를 하네. 하지만 별로 짚이는 건 없지?"

"없어요. 난 아무것도 모르는걸요."

그렇게 말하고 미사코는 차 준비를 했다. 자조적인 말투였지만, 소스케는 그렇게 받아들이지 않은 것 같다.

"그러냐, 그럼 됐지. 괜한 말 해서 나중에 돌이킬 수 없게 되면 곤란하니까."

아버지의 목소리를 등으로 들으면서 어쩌면 돌이킬 수 없는 말을 해 버렸을지도 모른다고 미사코는 생각했다. 어제 낮에 아키히코의 모습을 본 걸 유사쿠가 알아 버렸다. 앞으로 아키히코가 의심을 받게 되면 미사코의 증언이 중대한 의미를 갖게 될 터다. 이 사실은 두 사람만의 비밀로 하자고 유사쿠는 말했지만.

고백한 것은 그것뿐만이 아니다. 그 '실'에 관해서도 얘기했다. 지금 자기 마음을 이해해 주길 바랐다.

유사쿠를 만나기 전에는 절대 자신의 처지를 망각하지 않으려고 다짐하고 있었다. 그런데 그와 얘기하는 중에 자제하지 못하는 자신을 느꼈다. 현재 상황에 대한 불만, 남편에 대한 의혹,

그리고 지금까지의 인생에 대한 의문을 줄곧 누군가에게 털어 놓고 싶었다. 10여 년 만의 재회는 마음의 빗장을 벗기는 데 충 분한 방아쇠였다.

'그는 어떻게 받아들였을까. 바보 같은 망상이라고 코웃음 쳤 을지도 몰라.'

자신의 호소가 무시당하는 것은 슬펐다. 그러나 그가 진지하 게 받아들이고 뭔가의 행동을 일으키지 않을까 상상하면 무섭기 도 했다. 열어서는 안 될 판도라의 상자를 연 것 같은 기분이다.

소스케가 뭐라고 말을 걸어서 정신을 차렸다. "네?" 하고 돌 아보았다. 소스케는 석간을 읽으면서 물었다.

"아키히코 말이야. 그 사람은 사건에 관해 뭐라고 하더냐고."

"못 들었어요."

미사코는 차와 과자를 내왔다. 소스케는 석간을 내려놓더니 눈을 가늘게 뜨고 차를 마셨다. 그렇게 있으니 역시 나이를 먹 었구나 하는 게 느껴진다.

소스케는 UR전산을 정년퇴직한 뒤, 그때까지 하청을 주던 전 기공사회사에 재취업했다. 업무 내용은 전 직장과 중개 역할이 어서 정신적으로도 육체적으로도 편한 듯했다. 적당한 운동이 몸에도 좋은지 안색이 좋았다.

"그렇지만 아키히코는 우류 가 후계자이기도 하니 경찰한테 가장 의심을 사지 않을까."

"그럴지도 모르겠네요."

"그런 의혹이야 물론 밝혔겠지. 이를테면 알리바이를 증명하던가 해서."

요즘 추리 드라마를 볼 기회가 많은지 소스케는 전문 용어를 사용했다.

"글쎄요, 모르겠어요. 어제는 그 사람 집에 거의 없었고, 오늘도 아침에 나가서 아직 안 들어왔으니까요."

"그러냐. 그럼 경찰이 학교로 갔을지 모르겠네."

소스케는 불안한 듯이 두리번거렸다.

시들하긴 했지만, 사건에 관한 이런저런 얘기를 나누고 있을 때 현관에서 소리가 났다. 아키히코가 돌아왔다.

그는 장인이 온 것을 알고 바로 거실로 인사하러 왔다. 그리고 옷도 갈아입지 않고 소스케 앞에 앉더니 환한 표정으로 근황을 물었다.

"큰일이 난 것 같아서 잠시 보러 왔네. 별로 힘이 되어 주지도 못하지만."

"감사합니다. 그렇지만 걱정하지 않으셔도 됩니다. 아버지 유품을 도둑맞았고, 그게 범죄에 쓰여서 시끄러울 뿐입니다. 도난차가 범죄에 악용되는 일이 있습니다만, 그것과 같은 겁니다."

장인을 안심시키려는 것인지 아키히코는 억지스러운 비유를 했다. 석궁이 살인 사건에 사용된 것과 도난차가 악용되는 것과는 의미가 다르다. 석궁을 가져간 사람은 한정되어 있다.

'그 한 사람이 당신이야.'

아키히코의 등을 향해 미사코는 마음속으로 중얼거렸다.

같이 저녁을 먹자는 아키히코의 권유를 사양하고, 소스케는 일어섰다.

"그럼 댁까지 모셔다 드리겠습니다."

"아냐, 그럴 필요 없어. 천천히 가면 돼."

소스케는 황급히 손을 저었다.

"날씨도 쌀쌀해져서 몸에 좋지 않습니다. 제가 걱정되니 모셔다 드리겠습니다."

이번에는 아키히코가 밀어붙였다. 소스케는 황송해하면서 "그러겠나, 그럼⋯⋯." 하고 머리를 긁적였다.

두 사람을 배웅한 뒤, 미사코는 거실 정리를 했다. 아키히코가 웃옷을 아무렇게나 벗어 던져 놓았다. 옷걸이에 걸려고 집어 들었을 때, 뭔가가 바닥에 툭 떨어졌다.

주워 보니 순간접착제 튜브였다.

'어째서 그 사람이 이런 걸?'

대학 연구실에서 사용한 걸까. 이따금 이상한 것을 갖고 오는 일이 있지만, 순간접착제는 처음이었다.

의아하게 생각하면서 웃옷 안주머니에 돌려놓았다.

아키히코가 돌아온 것은 예상보다 훨씬 늦은 시각이었다. 그래서 미사코는 다시 국을 데워야 했지만, 아키히코는 늦어진 데 대해 한마디도 설명하지 않았다. "길이 막혔어요?" 미사코가 넌지시 묻자, "응, 그러고 보니 그랬네." 하고 모호하게 대답할 뿐이었다.

저녁을 먹으면서 미사코는 학교에 형사가 왔는지 물어보았다. 왔어, 하고 아무렇지도 않게 대답했다.

"뭐 물어요?"

"별거 아냐. 어제 당신한테 물은 거랑 같은 거야."

"낮에 어디 있었는가, 하는?"

"그런 거지."

아키히코는 규칙적인 리듬으로 국을 먹고 샐러드를 먹고 로스트비프를 입으로 가져갔다. 표정에도 부자연스러운 점이 조금도 없다.

"뭐라고 대답했어요?"

"뭐가?"

"그러니까." 하고 미사코는 와인을 마셨다. "낮에 어디 있었냐고 물을 때."

"아아. 연구실에서 점심 배달시켜서 먹었다고 했지. 종업원이 얼굴을 기억하니 의심받는 일은 없을 거야."

그래요, 하고 그녀는 짧게 대답했다. 그런데 와쿠라 유사쿠는 의심하고 있다.

"그런 집, 맛있어요? 학교 근처 식당이겠죠?"

"특별히 맛있거나 하진 않아. 가격 대비 괜찮은 편이지만."

"싫어하는 음식도 섞여 있지 않아요?"

이를테면 장어구이라든가…… 하는 말은 입에 올리지 않았다.

"가끔 있기도 하지. 그러나 그런 건 처음부터 주문하지 않으면 돼."

여기서 아키히코가 앗 하고 숨을 멈추는 기색이 났다. 어제 자기가 주문한 것이 지금 한 말에 모순된다는 것을 떠올린 게 분명하다. 그가 어떤 얼굴을 하고 있는지 보는 게 무서워서 미사코는 접시에서 눈을 떼지 않았다.

"왜 그런 걸 묻는 거야?" 아키히코 쪽에서 질문을 했다.

"그냥요. 평소에는 어떤 걸 먹는가 싶었을 뿐이에요. 국 더 줄까요?"

오른손을 내밀면서 미사코는 말했다. 자연스러운 연기였다고 생각했다. 아키히코도 그녀를 의심하는 모습 없이 "아냐, 괜찮아." 하고 평소처럼 대답했다.

잠시 침묵이 이어졌다. 포크와 나이프가 접시에 닿는 소리만 날 뿐이다. 요즘 식사 때 주고받는 대화도 적어진 것 같다.

"그러고 보니 오늘 형사가 두 명 왔는데, 그중 한 사람을 보고 엄청나게 놀랐어. 동창생이어서."

"어머, 정말요?"

아키히코의 잔에 와인을 따르면서 미사코는 놀란 척했다. 이번에는 별로 능숙한 연기가 아니었지만, 그는 눈치채지 못한 것 같다.

"초등학교부터 고등학교까지 같이 다녔던 녀석이야. 활발하고 사람들 잘 챙기고, 언제나 반에서 인기 많은 놈이었지. 게다

가 노력파여서 작은 돌멩이를 하나하나 쌓아 올리듯이 공부를
했어."

아키히코는 나이프를 내려놓고 식탁에 턱을 괴더니 먼 옛날을
떠올리는 눈빛이었다.

"대조적이었지."

"네?"

"나하고는 대조적이었다고. 나는 아무래도 주위 친구들에게
녹아들지 못했어. 이 놈이고 저 놈이고 다들 어린애 같고 시시
했거든. 평범한 아이들이 하는 놀이가 나한테는 조금도 즐겁지
않았어. 내가 이상하다고는 생각하지 않았으니까 녀석들이 이
상하다고 생각했지."

그는 포크도 나이프 옆에 나란히 내려놓았다.

"그런 아이들 대표가 그 녀석이었어. 아이들을 잔뜩 거느리고
무엇을 하든 리더십을 발휘했지. 선생님들도 그 녀석이라면 신
뢰했어."

"당신은 그 사람을…… 좋아하지 않았군요."

"그렇다고 할 수 있겠지. 녀석이 하는 일 하나하나가 묘하게
거슬렸어. 하지만 녀석을 잘 알기 전부터 나는 그 녀석을 의식
했던 것 같은 기억이 나. 어째서일까. 파장이 맞지 않는다고 할
까, 하여간 본능적으로 배척하려고 했어. 마치 자석의 S와 S, N
과 N이 서로 반발하는 것처럼 말이야."

아키히코는 남은 와인을 마저 비우더니 뭔가를 비춰 보려는

듯이 잔을 눈높이까지 들었다.

"그런데 신기해. 인제 와서 그 녀석이 그리울 때가 있어. 긴 학창 시절을 떠올릴 때, 다른 건 하나도 기억나지 않는데, 그 녀석, 와쿠라 유사쿠라는 사내만은 선명하게 기억나는 거야."

"숙적이어서요?"

미사코는 유사쿠에게 들은 말을 입에 올렸다. 아키히코는 "숙적?" 하고 되뇌더니, 고개를 주억거렸다.

"그러네. 그게 적절한 표현일지도 모르겠네."

"근데 신기하네요."

"뭐가?"

"당신이 어린 시절 얘기를 해 주는 것, 지금이 처음이에요."

그러자 아키히코는 순간 허를 찔린 듯이 시선이 흔들리더니, "나한테도 어린 시절은 있었어." 하고 말하며 의자에서 일어섰다. 접시에는 로스트비프가 3분의 1 가까이 남았다.

6

스가이 마사키요의 서재는 우류 나오아키의 방과는 대조적으로 장식보다 기능을 중시해서 만들어졌다. 그림 같은 건 일절 없고 벽이란 벽마다 책장과 캐비닛으로 메워져 있다. 침대인가 싶을 정도로 넓은 흑단 책상에는 컴퓨터와 팩스가 놓여 있었다.

"그날……. 사건 전날이요, 남편은 집에 돌아오자마자 바로
이 방으로 와서 뭔가를 찾는 것 같았어요."

마사키요의 아내 유키에가 담담한 어조로 말했다. 남편이 살
해당한 지 하루밖에 지나지 않았지만, 이미 스가이 가의 책임자
로서 차분함을 되찾은 것 같다.

"어떤 걸 찾았는지 아십니까?"

책상 서랍을 열고 안을 들여다보면서 오다가 물었다.

유키에는 고개를 저었다.

"제가 차를 갖고 왔을 때 책인가 뭔가 읽고 있는 걸 봤을 뿐이
에요. 드문 일도 아니어서 별로 신경 쓰지 않았어요. 그래서 지
금까지 말씀드리는 걸 잊고 있었네요."

"어떤 느낌의 것이었는지 기억나십니까?" 유사쿠가 물어보
았다.

부인은 광대 언저리에 손바닥을 대고 약간 고개를 갸웃거리며
대답했다.

"파일…… 같기도 하고."

"어느 정도 두께였습니까?"

"상당히 두꺼웠어요. 이 정도쯤이지 않을까."

부인은 양손으로 10센티미터 정도의 간격을 만들었다.

"그리고 꽤 오래된 것 같았어요. 얼핏 보았을 때 종이가 누랬
으니까."

"파일……. 오래된 종이."

오다는 오른손으로 두통을 참는 듯한 얼굴을 문지른 뒤, "비토 씨, 당신은 어떻습니까. 거기에 관해 뭔가 짐작 가는 게 없습니까?" 하고 유키에 옆에 서 있는 남자에게 물었다.

"아뇨, 그게 공교롭게도……."

비토는 좁은 어깨를 더욱 움츠렸다. 마사키요의 서재를 조사한다고 해서 유키에가 그를 불렀다고 했다.

"사건 전날, 당신과 스가이 씨는 우류 저택에 갔었죠. 우류 전 대표이사의 장서를 보기 위해서. 지금 부인이 보았다고 말씀하신 낡은 파일이란 건 우류 가에서 갖고 온 게 아닐까요?"

"그럴지도 모릅니다."

"그럼 어떤 것인지 당신도 짐작은 가겠군요."

"아뇨, 그러니까. 다른 형사님한테 몇 번이나 설명했지만, 스가이 대표이사님이 전 대표이사님 서재에 들어가 계신 동안, 저는 그쪽 사모님과 거실에 있었습니다. 대표이사님이 혼자 보고 싶다고 하셔서요. 그래서 어떤 책에 관심을 보이셨는지 저는 전연 모릅니다."

그의 말에 오다는 크게 한숨을 쉬었다.

유사쿠는 유키에나 비토한테 유효한 증언을 끌어내는 건 포기하고, 유키에가 보았다고 하는 두꺼운 파일을 찾기로 했다. 천장까지 닿는 거대한 책장이지만, 파일 종류는 그리 많지 않았다. 하지만 한 차례 쭉 훑어본 바, 문제의 물건은 책장에 없는 것 같았다.

"남편 분이 이곳에서 뭔가 찾고 있을 때, 눈에 띄는 것은 없었습니까? 이를테면 영어 사전이 나와 있었다거나."

책상 아래며 책장 등을 살펴보던 오다가 약간 맥이 풀린 얼굴로 물었다.

유키에는 얼굴을 갸웃거리며 잠시 생각에 잠기더니 유사쿠 옆을 가리켰다.

"영어 사전은 없었지만 제가 들어왔을 때, 거기 캐비닛에서 검은 표지의 노트 같은 것을 꺼내고 있었어요."

그 캐비닛은 납작한 서랍이 열 개 정도 있는 것이다.

"서랍, 아마 제일 위 칸이었던 것 같아요."

그래서 유사쿠는 서랍을 열어 보았다. 오다도 성큼성큼 걸어와서 안을 들여다보았다. 노트 같은 건 없었다.

"아무것도 들어 있지 않은데요."

유사쿠가 말하자, "그럴 리가." 하고 유키에도 다가왔다.

"어머나, 정말이네요……."

텅 빈 서랍을 보고 유키에의 눈이 동그래졌다.

"다른 칸은 차 있는데요. 여러 가지가 들어 있어요. 대체 이 캐비닛은 어떤 식으로 분류된 건가요?"

나머지 서랍을 차례로 열어 보면서 오다가 물었다.

"분류 방법은 모르지만, 아마 이 캐비닛에는 남편이 시아버지에게 물려받은 것이 들어 있을 거예요."

"스가이 대표이사의 아버님……이라면 역시 전 대표이사님

중 한 분이시겠군요."

오다가 확인하자 "그렇습니다." 하고 부인은 대답했다.

유사쿠와 오다는 서랍 속을 차례로 조사해 보았다. 확실히 유키에가 말한 대로였다. 마사키요의 아버지 스가이 다다키요가 대표이사였던 시절의 자료가 잇따라 나왔다. 신공장 건설계획이며 장래 사업계획 등이다. 아들에게 제왕학을 가르치는 동시에 살아 있는 교과서로 물려주었을지도 모른다.

"스가이 씨는 이 안의 것을 자주 읽으셨습니까?"

오다의 물음에 글쎄요, 하고 유키에는 고개를 갸웃거렸다.

"오래된 것이어서 아버지 앨범 대신은 되지만, 일에는 도움이 되지 않는다고 했었어요. 그래서 별로 꺼내는 일도 없었을 거예요. 그러나 그날 분명히 여기서 노트를 꺼냈어요."

"그런데 그 노트는 없군요."

"그런 것 같네요."

유키에는 이상하다는 얼굴을 했다.

"비토 씨는 그 노트를 본 적 있습니까."

오다가 갑자기 물어서 비토는 당황한 모습으로 고개를 저었다.

"이런 캐비닛이 있는 것도 지금 처음 알았습니다."

"그렇습니까."

오다는 유감스럽다는 얼굴을 했다.

'사라진 자료가 두 권인가.'

유사쿠는 생각했다. 한 권은 두꺼운 파일. 다른 한 권은 검은 표지의 노트. 공통된 것은 둘 다 오래됐다는 것이다.

그게 왜 이 방에서 사라졌을까.

"어제부터 오늘까지 이 방에 들어온 사람은 없습니까?" 유사쿠는 물어보았다.

"여기에 말인가요?"

유키에 부인은 오페라 가수처럼 가슴 앞에서 손깍지를 끼고 정면을 향한 채, 검은 눈동자만 비스듬히 위쪽으로 향했다.

"워낙 혼란스러워서……. 가족 누군가가 들어왔을지도 모르겠군요."

"어제 이 집에 있었던 사람은 가족과 도우미뿐입니까?"

"아뇨, 밤에 친척들이 몇 명 달려왔어요. 아, 그리고."

그녀는 손뼉을 가볍게 쳤다.

"사고가 나고 얼마 안 되어 아키히코 씨가 왔어요. 그래서 아주 도움이 됐죠. 아들만으로는 역시 아직 불안해서."

"아키히코……. 우류 아키히코 씨?"

갑자기 그 이름을 듣고 유사쿠는 동요했다. 하지만 예상 밖의 얘기도 아니다. 이번 사건에 아키히코는 무관하지 않다고 믿고 있었다.

우류 아키히코가 이 방에 들어오지 않았을까. 그리고 사라진 두 권의 자료는 그가 은밀히 갖고 나가지 않았을까. 그러나 유사쿠는 그 행동의 의미를 이해할 수 없었다.

"일단 오늘은 이만 실례하겠습니다. 뭔가 생각나는 게 있으면 연락 주십시오."

마무리짓듯이 말하더니 오다는 캐비닛 서랍을 닫으려고 했다. 그런데 제일 위 칸 서랍은 뭐가 걸려 있는지 잘 들어가지 않았다.

"이상하네." 오다는 허리를 구부리고 서랍 안을 들여다보았다. 어, 하는 듯이 눈썹이 움직였다.

"왜 그러세요?" 유사쿠가 물었다.

"안에 종이 같은 것이 걸려 있네."

오다는 힘겹게 손을 넣어서 신중한 동작으로 그걸 빼냈다. 손가락 끝에 끼워져 있는 것은 사진 같았다.

"뭐지, 이 건물."

오다는 자기가 꺼냈으니 자기가 먼저 볼 권리가 있다고라도 하듯이 유사쿠에게는 보이지 않게 혼자 사진을 보았다. 그리고 "아십니까?" 하고 유키에 앞에 내밀었다. 그녀는 고개를 저었다.

"본 적도 없어요."

사진을 비토 앞에 내밀어서 그제야 유사쿠도 사진을 볼 수 있었다. 비토는 말했다.

"모르겠습니다. 무슨 건물일까요. 외관으로는 상당히 오래된 느낌이 듭니다만."

"정말. 성 같네요." 하고 유키에도 옆에서 말했다.

두 사람의 관계자가 모른다고 해서 오다도 흥미를 잃은 것 같다. 그래도 "이 사진, 가져가도 될까요?" 하고 허락을 받고 정중

한 손놀림으로 슈트 주머니에 넣었다.

하지만 만약 오다가 유사쿠의 표정을 눈치챘더라면 그 사진을 간단히 넣고 말진 않았을 터다.

유사쿠는 얼굴에서 피가 소리를 내며 빠져나가는 듯한 기분조차 들었다.

잊지 않았다. 그 사진에 찍힌 건물은 틀림없는 그 벽돌병원이었다.

7

한밤중에 잠이 깬 것은 기분 나쁜 꿈을 꾸어서였다. 뭔가에 쫓기는 꿈이었다. 꿈에서는 쫓아오는 것의 정체를 알고 있었을 텐데, 눈을 뜨니 씁쓸한 뒷맛만 남았다. 무엇에 쫓기고 있었을까 잠시 생각해보았지만, 생각나면 되레 더 불쾌해질 것 같아서 꿈은 잊어버리기로 했다.

미사코는 몸을 뒤척이다 아키히코 쪽으로 누웠다. 비어 있었다.

몸을 비틀어 자명종 시계를 보았다. 오전 2시 13분. 평소의 아키히코라면 숙면할 시간이다.

'뭐 하는 거지.'

화장실에 가진 않았을 터다. 잠이 깊이 드는 그는 자다가 일어나는 일이 거의 없다.

눈을 감았다. 꿈의 여운이 남았는지 아직 마음이 안정되지 않았다.

쿵 하는 소리가 났다. 이어서 낮게 신음하는 소리. 미사코는 눈을 떴다. 소리는 아직 이어졌다.

미사코는 일어나서 가운을 걸치고 슬리퍼를 신었다. 신음 소리는 일단 멈추었지만, 사람이 움직이는 기척이 났다.

복도로 나오니 소리는 더욱 또렷해졌다. 귀에 익은 소리다. 톱을 사용하는 소리가 틀림없다.

'어째서 밤중에 톱질을……'

소리는 아키히코 방에서 새어 나왔다. 미사코는 문손잡이를 잡았지만, 돌리지는 않았다. 잠겨 있을 게 뻔하다고 생각해서다. 아키히코는 이 방에만큼은 미사코조차 들이려고 하지 않는다. 그가 집에 없을 때는 잠가 놓을 정도다. 중요한 자료들이 마구 흐트러져 있기 때문에 섣불리 건드리면 뭐가 뭔지 알 수 없게 된다는 것과 만약에 도둑이 들어올 경우에도 이 방만은 지키고 싶다는 것이 그의 변명이었다.

손잡이에서 손을 떼고 미사코는 문을 노크했다. 그러자 지금까지 들리던 소리가 스위치를 끄듯이 정지했다.

잠시 틈이 있은 뒤, 찰칵 하고 잠금이 풀리는 소리가 났다.

문이 반쯤 열리고 파자마 위에 블루종을 걸친 아키히코가 나타났다. 뺨이 약간 홍조를 띠고 있다.

"뭐해요?"

미사코는 방 안을 곁눈으로 보면서 물었다. 얼핏 보아서는 톱이 바닥에 구르고 있을 뿐이었다.

"목공 일이야. 내일 실험에 필요한 기구를 만들어. 까맣게 잊고 있어서."

"그렇구나⋯⋯. 재료는 있어요?"

"뭐 대충. 시끄러워서 못 잔 거야?"

"아뇨, 그런 건 아니에요. 되도록 빨리 자요."

"그럴 생각이야."

아키히코는 문을 닫으려고 했다. 하지만 그 직전에 "아⋯⋯." 하고 미사코가 소리를 흘렸다.

"왜?"

"아니, 별건 아닌데⋯⋯. 그 순간접착제, 그래서 갖고 온 거예요?"

"접착제?"

되묻는 아키히코의 얼굴에 낭패한 기색이 서리는 걸 보았다. 입을 벌리고 정신없이 눈을 깜박거렸다. 미사코는 괜한 말을 했다고 후회했다.

"어떻게 알아?"

"아까⋯⋯ 당신이 아버지 모셔다 드리러 갔을 때, 웃옷 주머니에서 떨어졌어요."

그러자 아키히코는 조그맣게 한숨을 쉬더니 입술만 일그러뜨

194

리고 부자연스럽게 웃었다.

"주간 대학에서 사용하는 경우가 있어서 무심코 주머니에 넣은 것 같아. 별로 의미는 없어."

"그런 거군요……."

납득한 척했지만, 내심 의문이 일었다.

"그럼 쉬어요."

"응, 잘 자."

미사코는 그에게 등을 돌리고 나왔다. 그 등에 아키히코의 날카로운 시선이 박히는 것 같아서 다시 돌아볼 용기는 없었다.

8

아파트에 돌아오자 유사쿠는 책상 서랍에서 노트를 꺼냈다. 상당히 오래된 것이다. 만년필로 표지에 쓴 글씨도 어느새 사라져가서 읽기 어렵다. 간신히 판독하니 이런 제목이다.

뇌외과 괴사(怪死) 사건 수사기록 와쿠라 고지

20여 년 전의 것이다. 유사쿠의 아버지 고지가 벽돌공원에서 사나에가 죽은 사건에 관해 조사한 기록이 이곳에 쓰여 있다.

이걸 꺼내 온 이유는 낮에 스가이 마사키요의 서재에서 생각지도 못한 사진을 발견해서다.

어째서 스가이 마사키요가 벽돌병원 사진을 갖고 있었을까.

또 그 사진과 같은 서랍에 들어 있던 '검은 노트'는 대체 어디로 사라진 걸까. 그리고 마사키요는 무엇을 조사하고 있었을까.

벽돌병원과 스가이 마사키요는 어떤 관계가 있는지 짐작도 가지 않았다. 그러나 우류 나오아키와 벽돌병원의 관계라면 짚이는 데가 있다.

사나에 사건이다.

아버지 고지가 그 사건을 수사할 때, 중후한 신사가 유사쿠네 집에 찾아왔다. 그리고 한참 동안 얘기를 나누고 돌아갔다. 아버지가 수사를 중지한 것은 그 바로 뒤였다.

유사쿠의 초등학교 졸업식 때, 그 신사가 우류 아키히코의 아버지란 걸 알았다. 그때 이후, 어쩌면 그 사나에 사건은 우류 가에 중대한 의미가 있는 게 아닐까 계속 생각했다.

이 추리가 맞는다면 스가이 마사키요가 그것에 관심을 가져도 이상하지 않다. 그 사진이 들어 있던 캐비닛에는 마사키요가 아버지에게 물려받은 것이 들어 있다고 한다.

유사쿠는 새삼 손에 든 노트를 보았다. 만약 이번 사건이 사나에 사건과 관련이 있다면 다른 사람 손에 맡길 수 없다.

이 노트를 처음 발견한 것은 경찰관으로 정식 발령받은 지 2년 뒤의 겨울이다. 동시에 고지가 죽은 겨울이기도 하다.

내가 죽으면, 하고 고지는 곧잘 유사쿠에게 말했다. 내가 죽으면 장례식은 간소하게 해라, 내가 죽으면 표창장 같은 건 전부 불태워라, 하는 식이었다. 그중에 내가 죽으면 불단 서랍을 정리해 달라는 것이 있었다. 그곳에 보여 주고 싶은 것이 들어 있으니까, 하고.

이런 아버지의 말을 천천히 생각해 볼 여유가 생긴 것은 아버지가 세상을 떠난 지 2주쯤 지난 뒤였다. 유사쿠는 아버지의 지시를 하나씩 해결해 나갔다. 장례식은 지시를 받을 것까지도 없이 간소하게 끝냈다.

유사쿠는 아버지의 말을 떠올리고 불단을 조사해 보았다. 보여 주고 싶은 것이 대체 무얼까. 그러자 작은 서랍에 접혀 있는 낡은 노트가 나왔다.

그것이 《뇌외과 괴사 사건 수사기록》이었다.

공적인 것이 아니다. 그 사건에 관해 고지가 조사한 것을 자료로 쓰려고 기록한 것이다. 그래서 날림으로 쓴 간단한 메모도 있었다.

최초의 주요 부분을 인용하면 대체로 다음과 같다.

1. 사체 발견 상황

9월 30일 오전 7시가 지나서, 우에하라 뇌신경외과 병원의 당직 간호사가 병원 남쪽 정원을 걷다가 사람이 쓰러진 걸 발견했다. 간호사가 알려서 당직 중인 두 명의 의사가 달려왔지만, 이미 맥은 뛰지 않고 사망한 것으로 판단되었다. 병원 측은 당장 본서

197

에 연락했다. 오전 7시 20분에 부근 파출소 관할 2명, 순찰 중인 외근 경찰 2명이 현장에 도착해서 현장 부근을 격리 후, 감시에 들어갔다. 7시 30분, 본서 형사과에서 수사관과 감식 담당자가 도착해서 현장조사를 했다.

2. 사체의 상황

사체는 간호사가 동병원 환자인 히노 사나에임을 확인했다. 복장은 흰색 파자마. 양말도 신지 않은 맨발이었다. 건물 남단에 있는 본인의 병실 바로 아래에서 하늘을 향해 양팔과 다리를 벌린 상태로 쓰러져 있었다.

해부 결과, 사인은 두개골 함몰로 인한 뇌내출혈로 판명. 또 비장 및 간장에 손상 있었고, 등에 넓게 내출혈이 보였다. 사망 추정 시간은 전날 밤 오전 0시부터 2시 사이로 추정된다.

3. 현장 상황

사망자의 병실은 동병원 남쪽 병동 4층. 침대 위에 침구가 흐트러져 있고, 창문이 열려 있었다. 슬리퍼는 침대 옆에 가지런히 벗어 두었다. 실내에는 본인의 짐이나 간단한 가구류가 놓여 있지만, 이상한 점은 없다.

사체의 위치와 그 밖의 사항을 보아서 뭔가의 이유로 창문에서 떨어진 것으로 보인다.

4. 목격자 및 증인

병원 소등은 오후 9시이고, 그 이후에 히노 사나에를 본 사람은 없다. 또 방의 창문이 열려 있었는지 어떤지 아는 사람도 없다.

다만 히노 사나에 옆방에 입원 중인 사카모토 이치로(56세)의 증언에 따르면 한밤중에 히노 사나에의 방에서 구두 소리가 났다는 것. 또 여성의 비명 비슷한 소리도 들렸다고 한다. 사카모토는 간호사에게 알릴까 생각했지만, 침대에서 일어나기가 귀찮아서 그냥 자 버린 것 같다. 시계는 보지 않았다고.

또 남쪽 병동 환자 두 명이 무언가가 떨어지는 소리를 들었다. 두 사람 다 딱히 신경 쓰지 않았다고 한다.

5. 히노 사나에의 신원

히노 사나에가 동 병원에 온 것은 7년 전이다. 데리고 온 사람은 우류공업 주식회사의 당시 대표이사인 우류 가즈아키 씨(3년 전에 사망)였다. 우류 씨에 따르면 예전에 히노 사나에의 부친에게 신세를 진 적이 있어서 그 인연으로 돌봐 주게 되었다고 한다. 그런데 지능에 장애가 있는 것 같아서 예전부터 친한 우에하라 마사나리 원장에게 치료를 부탁했다는 것이다. 우에하라 원장은 흔쾌히 승낙하고, 남쪽 병동 4층 1인실을 그녀 전용으로 준비한 뒤, 치료를 시작했다. 그 후 오늘에 이르렀다.

히노 사나에의 본적지는 나가노현 우다군으로 아버지는 전사, 어머니도 병사했다. 고향에 문의한 바, 히노 가를 아는 사람은 거의 없었다. 옛날에 이웃에 살았다고 하는 부인이 존재했지만, 사나에에 관해서는 중학교에 다닌 것만 알 뿐이었다.

우류 가즈아키 씨와 사나에가 만나게 된 계기는 아들 나오아키 씨에게 들었다. 가즈아키 씨는 번화가에서 구걸하던 그녀를 우연히 발견했다. 일정한 주거지도 없는 것 같아서 그대로 데리고 와서 자택에서 돌보게 되었다. 그러나 일상생활에서 여러 가지 문제가 있어서 치료를 해 주기로 결심했다고 한다.

가즈아키 씨가 사나에의 아버지에게 어떤 은혜를 입었는지는 나오아키 씨도 우에하라 씨도 듣지 못했다. 하지만 그의 유지를 존중하여 나오아키 씨는 치료비 지불과 신원보증인 의무를 맡았고, 우에하라 박사는 치료를 계속해 왔다. 물론 7년에 이르는 치료 효과는 명확하게 나타나지 않았다. 사나에의 지적 장애 원인도 여전히 불명확했다고 한다.

6. 히노 사나에란 인물과 생활

성격은 온화하고 얌전하며 내성적. 지능은 초등학교 저학년 수준이지만, 자신의 일은 대부분 혼자 가능했다. 읽고 쓰기도 서툴고 계산은 거의 하지 못했다. 평소에는 병원 정원에서 청소를 했다. 어른에게는 경계심이 강했지만, 아이들은 좋아했던 것 같다. 원장이 근처 아이들이 병원 정원에서 노는 것을 묵인해서 그들이 오는 것이 매일의 즐거움이었다(유사쿠도 종종 놀러간 것 같다).

7시 기상, 9시 취침. 사나에는 이 리듬을 깬 적이 없다고 한다.

빼곡하게 적힌 기록 전부가 유사쿠의 가슴에 충격을 주었다. 사나에가 왜 그곳에 있었는지를 극명하게 전하고 있었다.

유사쿠는 처음으로 이 기록을 보았을 때를 떠올렸다. 특히 가슴을 울린 것은 '근처 아이들……그들이 오는 것이 매일의 즐거움이었다'는 부분이다. 즐거움이었던 것은 유사쿠도 마찬가지였다.

다만 감상에 빠져 있기만 할 수 없는 내용도 이 기록 속에는 있다. 아니, 오히려 그쪽이 더 많다. 말할 것까지도 없이 가장 중요한 점은 사나에와 우류 가즈아키의 관계다. 아니, 우류 부자라고 해야 할지도 모른다.

이 부분을 읽으면 사나에의 괴사 사건에 우류 나오아키가 개입해 있어도 이상하지 않다. 어쨌든 신원보증인이다.

하지만 나오아키의 사건에 대한 반응은 이해할 수 없었다. 아마 그는 사건 수사를 종결하도록 경찰에게 다그쳤을 것이다.

유사쿠는 그 사건 때문에 고지의 상사가 집에 온 것을 기억한다. 꽤 오랜 시간 고지를 설득했다. 설득이 안 된다는 걸 알고 언짢은 얼굴로 돌아갔지만, 아마 그때 이야기의 내용은 이랬을 것이다.

이봐, 와쿠라, 쓸데없는 고집 그만 부려. 타살이라는 결정적인 증거가 있는 게 아니잖아. 게다가 그 여자를 죽여서 아무도 득 볼 사람이 없다고. 사나에의 지능으로 생각해 보면 자살 가능성이 희박하다고 해도 사고일 가능성은 충분히 있어. 밤중에 눈을 뜬 사나에가 창문 열고 별이라도 보려고 했겠지. 그날 밤은 하늘이 맑았다더군. 몸을 내밀고서 보려다가 너무 내밀어서 균형을 잃고 떨어졌겠지. 그런 거야. 그렇게 납득해…….

시마즈 경찰서에서는 처음부터 타살설에는 소극적이었던 것 같다. 그것은 고지의 노트에 쓰여 있다.

상사는 고지를 설득하지 못했지만, 그 며칠 뒤, 이번에는 우류 나오아키가 직접 찾아왔다. 그래서 그 전에 상사가 온 것도 우류 가가 경찰에 손을 쓴 결과일 거라고 유사쿠는 생각했다.

이번에는 고지가 납득했다. 수사를 그만둔 것이다.

우류 나오아키가 뭐라고 했는지 지금도 유사쿠에게 큰 수수께끼다. 물론 노트에도 이때 이야기는 기록되어 있지 않다.

그러나 유사쿠는 확신했다. 아버지 고지는 절대 타살설을 버린 게 아니었을 터다.

노트 중간쯤에 타살설을 추정하는 몇 가지 이유가 쓰여 있다. 그것을 열거하면 다음과 같다.

- 사나에는 취침 시각과 기상 시각을 엄수했다. 간호사들은 그사이에 침대에서 벗어나는 일은 없었다고 증언했다. 그런데 한밤중에 창문을 열고 밖을 내다본단 말인가.

- 옆방 입원 환자가 들은 구두 소리는 누구의 것인가. 사나에는 실내에서 슬리퍼를 사용했다.
- 사나에는 맨발이었다. 창문을 열고 밖을 내다본다 해도 보통 슬리퍼를 신고 있지 않는가.
- 사나에는 전에 병원 옥상에 데리고 갔을 때 울며 난리쳤다고 한다. 고소공포증이 아니었을까. 만약 그렇다면 창밖으로 몸을 던지는 짓을 했을 리 없다.
- 사건 당일 밤, 병원 문 앞에 검은색 큰 차가 서 있는 것을 몇 명인가 목격했다. 범인이 준비한 것이 아니었을까.

이런 의문점을 읽으면 고지가 타살설을 추정한 이유도 충분히 이해가 된다. 왜 수사 당국이 더 깊이 조사하려고 하지 않았는지 그쪽이 의문이다.

이 노트를 보고 유사쿠는 어떻게든 진상을 확인하고 싶었다. 그것이 고지의 바람이기도 하다고 생각했다. 고지는 출세는 하지 못했지만, 매번 온 힘을 다해서 항상 납득할 수 있는 형태로 사건을 처리했다. 아마 유일한 미련이 '뇌외과 괴사 사건'이었을 것이다.

하지만 이 노트를 손에 넣었을 무렵에는 그 사건을 재조사하는 것이 무리였다. 그 사건을 몇 명이나 기억하겠는가.

유사쿠는 딱 한 가지, 방법이 있다는 것을 알고 있다. 그것은 우류 가에 직접 부딪혀 보는 것이다. 그들이라면 아마 진상을 알고 있을 터다.

그렇긴 하지만 실행에 옮기기는 쉽지 않다. 부딪혀 보려고 해도 마땅한 방법이 없다. 느닷없이 찾아가서 사나에가 왜 죽었는지 진상을 가르쳐 달라고 해 봐야 미치광이 취급을 당할 뿐이다.

그런 생각을 했지만, 하루하루 바쁘다 보니 진상을 알고 싶었던 마음도 어느새 잊고 있었다.

그런데 이번 사건이 일어났다.

설마 벽돌병원까지 얽혀 있을 거라고는 생각하지 못했다.

해보자, 하고 유사쿠는 마음먹었다. 이번 사건이 실제로 어느 정도 사나에 사건과 관련이 있을지 모르겠지만, 어쨌든 할 수 있는 만큼 해보자.

'이 사건은 내 사건이다. 내 청춘이 걸려 있다.'

유사쿠는 노트를 꽉 움켜쥐고 마음속으로 소리쳤다.

제4장

/

부
합

1

유사쿠에게 추억이 많은 벽돌병원에는 이제 예전의 흔적이 남아 있지 않았다. 그리운 벽돌병원 건물은 새하얀 철근 콘크리트로 바뀌어서 마치 고급 호텔 같았다. 나무들이 무성했던 정원 대부분은 주차장으로 바뀌었다. 유사쿠는 사나에나 미사코, 그리고 우류 아키히코와 만난 장소를 찾으려고 했지만, 끝내 알 수 없었다.

병원 이름도 우에하라 뇌신경외과에서 우에하라 병원으로 바뀌었다. 경영자의 방침이 바뀌었는지, 아니면 단일 진료과목으로는 운영하기 힘들어졌는지는 모른다. 혹은 양쪽 둘 다일 수도 있겠다.

오늘 아침 수사본부에 얼굴을 내밀자마자, 제일 먼저 니시가타에게로 갔다. 어제 그 사진을 조사해 보고 싶다고 신청했다. 사진은 어젯밤 스가이 가에서 돌아왔을 때 니시가타에게 보여줬었다.

"실은 어딘가에서 본 것 같았습니다만, 도저히 기억이 나지 않아서 어제는 잠자코 있었습니다."

"그렇다면 지금은 생각났다는 건가?"

니시가타가 사진을 들고 물었다. 사건과 관련이 있는지 없는지도 모르니 이 사진에 관해서는 아직 수사 방침이 정해지지 않았다.

"아마 쇼와초에 있는 우에하라 뇌신경외과일 겁니다. 제가 어릴 때 살던 집 근처여서 낯익습니다."

"오호, 병원이라. 그러고 보니 그런 분위기도 나네. 좋아, 알겠어. 알아봐 줘."

사진을 찬찬히 바라본 뒤 니시가타는 말했다.

유사쿠는 끈질기게 묻지 않아서 다행이라고 생각했다.

접수에서 이름을 말하고 우에하라 원장을 만나고 싶다고 했다.

"약속하셨어요?"

흰색 가운을 입은 접수대 여성은 수상쩍다는 얼굴로 물었다. 했습니다, 하고 유사쿠는 대답했다. 이리로 오기 전에 전화를 해 보았다. 그때 안 것이지만, 뇌신경외과 시절의 원장 우에하라 마사나리는 이미 세상을 떠났다. 전화로 얘기한 사람은 마사나리의 사위인 2대째 원장 우에하라 노비이치였다.

잠시 기다린 뒤, 다른 간호사가 원장실로 안내해 주었다. 간호사가 문을 노크하자, "들어오세요." 하고 굵은 목소리가 났다.

"와쿠라 씨가 오셨습니다."

"들어오시라고 해."

간호사의 안내로 유사쿠는 원장실에 들어갔다. 맞아 준 사람은 뚱뚱한 남자였다. 혈색이 아주 좋고 머리칼도 까매서 젊어 보이지만, 아마 50대나 40대 후반일 터였다.

"바쁘신데 죄송합니다. 시마즈 경찰서의 와쿠라라고 합니다."

유사쿠는 머리를 숙였다. 그리고 얼굴을 들었을 때, 방 한복판에 있는 응접용 소파에 한 여성이 앉아 있는 것을 알았다. 40대 중반쯤일까. 우에하라와는 대조적으로 날씬한 여성이었다. 그녀에게도 머리를 숙이자, 그녀도 같이 인사를 했다.

"아내 하루미입니다." 하고 우에하라는 그녀를 소개했다.

"전에 병원이나 장인어른에 관해 묻고 싶다고 하셔서요, 저만으로는 부족할 것 같아서 불렀습니다. 안 됩니까?"

"아닙니다. 천만에요. 배려해 주셔서 감사합니다."

유사쿠는 또 머리를 숙였다.

"자, 앉으세요."

소파를 손바닥으로 가리키면서 우에하라는 하루미 부인 옆에 턱 앉았다. 두 사람이 나란히 앉으니, 하루미는 그의 반 정도밖에 돼 보이지 않았다.

유사쿠도 그들과 마주 앉았다. 가죽 소파는 생각보다 부드러워서 몸 전체가 푹 묻히는 것 같았다.

"참 놀랍군요. 그 사건으로 설마 여기에 형사님이 오실 줄은 생각지도 못해서."

우에하라는 테이블의 담배 상자에서 담배를 한 개비 꺼내더니 탁상용 라이터로 불을 붙이며 말했다. 아마 이 지역에서 스가이 마사키요 살해 사건을 모르는 사람은 거의 없다고 해도 좋을 것이다.

"이 병원이 사건에 관계되었는지 어떤지는 아직 잘 모릅니다. 다만 조금이라도 관련이 있을 것 같으면 일단 조사하는 것이 저희 일이어서요."

"그런 것 같더군요. 힘드시겠습니다. 아, 뭐 마시겠습니까. 브랜디나 스카치나……."

우에하라가 말하자 옆에 앉은 부인이 일어서려고 했다. 유사쿠는 얼른 손을 저었다.

"감사합니다만, 근무 중이어서요."

"그렇습니까. 좋은 술이 있습니다만."

우에하라는 조금 유감스러운 얼굴이었다. 자기가 마시고 싶었을지도 모른다.

"저, 그래서 용건은?"

하루미 부인이 물었다. 남편이 상대하게 했다가는 이야기가 진전되지 않겠다고 생각했을 것이다. 체구와 달리 여성치고는 낮은 목소리였다.

"실은 이 사진을 봐 주셨으면 합니다."

유사쿠는 그 사진을 꺼내서 두 사람 앞에 놓았다. 우에하라 쪽이 굵은 손가락으로 집어들었다.

"이건 옛날 건물이네요. 장인이 건강했던 시절의 건물입니다."

"벽돌병원이라고 불렸죠."

유사쿠가 말하자 부인 쪽이 놀랐다.

"잘 아시네요."

"저도 옛날에는 이 근처에 살았습니다. 초등학생 때, 병원 정원에서 종종 놀았죠."

"아, 그러시구나."

그녀는 반갑게 말하고는 그리운 듯이 눈을 가늘게 떴다. 이런 얘기를 듣는 것도 오랜만일 것이다.

"분위기도 고풍스럽고 훌륭한 건물이었죠. 다시 지을 때는 많은 사람들이 아쉬워했어요. 그렇지만 노후화가 심해서 어쩔 수가 없었죠."

우에하라의 어조는 변명하는 듯이 들렸다.

"8년 전에 재건축하셨죠? 당시 전 원장님은······."

"계실 때였습니다. 다만 위암에 걸려서 남은 시간이 그리 길지 않다는 건 당신도 알고 계셨을 겁니다. 병원 일은 자네한테 맡길게, 라고 말씀하셨죠. 저는 대학병원에 있었습니다만, 그걸 계기로 병원을 물려받아 대대적으로 리모델링했습니다. 건물도 그렇습니다만, 특히 내부를 대폭 개선했죠. 그때까지는 구태의연한 생업 체질에서 벗어나지 못했는데, 그러면 생존할 수 없어요. 앞으로는 병원도 기업이라는 자각을 갖고 경영해야 합니다."

우에하라의 이야기는 본론과 관계없는 방향으로 넘어가려고 했다. 그래서 유사쿠가 당혹스러워하고 있자, 그의 마음을 헤아렸는지 하루미 부인이 사진을 들고 말했다.

"이 사진의 건물은 더 옛날에 찍은 것 같네요."

"뭔가 다른가요?"

"네, 이 끝에 찍힌 소각로. 이건 아마 20년쯤 전에 처분했을 거예요."

"음, 그러네. 나도 어렴풋이 기억 나."

우에하라도 옆에서 들여다보며 말했다.

"용케 이런 옛날 사진을 갖고 있었네요."

"그 사진은 살해된 스가이 대표이사의 소지품 속에서 나온 겁니다."

유사쿠의 말에 오오, 하듯이 우에하라는 눈을 동그랗게 떴다.

"그래서 일단 확인만 하고자 해서 이렇게 왔습니다. 어째서 스가이 씨가 이런 사진을 갖고 계셨을까요."

"글쎄요." 하고 우에하라는 고개를 갸웃거렸다.

"스가이 씨가 이 병원에 오신 적도 없고, 가족 분도 모르고 ……."

"전 원장님은 어떠셨을까요. 뭐 들으신 것 없습니까?"

"들은 적은 없습니다. 장인어른하고 옛날 얘기를 하는 일이 거의 없었긴 하지만. 당신은 뭐 들은 거 있어?"

우에하라는 하루미 부인에게 물었다. 그녀도 고개를 가로저었다.

"제 기억에 아버지가 스가이 씨 얘기를 한 적은 없어요."

"그렇습니까……."

만약에 다른 형사가 이곳에 왔더라면 얘기는 여기서 끝일지도 모른다. 하지만 유사쿠에게는 패가 한 가지 더 있다.

"스가이 씨와의 관계는 잘 모르신다고 해도 전 대표이사님인 우류 씨와는 친하게 지내셨죠."

그가 말하자, 원장 부부는 약간 허를 찔린 얼굴로 서로 마주보았다.

"아버지가요?" 하고 하루미 부인이 물었다.

"네. 벌써 2, 30년 전입니다만, 여기서 환자분이 창문으로 떨어져서 돌아가신 사고가 있었죠."

부인은 눈앞의 젊은 형사가 무슨 말을 꺼내는지 금방은 이해하지 못하는 모습이었다. 시선이 잠시 허공을 헤매더니 조그맣게 입을 열었다.

"남쪽 병동 4층⋯⋯이었던가. 여성 환자가 떨어졌어요⋯⋯."

"맞습니다, 그겁니다." 유사쿠가 고개를 끄덕였다. "그때 여성 환자의 보증인이 우류 나오아키 씨였을 겁니다."

"아아." 하고 그녀는 가슴 앞에서 손뼉을 짝 쳤다.

"생각났어요. 아마 그랬을 거예요. 원래는 우류 씨 아버님이 신원보증인이었는데 돌아가시고 나서 아드님이 맡으셨죠."

"그렇습니다. 잘 기억하시는군요."

"우리 병원으로서는 큰 사건이었으니까요. 당시 저는 집에서 가사를 돕고 있어서 경찰과 아버지가 얘기하는 걸 들을 기회가 많았어요."

"그러셨군요."

하루미 부인의 나이로 보면 그 무렵일지도 모른다.

"그 사건이라면 얼핏 들은 적이 있네."

우에하라가 턱을 쓰다듬으면서 말했다.

"그렇지만 그리 자세한 얘기는 듣지 못했습니다. 자세히 묻는 것도 싫어하셨고요."

"맞아요, 아버지는 그 사건을 언급하는 걸 싫어했어요. 사건이 정리된 뒤에도 우리한테는 끝내 아무런 설명도 해 주지 않았죠."

"사모님은 어떠셨을까요? 뭔가 아셨을까요?"

우에하라 마사나리의 아내는 남편보다 5년 먼저 세상을 떠났다.

"엄마요? 글쎄요······."

부인은 고개를 갸웃거렸지만, 도중에 문득 무슨 생각이 났는지 유사쿠를 보았다.

"그 사건하고 이번 일하고 뭔가 관계가 있나요?"

"아뇨, 그런 건 아닙니다." 유사쿠는 그제야 희미하게 미소를 지었다. "병원 쪽과 우류 씨 관계에 관심이 있어서요. 조사해 보니 우류 가즈아키 씨가 우에하라 박사와 친분이 돈독해서 그 여성을 이 병원에 데리고 왔다고 되어 있더군요. 그래서 우리가 알고 싶은 것은 어떤 인연으로 친분이 있으신가 하는 겁니다."

그러자 부인은 끄덕이며 물었다.

"과연 경찰은 조사를 잘하시네요. 그렇지만 그렇게 오래된 얘기까지 필요할까요?"

"이게 일이어서요."

유사쿠는 머리를 긁적거렸다. 형식적으로는 일이지만, 실제로는 개인적인 조사다.

"우류 씨와의 일을 까맣게 잊었을 정도이니 어떤 인연으로 친해졌는지는 잘 모르겠어요."

부인은 미안하다는 얼굴을 했다.

"다만……."

"뭔가 생각나십니까?"

"옛날에 아버지가 어떤 회사 진료소에 나가신 적이 있어요. 그 회사가 어쩌면 UR전산, 당시 이름이……."

"우류공업."

유사쿠가 말하자, 맞아, 맞아, 하고 부인은 끄덕였다.

"그런 이름이었어요. 그 우류공업이었을지도 모르겠네요. 지금은 사내에 진료소가 있는 회사가 적지 않지만, 당시로서는 드문 일이었죠. 그러니까 우류공업은 그때부터 이미 큰 회사였어요."

유사쿠는 타당한 추리라고 생각했다.

"우에하라 씨가 우류공업 진료소에……. 하지만 뇌외과 전공이셨을 텐데요."

"그 시절에는 의사가 적어서 뭐든 다 봤다고 하더군요."

우에하라가 옆에서 의기양양한 얼굴로 덧붙였다.

"당시 일을 잘 아실 만한 분 안 계실까요."

유사쿠는 물어보았다. 우에하라는 허풍스럽게 팔짱을 꼈다.

"음, 누가 있을까."

"야마가미 씨는 어떨까?"

하루미 부인이 말하자, 우에하라는 깜박했다는 듯이 오른손 주먹으로 왼손 손바닥을 쳤다.

"그래, 그분이 좋겠네. 장인어른 대학시절 친굽니다. 지금은 은거하고 계시지만."

우에하라는 일어서서 자기 책상을 뒤지더니 명함첩에서 명함 한 장을 빼서 돌아왔다. 받아보니 '야마가미 고조'라는 이름뿐 직함은 없었다.

"장인어른 장례식 때 뵀습니다만, 이사를 하지 않았다면 그 주소에 살고 계실 겁니다."

유사쿠는 명함의 주소와 전화번호를 수첩에 적으면서 물었다.

"대학시절 친구 분이시라면 이 분도 뇌외과 의사였습니까?"

"그런 것 같더군요. 개업의는 아니라고 했습니다."

"저희 아버지를 아주 칭찬하셨어요. 아주 우수한 학자였다고요. 근데 전쟁 때문에 충분한 연구 기회가 주어지지 않았던 것이 안타까웠다고 하셨어요." 부인이 말했다.

"연구만으로 먹고 사는 건 힘든 일이거든."

자기 경험에 비추어서 하는 말인지 우에하라의 말은 꽤 실감이 났다.

유사쿠는 수첩을 보는 척하면서 손목시계에 시선을 떨어뜨렸다. 여기서 더 이상의 정보는 들을 수 없을 것 같다.

"감사합니다. 또 말씀 들을 일이 있을 것 같으니, 그때도 잘 부탁합니다."

인사를 하면서 일어섰다.

"도움이 되지 않아서 죄송합니다."

"아닙니다, 별말씀을요."

유사쿠는 들어왔을 때와 마찬가지로 몇 번이고 머리를 숙이면서 원장실을 나왔다. 큰 수확은 없었지만, 우에하라 마사나리가 UR전산 전신인 우류공업 진료소에 나갔던 것이며 야마가미 고조라는 인물을 알게 된 것만으로 만족했다.

유사쿠가 병원 현관을 나가려고 할 때, 뒤에서 "와쿠라 씨, 와쿠라 씨." 하고 부르는 소리가 들렸다. 돌아보니 우에하라 노비이치가 거구를 흔들면서 달려왔다.

유사쿠는 자기 옷 주머니를 확인했다. 뭔가 잊어버린 게 있나 했다.

"만나서 다행입니다."

유사쿠를 만난 우에하라는 가슴을 헐떡이며 숨을 가다듬었다. 관자놀이에 땀이 한 줄기 흘렀다.

"뭔가 생각나셨습니까?"

유사쿠는 그의 호흡이 진정되기를 기다렸다가 물었다.

"아뇨, 도움이 될지 어떨지는 모르겠어요. 제 기억이 잘못됐을지도 모르고, 전연 관계없는 얘기일지도 모르겠습니다."

"들어보죠."

유사쿠와 우에하라는 대기실 긴 의자에 나란히 앉았다. 대기실은 상당히 북적거렸다. 우에하라 병원의 경영 상태는 양호하다고 해도 좋을 것 같았다.

"아까 얘기를 들으며 줄곧 걸리는 것이 있었습니다."

우에하라는 약간 목소리를 낮추고 말했다.

"우류라는 성 말입니다. UR전산과는 관계없는 곳에서 그런 성을 들은 적이 있어요. 드문 성이어서 기억에 남았습니다만."

"어디서 들었는지 생각나십니까?"

UR전산과 관계없는 거라면 소용없다고 생각하면서도 유사쿠는 물어 보았다.

"네, 벌써 10년쯤 전 얘깁니다. 그 무렵에 저는 아직 대학병원에 있었는데요, 이따금 이곳에도 왔습니다. 병원을 물려받는 것이 확정돼서 준비 겸 병원 상황을 공부하기 위해서요. 그 때, 고등학생인가 대학생으로 보이는 청년이 원장님을 만나러 온 적이 있습니다."

"10년쯤 전……. 고등학생인가 대학생……."

가슴이 쿵쾅거렸다.

"두세 번 왔죠. 그 청년이 오면 저는 방에서 쫓겨났습니다. 그래서 접수 직원에게 손님 이름을 물어보았더니, 우류 씨라고 했던 것 같습니다."

유사쿠는 대답할 말을 찾지 못하고 멍하니 우에하라의 얼굴을 바라보았다. 그랬더니 우에하라는 민망한 듯이 웃었다.

"역시 관계없겠죠."

"아니, 저기……." 유사쿠는 침을 삼켰다. "관계는 없을 것 같습니다만, 일단 명심해 두겠습니다. 정말 감사합니다."

일어서서 정중하게 인사했다. 그리고 현관을 향해 걸었다. 무릎이 후들거려서 다리를 움직이기 어려웠다.

건물을 나와서 유사쿠는 작은 화단 옆에 있는 벤치에 앉았다. 옛날에 미사코와 나란히 앉을 때에는 주위가 전부 초록이었는데, 지금은 콘크리트와 아스팔트밖에 눈에 들어오지 않았다.

'왜 이상하다고 생각하지 않았을까.'

몇 번이나 그런 의문이 머릿속에 떠올랐다. 우류 아키히코 말이다. 그는 대기업 후계자 길을 버리고 의학이라는 전연 다른 길을 선택했다.

아까 우에하라 노비이치의 얘기에 나오는 청년은 우류 아키히코가 틀림없다. 시기적으로 생각하면 그가 도와의과대학생이었던 시절이다. 어쩌면 입시에 합격했을 때나 입학한 직후일지도 모른다.

벽돌병원의 사나에 사건과 우류 가와는 관계가 있다.

벽돌병원은 뇌신경외과고 사나에는 그 환자였다.

그리고 우류 아키히코는 보장된 미래를 거부하고 의학의 길, 그것도 뇌의학을 선택했다.

이렇게 되면 아키히코의 의대 진학은 어떤 형태로든 벽돌병원과 관련됐다고 봐야 하지 않을까. 게다가 유사쿠처럼 벽돌병원

의사를 보고 동경했다는 정도의 이유가 아닐 터다.

유사쿠의 기억 속에서 고교 시절 일이 떠올랐다. 먼저 생각난 것은 고등학교 2학년 때 일이다. 우류는 그때 옆 반이었다.

"우류 자식, 3학년 되면 유학 간다더라."

그 무렵 친했던 친구가 가르쳐 주었다.

"유학이라니, 어디로?"

"영국 같아. 좋은 집안 자식들이 모이는 명문 고등학교래. 2년 동안이라나. 대학도 그쪽에서 들어갈지 모른대. 엘리트는 다르네."

"정말 그러네."

맞장구를 치면서 유사쿠는 복잡한 기분이었다. 아키히코가 유학 가는 건 아무 느낌도 없었다. 그의 집에는 그게 가능한 재력이 있고, 그런 교육을 시킬 필요성이 있다. 유사쿠의 집에는 둘 다 없다. 하지만 이것은 서로의 가정환경 차이이지, 본인들의 차이가 아니다. 이런 일은 신경 쓰지 않았다.

아쉬운 건 한 번도 이기지 못한 채로 그가 떠나 버릴 가능성이 높다는 것이었다. 어떻게든 설욕하려고 노력해 왔지만, 상대가 없으면 어쩔 도리가 없다.

반면에 후련한 마음도 있었다.

간신히 눈 위의 혹을 떼어 낸 기분이다. 아키히코가 없어지면 1등하는 것도 어렵지 않고, 또 전처럼 마음껏 리더십을 발휘할 수 있다.

이런 두 가지 심리가 교차하여 유사쿠도 자기 마음을 잘 파악할 수 없었다.

어쨌거나 이 시점에서 확실한 것이 있었다. 아키히코는 역시 아버지 뒤를 잇는구나, 하는 것이었다.

유사쿠는 아키히코가 당연히 대학까지 자동으로 올라가는 사립 부속학교에 들어갈 줄 알았다. 그러나 유사쿠와 초등학교부터 고등학교까지 같은 걸 봐도 알 수 있듯이 아키히코는 명문 사립학교에 가지 않았다. 다른 아이들과 똑같이 입시 공부를 해서 지역에서 최고 명문인 공립 고등학교에 합격했다. 왜 그렇게 열심히 했는지 누군가가 물었을 때, 그는 이렇게 대답했다고 한다.

"나 이외의 사람이 내 인생을 정하는 건 딱 질색이야. 나는 내가 하고 싶은 것을 하고 싶은 대로 할 뿐이야."

요컨대 부모가 시키는 대로 하지 않겠다는 말 같았다.

그래서 유사쿠는 그럼 그 회사를 물려받지 않는 건가, 생각했다. 만약 그렇다면 아까운 일이었다.

그러나 유학 얘기를 듣고 역시 물려받는구나 하고 확신했다. 아키히코의 성격으로 보아, 자기가 좋아하는 것을 하기 위해 부모에게 쓸데없는 돈을 쓰게 할 리 없다.

하지만 이 유학은 결국 실현되지 않았다. 2학년 2학기가 되어 갑자기 중지되었다.

"소문으로는 그쪽 학교에서 거절당했대."

이때도 전에 소식을 알려 준 친구가 어딘가에서 정보를 듣고 왔다.

"올겨울에 문제를 일으켰잖아. 그거 때문이 아닌가 하더라고."

문제란 무단결석 얘기다. 아키히코는 겨울방학이 끝나고 얼마 후 일주일쯤 학교에서 모습이 보이지 않았던 시기가 있다. 나중에 밝혀진 얘기에 따르면 이 기간에 그는 집에도 없었다고 했다. 완전히 행방을 감춘 것이었다.

이 문제 때문에 그쪽 학교에서 입학을 거부당한 것이 유학이 취소된 이유라고 다들 얘기했다.

하지만 얼마 후, 이것도 소문에 지나지 않는다는 것이 확실해졌다. 아키히코는 무단결석 후 학교에 온 첫날 유학을 취소했다는 의사를 담임에게 전했다.

왜 아키히코는 유학을 포기했을까?

무단결석은 대체 무엇이었을까?

그런 이유를 아무것도 모르는 채 유사쿠와 친구들은 3학년이 되었다.

유사쿠의 학교에서는 2학년 말까지 문과와 이과를 정해야 했다. 3학년 때는 거기에 맞춰서 반 편성을 한다.

유사쿠는 물론 이과였다. 이 시점에서 그는 이미 지망할 곳은 도와의과대학밖에 없다고 생각했다.

새 교실에 가서 앉아 있으니, 마찬가지로 의대를 지망하는 아이들과 공대를 지망하는 아이들이 속속 들어왔다. 남녀공학이긴 하지만, 여학생은 1할 정도밖에 되지 않았다. 문과반에서는 반대 현상이 일어나고 있다는 얘기다. 친구도 별로 없이 많은 여학생에 둘러싸여 있을 모습을 상상하니 부럽기도 하고 우습기도 했다.

유사쿠 옆에도 누가 왔다. 무심코 얼굴을 들었다가 깜짝 놀랐다. 우류 아키히코였다. 그는 여학생들에게 둘러싸여 수업을 받는 반에 들어갔을 줄 알았는데.

그가 놀란 걸 아는지 모르는지 아키히코는 흘끗 돌아보더니 "잘 부탁한다." 하고 건조한 목소리로 툭 던졌다.

"여긴 이과반이야." 유사쿠가 말했다.

"알아." 아키히코는 유사쿠를 보지도 않고 말했다.

"문과반 아니었냐?"

그러자 아키히코의 뺨이 일그러졌다.

"멋대로 남의 진로 정하지 마라."

"아버지 뒤를 잇는 거 아냐?"

"그러니까 말이지," 아키히코는 넌덜머리 난다는 얼굴로 유사쿠를 보았다.

"남의 일 가지고 이러쿵저러쿵하지 말라고. 너하고는 상관없잖아."

잠시 서로 노려보았다. 지금까지 몇 번이나 이런 장면이 있었던가.

"물론 그렇지." 유사쿠는 시선을 돌리면서 말했다. "나하고는 관계없지, 전혀."

그리고 또 한동안 두 사람은 말을 하지 않았다.

관계없다고는 했지만, 유사쿠는 궁금해하지 않을 수가 없었다. 어째서 아키히코는 이과를 선택했을까.

유사쿠는 담임 선생님한테 넌지시 아키히코의 지망 대학을 물어보았지만, 아직 확실히 정하지 않은 것 같다고 했다.

가을이 되자 대부분의 학생들 지망 학교가 알려졌다. 그러나 아키히코의 진로만은 아무도 알지 못했다. 담임 선생님도 파악하지 못한 듯했다.

"걔는 어디든 들어갈 수 있으니까."

친구들은 말했다. 우류 아키히코라면 어느 대학 어느 과를 지원해도 합격할 것이라는 의미였다.

우류 아키히코의 지망 대학이 알려진 것은 해가 바뀌고 조금 지나서였다. 그 정보는 바람이 지나가듯이 학생들 사이에 잽싸게 번졌다. 모두 주목하고 있어서이기도 했지만, 너무나 의외인 탓이기도 하다.

도와의과대학교에 지원했대―이 이야기를 듣고 제일 놀란 사람이 아마 유사쿠일 것이다. 우류 아키히코가 의사? 게다가 자기와 같은 대학을 친다고?

입시 날, 수험장에서 유사쿠는 아키히코를 만났다. 마주쳐도 모른 척하려고 생각했지만, 저도 모르게 다가가고 있었다. 아키히코도 거부하는 태도는 보이지 않았다.

"컨디션 어떠냐."

유사쿠가 물었다. 국어와 수학 시험이 끝난 뒤였다. 이 날은 아직 사회 시험이 남아 있고, 다음 날은 과학과 영어가 남았다.

"그럭저럭."

아키히코는 모호하게 고개를 움직인 뒤, "언제부터 의사가 되고 싶었냐?" 하고 물었다.

"중학교 때부터인가." 유사쿠가 대답했다.

"그러냐. 빠르네."

"넌 어떤데."

"글쎄, 언제부터일까."

차가운 바람이 불어 아키히코의 앞머리가 흐트러졌다. 그걸 쓸어 넘기면서 "어쨌든 사람의 운명은 참 잘 만들어졌어."라고 했다.

"무슨 소리냐?"

"아냐." 하고 그는 고개를 저었다.

"아무것도 아냐. 시험 잘 쳐라."

그러고는 자기가 시험 치는 곳으로 돌아갔다.

이것이 학생시절에 유사쿠가 아키히코와 나눈 마지막 대화였다.

그 무렵 우류 아키히코에게 무슨 일이 일어난 건 틀림없었다. 그것이 그의 운명을 바꾼 것이다.

'그 무슨 일이 대체 무엇이었을까.'

유사쿠는 벤치에서 일어났다. 아스팔트에 반사된 햇빛에 눈이 부셨다. 그는 병원 부지 안을 한 바퀴 더 돈 뒤, 예전에 벽돌 병원이라고 불린 건물을 뒤로했다.

서에 돌아오자 니시가타를 비롯한 주요 수사관이 회의실을 나가는 참이었다. 긴장과 흥분이 뒤섞인 공기가 흘렀다. 무슨 일이 있는 것 같다고 직감했다.

"다들 어디 가요?"

오다의 모습을 발견한 유사쿠는 소맷자락을 잡고 물었다. 오다는 성가시다는 얼굴로 퉁명스럽게 대답했다.

"우류 저택에."

"뭔가 알아냈어요?"

그러자 오다는 유사쿠의 팔을 뿌리치고 모호한 미소를 지었다.

"흰색 포르쉐와 하얀 꽃잎. 우류 히로마사를 잡으러 간다."

2

"어째서요!"

아야코의 비명 같은 소리가 현관 쪽에서 들려왔다. 그 소리에 거실에 있던 미사코는 소노코와 함께 벌떡 일어섰다. 가사 도우미인 스미에도 주방에서 뛰어나왔다.

현관홀에 갔더니, 아야코가 히로마사를 자기 뒤로 숨기듯이 하고 서 있었다. 그녀와 대치하고 있는 사람들은 니시가타 경감을 비롯한 여러 명의 형사였다. 그중에는 유사쿠의 모습도 있다. 미사코가 그를 보았을 때, 그도 순간 그녀를 본 것 같았다.

"말씀해주세요. 왜 이 아이인가요. 이 아이는 아무것도 하지 않았어요."

히로마사를 지키듯이 양팔을 벌린 채 아야코는 한 걸음 뒤로 물러났다. 그 모습을 보고 미사코는 사정을 파악했다. 니시가타 일행은 히로마사를 데리러 온 것이다.

"아무것도 하지 않았는지 어쨌는지 그건 우리가 판단합니다. 어쨌든 함께 가 줘야겠습니다."

니시가타는 부드럽지만 단호한 어조로 말했다. 그의 눈은 아야코에게가 아니라 히로마사에게 쏠리고 있다.

"응할 수 없습니다. 용무가 있다면 여기서 말씀하세요."

아야코는 격렬하게 고개를 저었다. 히로마사는 말없이 고개를 숙이고 있었다.

"할 수 없군요."

니시가타는 어색하게 한숨을 쉬었다.

"그럼 왜 히로마사 씨를 데려가는지 이유를 말씀드리죠."

"네, 듣고 싶네요."

아야코가 노려보며 말했지만, 니시가타는 여전히 그녀와 눈을 마주치지 않고 히로마사에게 질문했다.

"당신은 학교에 갈 때 언제나 저 하얀 포르쉐를 이용하죠."

히로마사는 침을 삼키듯이 목을 움직인 뒤, "네." 하고 입 속으로 우물거렸다.

"그날, 사건 당일도 그랬죠."

"네에……."

"오케이."

니시가타는 끄덕이더니 여기서 아야코의 얼굴을 보고 말했다.

"사건 발생 시부터 우리는 전력을 다해 탐문을 해 왔습니다. 그 결과, 당일 낮에 신센지 절 부근에서 흰색 포르쉐를 봤다는 사람을 발견했습니다."

"그런……."

아야코는 울면서 웃는 것 같은 얼굴이 되었다.

"그런 것만으로 의심하다니 한심하네요. 흰색 포르쉐는 어디에나 있어요."

"없습니다." 니시가타는 간단히 부정했다.

"어디에나 있는 차가 아닙니다. 물론 이건 주관적인 문제겠죠. 하지만 이 얘기를 들으면 사모님도 납득하실 겁니다. 그 목격자는 포르쉐 의자 커버가 붉은색이었던 것까지 기억하고 있습니다. 이 점은 히로마사 씨 차와 일치하죠?"

아야코는 기겁을 하며 자기 뒤에 숨어 있는 아들 쪽으로 얼굴을 돌렸다. 경감의 말에 그녀가 불안을 느낀 것이다. 당사자인 히로마사는 핏기가 가신 얼굴로 무표정하게 서 있었다.

"여기까지 말하면 우리가 히로마사 씨에게 동행을 요구하는 이유를 아시겠죠. 자, 부탁합니다."

니시가타가 이겼다는 듯이 의기양양하게 말했을 때, 갑자기 소노코가 나섰다.

"알리바이가 있잖아요."

공기가 떨릴 정도로 날카로운 목소리에 모두의 시선이 그녀에게 집중했다.

"우리 오빠한테는 알리바이가 있다고요."

그녀는 거듭 말했다. 니시가타가 무슨 소린지 모르겠다는 얼굴로 "알리바이?" 하고 되물은 뒤, "유감스럽게도 히로마사 씨에게 알리바이는 없습니다. 오전 12시부터 오후 1시까지 한 시간 동안 소재가 불확실합니다."라고 말했다.

"한 시간으론 부족해요." 소노코는 되받듯이 말했다.

"범행을 하려면 석궁을 가지러 일단 집에 돌아와야 했잖아요? 집에 왔다가 신센지 절에 간다면 한 시간으로는 부족해요."

그녀의 눈은 자신감으로 넘쳤다. 미사코는 무엇을 근거로 하는 소리인지 알 수 없었다. 하지만 니시가타 경감은 그녀의 눈동자를 바라보며 굵고 긴 숨을 토하더니 작게 고개를 저으면서 말했다.

"왜 그렇게 자신 있게 단언하는지 잘 알겠어요. 그러나 안됐지만, 우리는 이미 방벽을 무너뜨렸어요."

"방벽?"

물은 것은 아야코였다. 그래서 니시가타는 그녀를 보았다.

"히로마사 씨한테 의혹을 품었을 때, 당연히 알리바이가 문제

됐죠. 소노코 양이 말한 것처럼 한 시간으로는 불가능해요. 뭔가 트릭이 있는 게 아닐까 궁리한 결과, 우리는 초기 단계에서 현혹된 것을 깨달았습니다. 피해자의 등에는 화살이 꽂혀 있었어요. 그 화살은 석궁용이었죠. 그러나 그렇다고 해서 석궁으로 쐈다고는 할 수 없습니다."

앗, 하고 미사코는 입을 벌렸다. 아야코도 같은 표정을 보였다. 하지만 히로마사나 소노코에게는 그런 변화를 볼 수 없었다.

"생각해 보면 간단한 일이었어요. 이런 식으로 화살을 잡고 ...."

니시가타는 주먹을 쥐고 그것을 훅 내밀었다.

"칼을 사용하듯이 등을 찌르는 방법도 있었습니다. 석궁 따위 필요 없죠. 그날 아침 히로마사 씨는 화살 한 개만 들고 집을 나갔습니다. 물론 그전에 석궁이 서재에 있는 것을 사람들에게 인지시켰죠. 단순히 속임수로."

"스가이 씨가 살해당한 근처에서 석궁이 발견되지 않았나요?"

미사코네 뒤에 있던 스미에가 그녀의 어깨 너머로 물었다. 미사코가 돌아보자 스미에의 얼굴은 백납처럼 하얗게 변해 있었다.

"발견됐습니다. 현장에서 조금 떨어진 곳에서요. 다만." 하고 니시가타는 말했다.

"그건 다음 날 일입니다. 그러니까 범행한 다음 날 버렸을지도 모릅니다."

그의 말에 "무슨 소리를……." 하고 스미에가 중얼거렸다. 그 목소리에 너무나 비장함이 서려 있어서 미사코는 무심결에 그녀의 얼굴을 다시 보았다.

"그렇지만…… 그렇지만, 그건 이상하지 않나요? 사체를 발견하자마자 경찰이 이리로 왔어요. 석궁이 있는지 확인하기 위해. 그때 분명히 석궁은 없었어요."

아야코가 필사적으로 저항을 시도했다. 니시가타는 그녀의 반론을 예기한 듯이 도중에 눈을 감고 얼굴을 가로저었다.

"그것도 간단한 일입니다. 누군가가 그때까지 숨겨 두면 됩니다."

"누군가라니, 그런 사람은 아무 데도……."

아야코는 말을 끊고 소노코를 돌아보았다.

"너니? 그날 학교 조퇴하고 온 건 그게 목적이었어?"

"아냐. 말도 안 되는 소리 하지 마."

소노코는 금방이라도 울음을 터트릴 듯이 소리를 질렀다.

"증거가 어디 있어. 멋대로 상상할 뿐이잖아."

그녀의 말에 의외로 니시가타의 입가에 미소가 서렸다. 그는 슈트 안주머니에서 비닐봉지를 꺼냈다. 그건 마치 트럼프에서 승부 카드를 내는 듯한 몸짓이었다.

"이 안에 들어 있는 게 뭔지 아십니까? 사건 다음 날 아침, 이 현관에서 발견된 하얀 국화 꽃잎입니다. 저희는 관계자의 신발에 항상 신경 써 주의를 기울입니다. 그 전날 이곳에 조사하러 왔을 때는 이런 것이 떨어져 있지 않았어요. 생각할 수 있는 것은 우리가 간 뒤에 이 집에 돌아온 사람이 어딘가 하얀 국화가 있는 곳에서 신발이나 어디에 묻혀 온 거죠. 거기에 해당하는 사람은 아키히코 씨와 히로마사 씨 두 사람밖에 없어요. 그럼 하얀 국화 꽃잎이 있는 장소는 어디일까."

여기서 그는 또 슈트 주머니에 손을 넣었다. 다음에 나온 것은 사진 한 장이었다.

"여기에 스가이 씨가 살해된 현장 사진이 있습니다. 이것을 자세히 보면 발밑에 하얀 꽃잎이 찍혀 있죠. 묘지 앞에 공양한 하얀 국화 꽃잎이 흩어진 겁니다. 거기서 주운 꽃잎과 비교해 보았습니다. 같은 종류이고 같은 조건에서 자란 꽃이란 판정 결과가 나왔습니다. 즉 아키히코 씨나 히로마사 씨 둘 중 하나가 현장에 갔다는 말이 되겠죠."

니시가타는 신발을 벗더니 홀로 들어왔다. 그리고 아야코 뒤에서 고개를 숙이고 있는 히로마사 앞에 섰다.

"아키히코 씨 알리바이도 조사했습니다. 그러나 별 문제 없었어요. 그렇다면 당신밖에 없지 않을까요. 자, 사실대로 얘기해 주세요. 이 단계에서는 아무리 반항해도 인제 소용없어요."

경감의 목소리가 울렸다. 여러 사람이 숨을 죽이고 지켜보는 가운데, 히로마사의 얼굴이 천천히 움직였다. 그리고 니시가타를 보더니 표정을 죽인 채 인형처럼 입만 열었다.

"아닙니다." 그는 중얼거렸다.

"아니라고요? 뭐가 아니란 건가요?" 니시가타는 초조한 목소리로 물었다.

"묘지에 간 건 사실입니다. 하지만 전 아니에요. 제가 갔을 때, 그 사람은 이미 살해되어 있었어요."

3

히로마사의 취조는 시마즈 경찰서에 돌아와서 계속 이어졌다. 담당자는 니시가타 경감이다. 또한 그의 진술을 바탕으로 소노코를 비롯하여 몇 명의 관계자에게도 얘기를 들었다.

유사쿠는 회의실에서 대기하며 잇따라 들어오는 정보를 나름대로 정리했다. 형사 중에는 히로마사를 범인으로 단정 짓고 낙관하는 사람도 있었지만, 사태는 절대 그리 간단하지 않을 거라고 확신했다.

히로마사의 진술을 신용한다면, 다음과 같은 사건이 있었다.

사십구재 날 밤, 나오아키의 석궁을 처음으로 보았다. 그때는 아직 히로마사에게 아무런 살의도 없었다. 사람을 죽이기 좋은 무기일지도 모른다고 생각했을 뿐이다.

문제는 그다음 날이었다.

그날 그는 오후에 학교 갈 생각이었다. 그래서 오전에는 자기 방에서 책을 읽고 있었다. 현관에서 소리가 난 것은 그가 2층 화장실에서 볼일을 마치고 방으로 돌아갈 때였다. 히로마사는 소리의 주인공을 대번에 알아챘다. 아버지의 비서였던 비토 다카히사였다.

이윽고 아야코의 목소리가 들렸다. 평소의 그녀와 달리 차분하지 않고 들뜬 모습이었다. "아무도 없어요?" 하고 묻는 비토에게 그녀는 대답했다.

"응, 소노코도 히로마사도 학교 갔어."

착각하고 있군, 하고 히로마사는 계단 위에서 생각했다. 아침 식사를 한 뒤로 보지 못해서 히로마사도 학교에 간 줄 알고 있었다.

두 사람이 2층에 올라올 것 같아서 히로마사는 소리 내지 않고 방으로 돌아갔다. 그리고 숨을 죽이고 있으니, 아야코와 비토가 방 앞을 지나갔다. 두 사람은 아야코의 침실로 들어가는 것 같았다.

엄마와 비서 사이를 눈치채지 못한 건 아니다. 하지만 사랑하는 엄마가 남편 아닌 남자와 애욕에 빠져 있다고 생각하고 싶지 않아서, 지금까지 굳이 외면했다.

그들이 침실에서 하는 일을 상상했다. 각 방은 방음이 잘 되어서 저택 전체는 고요하기 그지없다. 그래도 히로마사의 귀에는 엄마가 욕망을 노골적으로 드러낸 숨소리와 침대 삐걱거리는 소리가 들리는 것 같았다.

얼마나 시간이 흘렀을까. 이윽고 히로마사는 자기 방에서 나와, 신중하게 발소리를 죽이고 엄마 침실로 다가갔다. 바닥에 무릎을 꿇고 오른쪽 귀를 문에 대 보았다.

"……안 돼."

아야코의 목소리가 먼저 들렸다. 그게 너무나 선명해서 히로마사는 순간 자기한테 하는 말인 줄 알았을 정도였다.

비토가 뭐라고 말했다. 이건 알아듣지 못했다.

"내 것도 아니잖아."

또 아야코의 목소리다. 이어서 비토가 말한다. 낮은 목소리여서 문을 통과하니 말이 흐려진다.

무슨 얘기인지는 알 수 없었지만, 들리는 건 히로마사가 예상했던 것이 아니었다. 정사가 끝난 뒤의 대화인지도 모른다. 히로마사는 아까와 마찬가지로 소리가 나지 않게 조심해서 방으로 돌아왔다.

그러고 얼마 후, 아야코와 비토가 방을 나오는 소리가 났다. 히로마사는 문을 살짝 열고 바깥 상황을 엿보았다. 어쩐지 새 손님이 온 것 같다. 그것도 역시 목소리로 알았다. 이번에는 스가이 마사키요의 목소리였다.

마사키요와 비토의 목소리가 가까워져서 히로마사는 문을 닫았다. 아야코는 없는 것 같았다.

두 남자는 히로마사의 방 앞에서 멈추었다. 아니, 그들로서는 맞은편 나오아키의 서재가 목적일 것이다.

"오케이 했겠지, 저 여자."

마사키요가 말했다. 저 여자라는 밀에 히로마사는 분노를 느

껐다. 아야코를 지칭하는 거라고 생각했다. 게다가 오케이 했다 니 무슨 소리일까.

"그걸 꺼내는 건 좀 어렵지 않겠냐고 했습니다."

이번에는 비토의 목소리가 들렸다.

"상관없어. 꺼내고 나면 우리 거야."

"하지만……."

"구시렁거리지 말고 자네는 그 여자를 안아 주기만 하면 돼. 안아 주기만 하면 저런 바보 같은 여자, 얼마든지 우리 마음대 로 된다고."

마사키요의 말에 비토는 아무 대답도 하지 못했다. 동의한 건 지 반론하지 못하는 건지 알 수 없다.

문 하나를 사이에 두고 그들의 대화를 듣고 있던 히로마사는 마 사키요에게 격렬한 분노를 느꼈다. 두 사람 말투로 보아 아야코를 마음대로 주무르기 위해 비토가 그녀와 남녀 관계를 갖는 것처럼 들렸다. 게다가 마사키요가 조종하는 것 같은 뉘앙스였다.

그러는 동안에 아야코가 올라왔다. 그녀를 포함한 세 사람은 서재로 들어갔다.

다시 그들의 목소리가 들린 것은 10분 이상 지난 뒤였다.

"정말로 바로 돌려주시는 거죠. 나, 더는 가족을 배반하고 싶 지 않아요……."

"괜찮습니다. 대표이사님은 약속을 어기거나 하지 않습니다. 자, 사모님은 아래층에서 쉬고 계세요."

비토가 권하는 대로 아야코는 계단을 내려가는 것 같았다. 그 다음 바로 문이 열리는 소리가 났다.

"그거 봐, 말한 대로지." 마사키요의 목소리는 웃음을 띠고 있었다.

"그런데 대표이사님, 역시 바로 돌려주시는 편이⋯⋯."

"됐어. 너는 그런 것까지 신경 쓰지 않아도 돼. 네가 할 일은 그 색광인 후처를 품어 주는 것이라고 말했을 텐데. 그 여자, 너를 위해서라면 뭐든 해. 실제로 이렇게 죽은 남편과 자식을 배신하고 있잖아."

"그래서 괴롭⋯⋯습니다. 굉장히."

비토가 말하자, 마사키요는 조그맣게 소리 내어 웃었다.

"네가 괴로워할 것 없어. 나이는 좀 먹었지만, 참고 예뻐해 줘."

이 순간, 히로마사의 마음에 살의가 들끓었다. 소중한 어머니가 아버지 이외의 남자와 관계를 맺고 있는 건 확실히 혐오스러운 일이었다. 그러나 비토를 죽이고 싶다고 생각한 적은 없다. 남자와 여자가 관계하는 이상, 그 책임은 양자에게 있다고 생각해서다.

하지만 그 관계를 이용하여 아야코의 마음을 갖고 노는 마사키요의 행위는 용서할 수 없었다. 색광이라고 부른 것도 히로마사의 분노를 증폭시켰다.

죽여 버릴 거야, 하고 결심했다.

밤이 되자, 일단 테라스를 통해 밖으로 나갔다가 마치 학교에서 막 돌아온 것 같은 모습을 하고 현관으로 들어왔다. 어서 와라, 하는 아야코의 웃는 얼굴이 몹시 더러워 보였다.

다음 날 밤에는 친척에게 나오아키의 미술품을 나눠 줄 준비를 했다. 그림 나르기를 다 마친 뒤, 히로마사는 소노코를 자기방으로 불렀다.

"아빠가 병사한 것도 엄마가 저렇게 된 것도 전부 그 남자 탓이야."

히로마사는 낮에 있었던 일을 소노코에게 얘기했다. 그녀도 오빠와 마찬가지로 심한 충격을 받은 모습이었다.

"복수할 거야. 죽여 버릴 거야, 그런 새끼."

"그렇지만, 어떻게?"

"그건 생각해 뒀어."

히로마사의 생각이란 조깅 도중에 마사키요가 묘지에 들렀을 때, 등 뒤에서 석궁의 화살로 습격하는 것이었다. 등에 화살이 꽂히면 경찰은 석궁으로 쏜 거라고 생각할 것이다. 그래서 석궁을 훔치지 않은 사람은 범행이 불가능한 것이 된다.

"그래서 나는 뭘 하면 돼?" 소노코가 물었다.

"낮에 조퇴하고 와서 서재에 있는 석궁을 숨겨 놔. 그러면 도둑맞은 석궁이 범행에 사용됐다고 경찰은 착각할 거야."

"알겠어."

소노코는 짧게 대답했다. 그 눈동자에는 특별한 정기가 서린 것 같았다.

다음 날, 히로마사는 화살을 종이로 싸고 봉지에 넣어 학교 갈 준비를 했다. 아침에 소노코와 마주쳤을 때 망설임은 없는지 물어보았다. 없어, 하고 그녀는 말했다.

솔직히 오전 중에는 강의를 들을 정신이 아니었다. 굳게 결심했지만, 이따금 무서워질 때가 있었다. 망설이지 마, 하고 자신을 타일렀다. 게다가 강의 중에 멍하니 있는 건 위험했다.

"그날 우류 히로마사 씨의 상태는 어땠습니까?"

"그러고 보니 이따금 깊은 생각에 빠져 있는 것 같기도 했어요."

친구와 형사가 이런 대화를 나누게 해선 안 된다.

겉으로라도 평온함을 가장하고 점심때가 되기를 기다렸다. 그리고 모두가 식사하러 나가는 걸 확인한 뒤 학교를 빠져나왔다. 오늘은 점심을 거를 테지만 어차피 식욕도 없었다.

신센지 절까지는 차로 약 25분. 눈에 띄지 않는 갓길에 주차하고 걸어갔다. 누군가를 마주치는 것보다 누군가의 기억에 남는 게 더 최악이다. 평범한 길을 아무렇지 않은 얼굴로 걸었다.

묘지에 도착할 때까지 다행히 아무도 만나지 않았다. 히로마사는 운이 좋다고 생각했다. 괜찮아, 이 계획은 잘될 거야.

묘지는 그다지 넓지 않았다. 히로마사는 종이 꾸러미를 풀어서 화살을 꺼내자 그걸 손에 꼭 쥐고 신중히 걸음을 옮겼다. 어쩌면 마사키요는 이미 와 있을지도 모른다.

상태를 보면서 앞으로 나아갔다. 그리고 어딘가의 묘 옆을 지날 때 히로마사는 엉겁결에 소리를 지를 뻔했다.

이상한 광경이 눈앞에 있었다. 한 남자가 묘를 안고 있는 것이다.

죽었다, 하는 걸 바로 알았다. 게다가 그 얼굴은 잘 아는 사람이었다.

히로마사는 주뼛주뼛 다가갔다. 틀림없었다. 남자는 히로마사가 죽으려고 한 스가이 마사키요였다.

히로마사는 뒷걸음질 쳤다. 뭐가 뭔지 알 수 없었다. 그를 더욱 오싹하게 한 것은 마사키요의 등에 꽂힌 것이었다. 그것은 바로 히로마사가 흉기로 고른 것, 지금 현재 그가 들고 있는 화살과 똑같은 게 아닌가.

'이런 말도 안 되는 일이…….'

히로마사는 정신없이 달렸다. 어쨌든 이 자리를 벗어나야 한다고 생각했다. 벗어난 다음에 다시 생각하기로 했다.

화살을 다시 종이에 싸서 옆구리에 끼고, 지금 막 걸어온 길을 되돌아갔다. 서둘러야 한다, 아무한테도 들키지 않도록 해야 한다. 차까지 가는 길이 얼마나 멀던지.

몰래 학교로 돌아와서 학생 식당에 가서 차를 한 잔 마셨다. 마침 점심시간이 끝날 무렵이었다. 아무도 자신을 신경 쓰지 않았을 터였다.

'그런데 대체 어떻게 된 거지?'

생각하면 생각할수록 신기하고 으스스했다. 자기가 하려고 한 일을 누군가가 먼저 했다. 그것도 석궁을 이용해서.

어쨌든 일단 해야 할 일은 화살을 처분하는 것이었다. 이런 것을 갖고 있는 게 알려지면 변명을 할 수 없어진다. 돌로 두드려서 조그맣게 구부려 일반 쓰레기통에 버렸다.

'참, 소노코는……. 소노코는 어떻게 됐을까?'

사건을 모르는 척하고 귀가했다. 역시 우류 가는 난리법석이었다. 히로마사는 소노코와 단 둘이 되었을 때 사정을 얘기했다.

"그랬구나. 실은 말이야, 내가 아빠 서재에 들어갔을 때, 석궁이 없었어. 아무리 찾아도 없는 거야. 어째서지 하고 초조해하는데 경찰에서 전화가 온 거야. 나, 오빠가 그런 줄 알았어."

"나 아냐. 누가 먼저 훔친 거네. 그리고 그걸로 스가이 마사키요를 죽인 거야."

오빠의 설명에 소노코는 이마를 눌렀다.

"믿을 수 없어. 이런 일이 생기다니."

"나도 그래." 그는 머리를 저었다. "그렇지만 생각해 보면 잘됐는지도 몰라."

"응……." 오빠의 마음을 이해한 듯이 소노코는 끄덕였다.

"잘됐다고 생각해. 나, 학교에 있을 때 생각했는걸. 어떻게든해서 지금 멈출 수 없을까 하고. 살인이라니 역시 그러면 안 되는 거잖아. 아무리 아빠의 원수라도."

"나도 그렇게 생각해." 하고 히로마사는 말했다.

하지만 모든 것이 자신들과 무관한 것은 아니었다. 다른 사람이 스가이 마사키요를 죽였다 해도 살인을 계획한 것은 사실이다. 그 사실을 숨겨야 한다. 그래서 당초 예정대로 알리바이를 주장하기로 했다. 실제로 그에게는 석궁을 가지러 올 시간이 없었다.

이 진술에 거짓은 없다는 것이 유사쿠의 소감이었다. 또 동시에 바람이기도 했다. 유사쿠는 이번 사건 뒤에는 우류 가의 비밀에 다가갈 더 큰 수수께끼가 숨어 있다고 믿었다. 어린 남매가 한때 느낀 충동으로 끝내는 것은 곤란하다.

비토와 아야코 두 사람의 사정 청취도 끝났다. 두 사람 사이가 가까워진 것은 나오아키가 쓰러지고 얼마 지나서부터였다. 회사 연락 담당으로 비토가 몇 번 오가는 사이에 서로 끌린 것 같다.

"그렇지만 정말로 순수한 마음이었습니다. 계산이 있었던 게 아닙니다. 우류 대표이사님께 죄송했지만, 도저히 마음을 억누를 수 없었습니다."

비토는 사정 청취를 한 형사에게 이렇게 말한 것 같다. 또 히로마사가 몰래 들은 내용에 관해서는 다음과 같이 얘기했다.

"스가이 대표이사님은 저와 사모님 관계를 눈치채고, 그걸 이용하려고 했습니다. 제가 대표이사님한테 명령받은 것은 우류 가에는 초대 대표이사 때부터 전해지는 오래된 파일이 있을 테니, 그걸 어떻게든 입수하라는 것이었습니다. 사모님에게 물어보았지만, 그런 건 본 적이 없다고 했습니다. 그러나 요전에 아키히코 씨가 장서를 처분할 때, 서재에 오래된 금고가 있는 걸 알았습니다. 그 속에 있는 게 틀림없다고 생각해서 스가이 대표이사님에게 보고했더니, 당장이라도 확인하고 싶어 하셨습니다. 사모님은 금고를 여는 데 난색을 표했지만, 제가 설득했더니 열어 주었습니다. 그리고 금고 안에는 대표이사님이 말한 오래된 파일이 들어 있었습니다. 내용물은 보지 않았습니다. 얼핏 표지를 보았을 때, 전뇌(電腦)라는 글씨가 눈에 들어왔던 것 같습니다."

이상의 이야기는 유사쿠에게 아주 흥미로운 것이었다. 여기에 나오는 '오래된 파일'이야말로 마사키요의 아내 유키에가 목격한 게 틀림없다.

아야코의 사정 청취는 오다와 유사쿠가 했다. 그녀는 히로마사가 체포된 것과 그 원인이 자기한테 있다는 것을 알고 충격으로 시종 울었지만, 질문에는 비교적 또렷하게 대답했다.

"그 금고 여는 법은 한참 전에 우연히 알았어요."

손수건을 눈에 대면서 그녀는 말했다.

"무슨 볼일인가로 서재에 들어갔을 때, 금고 위에 메모가 있더군요. 어쩐지 다이얼 번호 같았어요. 아마 남편이 잊어버리고 간 거겠죠. 그래서 장난 반으로 열어 보았어요. 금고 안에 들어 있는 건 오래된 자료뿐이었어요. 저는 그 메모를 화장대 속에 넣어 두었어요. 집 안에 있는 물건인데 제가 열지 못하는 게 있다는 게 싫어서요."

비토와의 관계는 소극적이지만 인정했다. 금고를 열어 달라고 부탁받고 주저하면서도 들어준 과정도 비토의 이야기와 일치했다.

"남편이 남긴 자료를 보고 싶다고 했어요. 어떤 자료인지는 비토 씨도 아는 것 같았어요. 망설였지만 그렇게 나쁜 일도 아닌 것 같아서 금고를 열었어요. 자료를 빌려가겠다고 할 때도 바로 돌려준다고 해서 허락했어요."

아야코의 행동은 결국 비토에 대한 애정으로 한 일이었다. 마사키요의 계산대로 된 것이다.

그리고 그런 책략을 쓰면서까지 마사키요가 집착한 우류 가의 자료란 무엇일까? 그것이 이번 사건에서 가장 중요한 점이라고 유사쿠는 확신했다.

'전뇌……라. 대체 뭘까.'

비토의 기억에는 그 파일 표지에 '전뇌'라는 글씨가 보였다고 한다. 전뇌는 중국어로 컴퓨터라는 뜻이다. 최근에는 일본에서도 이런 표현이 유행하고 있지만, 시대를 생각하면 일본어는 아닐 터다.

문득 생각난 게 있어서 유사쿠는 회의실을 나왔다. 계단을 내려가니 1층 대기실에 공중전화가 있었다. 그는 전화카드를 꺼내면서 다가갔다.

수화기를 들고 주위를 신경 쓰면서 번호를 눌렀다. 긴장한 탓인지 수화기를 잡은 손에 땀이 찼다.

신호음이 세 번 울린 뒤, 그쪽이 수화기를 드는 소리가 났다.

"네, 우류입니다."

가라앉은 목소리다. 유사쿠가 이름을 말하자, 한 박자 공백이 생겼다.

"아까는 미안." 하고 유사쿠는 말했다.

"지금 너 혼자지?"

"응, 맞아."

미사코는 대답했다. 유사쿠가 전화를 건 것은 별채 쪽이었다.

"그 녀석…… 우류는 돌아왔어?"

"좀 전에. 지금은 안채에 있어."

마침 잘됐네, 하고 유사쿠는 생각했다.

"너한테 묻고 싶은 게 있어. 우류에 관해서."

"뭔데."

"우류는 왜 아버지 뒤를 잇지 않고 의사가 됐을까. 그것도 왜 하필 뇌의학을 전공했을까."

잠시 침묵이 이어졌다. 당혹스러워하는 미사코의 얼굴이 눈에 선하다.

"별난 걸 묻네. 그게 이번 일과 무슨 관계가 있을까?"

"지금은 자세한 걸 말할 수 없지만, 아마 관계있을 거야."

유사쿠가 말하자 미사코는 다시 침묵했다. 어떤 관계가 있는지 그녀 나름대로 상상하는지도 모른다.

"시동생은?"

"그 친구는 무관해. 사건의 배후에 더 깊은 무언가가 있어. 물론 판명되면 바로 너한테도 얘기할 거야."

또 미사코에게 응답이 없어졌다. 숨소리만 전해졌다.

"유감이지만." 하고 겨우 그녀의 목소리가 들렸다.

"유사쿠 씨의 질문에는 대답할 수 없어. 그 사람이 어떤 생각을 갖고 있는지 나는 아무것도 모르거든."

어딘가 자포자기하는 말투였다. 유사쿠는 수화기를 귀에 바싹 갖다 붙였다.

"그럼 이번 일에 우류의 직업이 어떤 형태로든 언급된 적은 없니. 이를테면 스가이 마사키요가 의학에 관해 뭔가 얘기했다거나."

"그런 일은 없었는데……."

미사코는 별로 관심이 없었던 모양이었다. 그러나 잠시 사이를 두었다가, 작은 소리를 흘리는 것이 들렸다.

"왜 그래?" 하고 유사쿠는 바로 물었다.

"응, 별일은 아닐지도 모르는데." 하고 운을 떼더니 말했다.

"사십구재날 밤에 스가이 씨하고 남편이 얘기하던 게 생각나서. 이상한 얘기였어. 스가이 씨가 남편한테 자기 일을 도와 달라는 얘길 했어. 어째서 의사를 필요로 하냐고 남편이 물었더니, 스가이 씨가 그냥 의사가 아니잖아, 그랬어."

"그냥 의사가 아니라……."

확실히 이상한 얘기다. 그냥 의사가 아니라면 뭐라는 건가.

"또 다른 얘기 한 건 없어?"

"그거 말고는 아무것도……."

미사코가 고개를 갸웃거리는 기척이 느껴졌다. 1분 가까이 시간이 지난 뒤, "아, 맞다." 하고 그녀는 말했다.

"스가이 씨가 어딘가 대학 교수를 만나러 갔다는 얘기가 나왔어. 무슨 유명한 사립대학이었을 거야. 음, 어디였더라."

유사쿠는 몇 군데 대학 이름을 말했다. 미사코의 반응이 있었던 곳은 '슈가쿠대'라는 이름을 말했을 때다.

"맞아, 슈가쿠대. 그곳의 마에다 교수야."

"그 인물에게 스가이 씨가 말이지."

유사쿠는 중얼거렸다.

미사코와 전화를 끊은 뒤, 다시 수화기를 들었다. 114에 걸어서 슈가쿠대 전화번호를 묻고, 이어서 전화기 버튼을 눌렀다.

"네, 슈가쿠대입니다."

중년 남자의 묵직한 목소리다. 아마 수위일 것이다. 생각해 보니 교환원이 받을 시각이 아니었다.

유사쿠가 자기소개를 하자, "네, 무슨 일입니까." 하고 남자의 목소리 느낌이 바뀌었다.

"좀 여쭤보려고 하는데요, 그 대학에 마에다 교수라는 분 계십니까."

"아, 잠깐 기다려 주세요……, 아, 마에다 교수님이요. 오늘은 퇴근하셨네요."

"그건 괜찮습니다만, 그 마에다 교수님은 무슨 과 선생님이십니까?"

"보자, 의대네요."

유사쿠는 손에 땀이 흥건해지는 것을 느꼈다. 역시, 하는 마음이었다.

"그, 어떤 걸 연구하시는지 알 수 있을까요. 이를테면 암이라든가 바이러스라든가."

유사쿠가 말하는 도중에 수위인 듯한 남자의 쓴웃음이 들렸다.

"미안하지만, 거기까지는 모릅니다. 아, 그렇지만 어떤 강의를 하시는지 시간표를 찾아보면 알 수 있을지 모르겠군요."

"꼭 좀 찾아봐 주십시오."

유사쿠는 전화카드의 남은 시간을 보면서 말했다. 아직 조금 여유가 있다.

"한 가지는 발견했습니다."

의외로 빨리 대답했다. "내용까지는 모르겠습니다만, 신경심리학이라고 되어 있군요."

"신경심리학?"

수화기를 쥔 채, 그 낯선 말을 마음속으로 되풀이했다.

제5장

/

시
사

1

경찰에서 돌아온 아야코는 겨우 몇 시간 동안에 10년은 늙은
것 같았다. 눈 밑에는 다크서클이 생기고, 눈물을 너무 흘려서
수분이 없어졌나 싶을 만큼 피부에 생기가 없었다. 그러나 절대
눈물이 마른 건 아니라는 증거로, 미사코가 말을 걸자 그게 방
아쇠가 되어 또 격렬하게 울기 시작했다. 소파에 무너지듯 앉은
그녀의 등에 스미에가 무릎 담요를 살짝 덮어 주었다.

"사모님, 괜찮습니다. 도련님은 꼭……. 네, 꼭 돌아오시고 말
고요. 그 착한 도련님이 살인죄로 잡히다니 말도 안 됩니다."

그녀의 목소리도 눈물에 젖어 있었다. 히로마사가 자백했다
고 들었을 때부터 그녀가 주방에서 흐느껴 울던 것을 미사코는
알고 있다.

아야코가 계속 울고 있자, 홈 바 카운터에서 아까부터 줄곧 브
랜디를 마시던 아키히코가 잔을 든 채로 다가왔다.

"우는 건 나중에 하고 상황을 설명해 주세요. 왜 히로마사가
잡히게 됐는지, 히로마사는 뭐라고 하는지. 어머니한테는 뭘 묻
고 어떻게 대답했는지 얘기해 보세요."

"여보, 아무리 그래도 이런 때에……. 좀 진정하신 뒤에 해요."

미사코는 소파에서 일어나 남편에게 말했다. 하지만 아키히
코는 꿀꺽 한 모금 마시더니 무서운 눈빛을 했다.

"히로마사를 구하고 싶으면 한시라도 빨리 손을 써야 해. 뒤

늦게 그때 그랬으면 좋았을걸 적어도 이래야 했을걸 하고 후회해 봐야 소용없다고."

아키히코는 또 한 걸음 아야코 옆으로 다가갔다.

"자, 얘기해 봐요. 전부 얘기하지 않으면 대책을 세울 수가 없다고요."

아야코의 떨리는 등이 조금 진정되더니 이윽고 멈추었다. 그녀는 팔에 묻었던 얼굴을 들고 눈물로 화장이 뭉개진 채 아키히코를 향했다.

"히로마사를 구할 수 있을까."

"그건 어머니 하기 나름이죠."

그렇게 말하고 아키히코는 미사코에게 새 잔에 브랜디를 따르라고 시켰다. 미사코가 시키는 대로 하자, 그는 그 잔을 아야코에게 건넸다.

알코올의 힘으로 조금 차분해진 아야코는 시마즈 경찰서에서 있었던 일을 천천히 얘기했다. 먼저 히로마사와 소노코의 범행계획 이야기부터다. 석궁을 사용하지 않고 화살만 써서 살해하는 방법을 생각했던 것.

"그러면 히로마사는 석궁을 갖고 가지는 않았군요."

"응, 그런가봐."

"그랬군요, 그런 트릭을……."

아키히코는 미간에 주름을 지으며 무언가 생각에 잠긴 듯하더니, "석궁으로 쏘았는지 손으로 찌른 건지 상처로 판정할 수 없는 건가." 하고 중얼거렸다.

"앞으로 조사하겠지만, 판정할 만한 증거는 없을 거라고 형사가……."

아야코가 딸꾹질을 하면서 말했다.

"알겠습니다. 그래서, 히로마사가 범행을 생각한 동기는 뭐랍니까?"

아키히코가 묻자, 아야코는 순간 당황스러웠는지 고개를 숙였다. 하지만 이내 얼굴을 들더니 사건 전날 비토와 스가이 마사키요가 집에 왔던 일부터 얘기하기 시작했다. 당연히 비토 다카히사와의 관계까지 얘기가 나왔지만, 새삼스럽게 듣는 쪽이 놀랄 것도 없었다.

아야코는 비토가 부탁해서 나오아키의 금고를 열었다고 고백했다.

"그때 히로마사가 바로 옆방에서 듣고 있을 줄은 생각지도 못했어. 학교 간 줄 알았는데."

그녀의 얘기를 듣고 보니 미사코도 생각나는 게 있었다. 스가이 마사키요가 온 날, 주차장에 흰색 포르쉐가 있었다. 어쩐 일로 차를 타지 않고 학교에 갔구나 생각한 기억이 난다.

"그러니까 히로마사가 살의를 품은 것은 어머니가 굴욕을 당한 분노 때문이란 거군요."

아야코의 얘기를 다 듣고 난 아키히코가 확인하듯이 물었다.

"그런 것 같아……." 아야코는 힘없이 끄덕였다.

"스가이 씨가 원했다는 자료······금고 속에 있는 내용물에 관해서는 히로마사가 뭔가 들었을까요?"

"글쎄, 아마 모를 거야. 비토 씨도 스가이 씨한테 아무것도 듣지 못했다고 하니까."

"그런가요." 아키히코는 잠시 생각하듯이 턱으로 손을 가져갔다.

"금고 안에 있던 자료가 뭐였을까요?" 미사코가 물어보았다.

"몰라. 나도 전에 얼핏 본 적은 있지만, 회사 관련 서류였던 것 같아. 우류 가가 회사의 실권을 잡는 데 필요한 것이었을지도 몰라. 이제 와서 스가이 씨한테 넘어가 봐야 대세에는 영향이 없을 거야. 어쨌든 이번 사건에 직접적인 관계는 없어."

아키히코는 금고 내용물에는 관심이 없다는 얼굴을 했다.

그러나 그의 표정을 보면서 미사코는 그의 본심은 그렇지 않다는 걸 느꼈다.

"앗······."

어떤 일이 떠올라서 미사코는 엉겁결에 소리를 냈다. 아키히코가 보았다.

"왜 그래?"

"아뇨, 아무것도 아니에요. 미안해요." 황급히 고개를 저었다.

'왜 지금까지 생각하지 못했을까.'

미사코가 떠올린 것은 사건 전날 밤의 일이다. 나오아키의 미술품을 운반한 뒤, 서재에서 나온 아키히코가 미사코에게 물었다. 오늘 누가 왔었느냐고. 스가이 씨가 왔다고 대답했더니 그 말을 들었을 때 그의 표정은 몹시 심각했다.

'그때 스가이 씨가 이미 금고 안 자료를 훔쳐 간 걸 이 사람은 알고 있었어. 그리고 그 자료가 절대 별것도 아닌 게 아니었어. 적어도 이 사람한테는…….'

그야말로 히로마사만을 생각하는 것처럼 보이는 아키히코의 옆얼굴을 보고 미사코는 오싹 소름이 끼쳤다.

숨 막히는 분위기에서 벗어나기 위해 "차라도 끓일게요." 하고 미사코가 일어섰을 때 인터폰이 울렸다. 스미에가 수화기를 들었다. 작은 소리로 응대하던 그녀가 "앗, 아가씨가." 하고 소리를 높였다.

처음에 일어선 것은 아야코다. 그녀에 이어 미사코네도 현관으로 향했다.

아야코가 현관문을 열자 경찰과 함께 걸어오는 소노코의 모습이 보였다. 소노코는 아야코를 보자마자 달려들어서 가슴에 안겼다.

"엄마…….. 히로 오빠는 아니야. 히로 오빠가 한 짓이 아니야."

"그래, 알아. 다 알고 있어."

아야코는 흐느껴 우는 딸의 머리칼을 몇 번이고 쓰다듬었다.

히로마사는 유치장에 보냈지만, 소노코는 구류할 필요가 없다고 보고 돌려보낸 것이다. 다만 지금까지 이상으로 감시는 엄중해질 것이다.

아야코는 한시라도 빨리 딸을 침대에서 쉬게 하고 싶어 했지만, 여기서도 아키히코가 그걸 허락하지 않았다. 아야코를 대할 때 이상으로 엄하게, 그리고 자세하게 질문을 되풀이했다.

"히로마사는 스가이 씨 사체를 보고 그대로 아무것도 하지 않고 돌아섰어. 그건 틀림없는 거지?"

아키히코는 끈질기게 확인했다. 소노코는 고개를 숙인 채 고개를 끄덕였다.

"괜찮아요, 경찰도 곧 알아줄 거예요. 얘기가 다 맞아떨어지잖아요."

미사코는 시누이를 달랬다. 실제로 히로마사의 변명에 부자연스러움은 없었다. 하지만 아키히코는 여전히 엄한 얼굴로 차갑게 말했다.

"말이 되고 안 되고는 경찰한테 관계없는 일이야. 그런 걸로 용의자를 신용한다면 잡을 놈 하나도 없지. 그들이 신용하는 건 증거뿐이야."

"난, 거짓말 안 했어."

소노코가 눈물로 빨개진 눈으로 아키히코를 노려보았다.

"그걸 입증하지 않으면 의미가 없다는 말이야. 아니, 경찰이 보기에 소노코의 변명 자체는 믿어도 좋겠다고 생각할지도 모르지. 소노코는 단순히 히로마사에게 들은 얘기를 솔직하게 전했을 뿐이니까."

"소노코도 히로마사에게 속았다는 거니?"

아야코가 날카로운 목소리로 말했다.

"경찰은 그럴 가능성을 생각한다는 거죠. 소노코를 돌려보낸 것도 결국 히로마사의 자백이 중요하다고 생각하기 때문이겠죠."

아키히코는 새삼스럽게 소노코의 눈을 보았다.

"생각해봐. 뭔가 히로마사의 자백을 증명할 만한 것 없니? 히로마사를 구할 수 있는 건 너뿐이야."

반쯤 협박 같은 말투에 소노코는 어깨를 움츠렸다. 큰 눈을 두리번거리며 뭔가를 필사적으로 생각하는 표정이다. 어떻게든 히로마사를 구하고 싶은 마음이 미사코에게도 아프리만치 전해졌다.

그러나 소노코는 양손으로 머리를 감싸더니 고뇌하듯이 심하게 흔들었다. 쥐어짜는 듯한 신음소리가 그녀의 입술에서 새어나왔다.

"없어, 아무것도 없어. 나……나는 히로 오빠를 그냥 믿었을 뿐이야."

아야코가 참다못한 듯이 소노코를 안았다.

"괜찮아, 소노코. 그만해도 괜찮아. 전부 엄마가 잘못한 거야. 저기 아키히코, 이쯤 하고 참아 줘. 오늘 저녁에는 그만 쉬게 해 줘."

아야코는 애원하듯이 말했다. 그러자 아키히코는 괴로운 듯이 얼굴을 찡그리더니 브랜디 잔을 들고 일어섰다. 그걸 허락의 의미로 받아들였을까. 아야코는 소노코의 어깨를 안고 방을 나갔다.

미사코는 남편의 등을 보았다. 아키히코는 홈 바 카운터에 팔꿈치를 올린 채, 그저 묵묵히 있었다.

2

히로마사를 체포한 다음 날 아침, 유사쿠는 오다와 함께 UR 전산 본사에 가라는 명령을 받았다. 스가이 마사키요가 우류 가 서재에서 갖고 간 자료의 존재와 그게 무엇인지를 조사하기 위해서였다.

"굳이 조사할 정도의 일도 아닌 것 같은데."

회사 정문에서 방문증을 받은 후, 오다는 내키지 않는 얼굴로 말했다.

"그렇지만 자백을 뒷받침할 게 필요하니까요."

"그게 유연하지 않다는 거야. 이런 일에 확증을 찾아봐야 소용없어. 중요한 건 실제로 손을 쓴 게 히로마사인가 아닌가 하는 거지."

니시가타 앞에서는 기세 좋게 대답해 놓고 푸념을 하고 있다. 아마 실적에 관계없는 일이라고 생각해서일 것이다. 유사쿠는 상대하지 않기로 했다. 그에게는 마사키요가 꺼내 간 자료를 조사하는 것이 지금 가장 중요한 일이었다.

UR전산 본관은 7층짜리 연한 크림색 빌딩이었다. 정면 현관으로 들어가자 왼쪽에 로비가 펼쳐져 있다. 유사쿠는 그 앞에 있는 접수대로 다가갔다. 거기에는 오렌지색 제복을 입은 단정한 얼굴의 여성이 두 명 나란히 앉아 있었다.

마쓰무라 상무를 만나고 싶다고 유사쿠가 말했다. 이름을 물어서 오다와 와쿠라입니다, 하고 대답했다. 선약을 할 때, 접수대에서 경찰이라고 말하지 말아 달라고 마쓰무라가 부탁했다.

마쓰무라 겐지를 선택한 것은 유일한 우류 가 사람이라고 들어서다. 그런 사람이라면 우류 나오아키가 소중히 여겼던 자료를 알지 않을까 추측했다.

접수대 여성이 사내전화를 걸더니 5번 내빈실에서 기다려 달라고 했다. 로비 구석에 나란히 있는 방 중 하나다.

"호텔 로비 같네. 이런 곳이라면 회사 다니는 것도 나쁘지 않겠는걸."

"아마 겉모습뿐일 겁니다." 하고 유사쿠는 말했다.

두 평 남짓한 작은 방에 간단한 응접세트만 놓인 내빈실에서 기다리고 있으니, 5분쯤 지나서 노크 소리가 났다. 대답을 하자 얼굴도 체형도 동글동글한 사람 좋아 보이는 남자가 들어왔다. 마쓰무라입니다, 하고 남자는 명함을 내밀었다.

"바쁘신데 죄송합니다." 유사쿠가 말했다.

"괜찮습니다. 그렇게 바쁘지 않습니다. 그보다 사건은 어떻게 돼 가고 있습니까. 설마 히로마사 씨가 체포된 채 끝나는 건 아닐 거라고 믿습니다만."

이미 히로마사 건은 알고 있는 듯, 마쓰무라가 적극적으로 물었다. 말하기를 좋아하는 타입 같다. 히로마사 씨라고 부르는 것으로 보아 우류 가와 연대가 깊어 보였다.

"아직 모릅니다. 지금부터 조사해야죠." 하고 오다가 말했다.

"체포된 이상, 그만한 근거가 있는 건 사실이니까요. 일단 우류 히로마사의 자백을 바탕으로 사실 관계 확인을 서두르고 있습니다. 오늘도 그래서 찾아뵀습니다."

"오호, 과연. 그러시겠죠."

"먼저 확인하고 싶은 것은 우류 가에서 스가이 씨가 어떤 자료를 꺼내갔다고 하는 얘기에 관해서입니다."

상대가 나타나자 그때까지 별로 의욕을 보이지 않던 오다가 유사쿠를 제치고 얘기를 시작했다. 무슨 일이든 자기가 리드하지 않으면 성이 풀리지 않는 타입이다.

한 차례 설명을 마친 뒤 오다가 물었다.

"어떻습니까, 어떤 자료인지 짐작 가는 바 없습니까?"

"글쎄요." 하고 마쓰무라는 팔짱을 끼고 뺨에 바람을 넣었다. "그런 얘기는 들은 적이 없네요. 뭔가 착각이 아닐까요."

"그렇지만 스가이 씨가 뭔가를 금고에서 꺼낸 건 사실입니다."

"하지만 말입니다." 하고 마쓰무라는 계속 부정했다.

"저도 한 번 본 적이 있습니다만, 그 금고에 들어 있는 서류는 별것 아니었습니다. 스가이 대표이사가 손에 넣고 기뻐할 만한 게 아니라고 생각합니다만."

"일단 어떤 서류가 들어 있는지 가르쳐 줄 수 없을까요?"

"그건 괜찮습니다만, 기대를 저버릴 게 분명해서. 음, 먼저 옛날 결산 보고서라든가 말이죠, 직원 명단, 그리고."

유사쿠는 오다와 마쓰무라가 말하는 것을 함께 메모해 나갔다. 하지만 펜을 달리면서 이런 걸 기록해 봐야 무의미하다는 마음이 강해졌다. 도중에 손을 멈추고 이 작고 통통한 남자의 얼굴을 보았다. 정말로 아무것도 모르는지 알면서 능청을 떠는지 표정을 읽을 수 없었다.

"뭐, 그 정도라고 생각합니다."

말을 마친 뒤, 마쓰무라는 불룩한 배 앞에서 손깍지를 꼈다.

"그리고 또 없습니까?" 오다가 물었다.

"기억이 없네요. 유감스럽게도."

"그럼 이런 말이 붙은 자료는 아십니까?"

유사쿠가 옆에서 물었다.

"전뇌, 번개 전(電)에 골 뇌(腦)를 씁니다."

"……흠." 하고 마쓰무라는 표정을 바꾸지 않고 입만 움직였다.

"전뇌요? 컴퓨터 말이군요. 아, 어쨌든 저는 그 방면은 잘 모릅니다만."

"짚이는 부분은 없습니까?"

"없다고 하는 편이 좋겠지요. 물론 컴퓨터라는 의미의 전뇌라면 여기저기에서 들은 적 있습니다만."

마쓰무라는 희미하게 미소 지었다. 유사쿠는 그가 배 앞에서 모은 손바닥을 바라보았다. 아까 '전뇌'라고 들었을 때 그 손가락 끝이 움찔 움직인 것을 유사쿠는 목격했다.

"마쓰무라 씨는 모르시는 것 같습니다만." 하고 오다가 말을 이었다.

"어쨌든 스가이 대표이사님은 자료를 입수해서 뭔가를 할 생각이었던 것 같습니다. 머잖은 장래에 새로운 일에 착수하겠다는 얘기는 들은 적 없습니까?"

"저는 들은 적이 없습니다."

마쓰무라가 태연히 말했다.

"스가이 대표이사님이 여러 가지 생각이 있으셨겠지만, 구체적으로 이렇다 하는 건 듣지 못했습니다."

"사소한 소문이라도?"

"없습니다."

코를 살짝 위로 치켜들며 형사들을 내려다보듯이 단언했다.

더는 심문할 수가 없어서 오다와 유사쿠가 순간 입을 다물자, "그런데." 하고 마쓰무라가 말을 꺼냈다.

"히로마사 씨의 의혹이 걷힐 전망은 있습니까. 오늘 아침 우류 씨 댁에 연락해서 듣기로는 히로마사 씨를 범인으로 단정할 증거도 없다고 하던데요."

"살의를 갖고 현장에 간 것까지는 본인이 인정했습니다." 오다가 말했다.

"그러나 스가이 씨는 이미 죽어 있었다고 하던데요. 그 얘기가 현실적인지 어떤지는 조금만 생각해봐도 알 수 있겠죠."

그러면서 마쓰무라는 소파 등받이에 몸을 맡기고, "사실은 소설보다 기이하다." 하고 약간 연극조로 말했다.

"석궁을 사용하지 않고 칼 대신 화살로 찌르는 건 히로마사 씨에게는 어렵습니다. 어쨌든 상대가 무도를 익힌 스가이 씨니까요. 곁에 다가가기만 해도 눈치챌 겁니다."

그 의견은 수사본부에서도 나왔다. 유사쿠도 동감이었다.

"묘지에 숨어서 다가가면 불가능하지 않을 거라고 생각합니다만."

오다가 반론했지만, 마쓰무라는 고개를 저었다.

"그래도 화살을 들고 스가이 대표이사 몸에 닿을 때까지 다가가는 건 무리입니다. 히로마사 씨는 그리 민첩한 분이 아니에요, 간발의 차로 눈치를 챘다가는 아웃이죠. 역시 누군가가 묘지 뒤에서 대표이사님 등을 향해 화살을 날렸다고 생각되는군요."

그리고 마쓰무라는 오다를 향해 총인가 뭔가를 쏘는 시늉을 했다.

마쓰무라와 헤어져서 일단 내빈실을 나온 뒤, 다시 접수대로 향했다. 다음은 전무인 나카사토를 지명했다. 상무에 이어서 전무를 호출하겠다는 이야기를 듣자 과연 접수대 직원도 수상하다는 얼굴을 했다.

"방으로 오시라고 합니다."

머리를 예쁘게 묶은 접수대 직원은 전화를 끊고 말했다.

엘리베이터를 탄 뒤 "어떻게 생각해? 마쓰무라 말이야." 하고 오다가 물었다. 유사쿠는 조금 놀랐다. 이 남자가 자기한테 의견을 묻는 건 처음이었다.

"뭐가요?"

"음, 좀 걸려."

무엇이 걸리는지는 말하지 않고 오다는 입을 다문 채 층수 표시등을 보았다.

임원실은 3층에 몰려 있었다. 엘리베이터에서 내려 조금 걸어가니 전무실이 나왔다. 나카사토라는 작은 팻말이 붙어 있는 것을 확인하고 오다가 노크했다.

젊은 여직원이 문을 열어 주었다. 창가 책상에 앉아 있던 남자가 "아, 어서 오세요." 하고 말하며 일어섰다.

나카사토는 마쓰무라와는 정반대로 키가 크고 얼굴이 갸름한 남자였다. 옛날 같으면 로맨스 그레이 신사라고 할까. 금속테 안경에서 유사쿠는 나쓰메 소세키의 소설 '도련님'에 등장하는 빨간 셔츠*라는 별명의 캐릭터를 떠올렸다.

전무실에는 전무용 이외에 책상이 하나 더 있었다. 여직원 자

* 소설 '도련님'에서 주인공인 도련님이 근무하는 학교의 교감으로 비열하고 교활한 인물.

리일 것이다. 유사쿠는 복잡한 마음이 들었다. 미사코도 예전에 이렇게 우류 나오아키의 사무실에서 일하고, 그것이 인연이 되어 아키히코와 결혼했다.

나카사토의 지시로 여직원은 밖으로 나갔다. 그리고 유사쿠와 오다는 방 한복판에 있는 긴 의자에 나란히 앉고, 그 맞은편에 나카사토가 앉았다.

"죄송합니다만, 간단히 부탁합니다. 장례식에 가 봐야 해서요."

"스가이 대표이사님 장례식 말입니까?" 오다가 물었다.

"물론 그렇습니다. 오늘은 친척 중심이고, 회사로서는 회사장을 치르게 되어 있습니다만."

"힘드시겠군요."

"힘듭니다. 연속으로 해야 하니."

그러나 나카사토의 얼굴에 그리 불만이나 불안의 빛은 없다. 잇따라 윗사람이 떠나는 것이 그들에게 나쁜 일만은 아닐 터다.

나카사토가 담배를 꺼내서 한 개비 피우길 기다렸다가 오다가 얘기를 꺼냈다. 마쓰무라에게 갔을 때와 같은 순서로 질문을 해 나갔다. 자료 이야기가 나왔을 때, 나카사토의 안경 속 눈빛이 반짝거렸다.

"자료? 뭡니까, 그건?"

순간, 이 남자는 정말로 모른다고 유사쿠는 생각했다.

"그걸 몰라서 이렇게 찾아뵌 겁니다만."

오다의 말에 그런 건 자기도 모른다고 언짢음을 감추지 않고 말했다. 우류 가의 금고도 본 적이 없다고 한다.

"그럼 말이죠."

오다는 질문 내용을 바꾸었다. 스가이 마사키요가 근래 뭔가 새로운 사업을 하겠다는 얘기를 들은 적 없는가 하는 질문이다. 나카사토는 우류 파가 아니라 스가이 측 사람이다. 마사키요의 사촌동생이라고 한다. 그래서 마사키요의 최근 움직임에 밝은 편이다.

나카사토는 몇 번이나 담배 연기를 내뿜고 나서 혼잣말처럼 중얼거렸다.

"그러고 보니 최근 좀 색다른 말을 했었네. 슬슬 탈피를 계획할 때야, 그런 말을 하더군요."

"탈피? 무슨 뜻입니까?" 오다가 물었다.

"우리도 아직 듣지 못했습니다. 머잖아 얘기하겠다고만 했을 뿐."

"그 얘기는 언제쯤 들으셨습니까?" 유사쿠가 물었다.

"음, 반년쯤 전이려나."

"반년…… 우류 씨가 돌아가시기 전이네요."

우류 나오아키의 죽음을 감지해서가 아닐까, 하고 유사쿠는 추측했다.

"그 탈피 계획에 관해 조금이라도 힌트 같은 건 없었습니까?"

나카사토가 새로 담배를 꺼내 물어서 오다가 자기 라이터로 불을 붙여 주며 물었다.

"그러게요." 나카사토는 고개를 갸웃거리며 연기를 토했다.

"어쨌든 장기적인 얘기 같았습니다. 기초연구 부문을 확장하려면 어떤 순서를 밟으면 좋을지 저한테 의논했을 정도이니까요."

"기초연구요?"

"네. 그래서 미개발이지만 장래 유망한 기술에 주목하고 있구나, 하고 저 나름대로 생각했습니다."

"그 개발을 위해 어딘가 대학과 연락을 취하는 일은 없었습니까?"

유사쿠는 슈가쿠대 마에다 교수가 생각나서 물어보았다.

"있었을지도 모르겠군요, 그건." 나카사토가 말했다.

"하지만 그런 건 비밀로 하던 사람이어서요. 혼자 몰래 움직였을 가능성이 있습니다. 비토는 뭐라고 하던가요?"

"아뇨, 비토 씨는 아무것도."

"흠, 그렇겠죠." 하고 나카사토는 의미심장한 표정으로 입술을 일그러뜨렸다.

"비토도 원래는 우류 파였으니까요. 이용은 해도 완전히 신용하지 않았을 겁니다. 대학 커넥션이라면 이케모토한테 부탁했을지도 모르겠군요."

"이케모토 씨?"

"개발기획실 실장입니다. 전화해서 물어볼까요?"

나카사토는 옆의 전화를 끌어당겨서 교환을 통해 이케모토를 호출했다. 대화로 보아 역시 마사키요에게 대학교수를 몇 명 소개한 모양이었다. 바로 이리 오기로 한 것 같다.

"이케모토는 스가이 대표이사 부인의 친척입니다. 젊지만 풋워크가 좋은 남자죠. 스가이 대표이사님도 아꼈고요."

이윽고 그 이케모토가 나타났다. 작고 뚱뚱했지만, 민첩하게 일할 것 같은 느낌이 들었다.

"이 일에 대해서는 발설하지 않기로 입막음시키셨는데."

유사쿠의 질문에 이케모토는 몸을 웅크리며 그렇게 말했다.

"비밀로 해 두겠습니다." 오다가 목소리를 낮추었다.

"그래 주십시오. 뭐, 당사자인 대표이사님은 돌아가셨습니다만."

이케모토는 거드름을 부리며 메모지를 꺼냈다. 거기에다 내용을 써 온 것이다. 오다는 그걸 읽었다.

"아즈사대학 인간과학부 소마 교수, 슈가쿠대 의학부 마에다 교수, 호쿠요대 공학부 스에나가 교수, 이 세 분입니까."

"네. 대표이사님이 이 세 분 교수님을 만날 수 있도록 수배해 달라고 해서요. 희한한 주문이죠. 공학부라면 이해가 가지만."

"이 교수님들은 어떤 방면으로 연구하는 분들인가요?"

유사쿠가 묻자 이케모토는 고개를 갸웃거렸다.

"그걸 잘 모르겠습니다. 소마 교수가 심리학 전공이란 말은 들었습니다만."

"심리학……."

'마에다 교수는 신경심리학이라 했지.'

유사쿠의 머릿속에서 직소퍼즐이 또 하나 맞춰졌다.

3

UR전산을 나와서 일단 수사본부로 돌아왔다. 니시가타가 어딘가에 전화를 거는 중이었다. 그 외에는 아무도 없었다.

전화를 끊길 기다렸다가 둘이서 그의 책상 앞에 나란히 앉았다. UR전산 조사 결과를 보고했다. 듣고 있는 니시가타의 얼굴은 별로 밝지 않았다.

"솔직히 말해서 뭔 소린지 모르겠어."

니시가타는 검지로 책상을 톡톡 쳤다.

"스가이 마사키요가 신사업을 계획하고 있었다고 치자. 그런데 그 때문에 우류 가 금고에 들어 있는 자료를 손에 넣으려고 했다는 건가. 기업에서 하는 일은 잘 모르겠지만, 그런 케케묵은 자료가 무슨 도움이 된다는 거야."

"글쎄요, 그 쪽은 잘." 오다도 고개를 움츠렸다.

니시가타는 크게 한숨을 쉬더니 의자에서 일어섰다.

"며칠 전에 자네들도 다녀왔지만, 새삼 다시 스가이 가에 수사관을 보내 봤네. 스가이 마사키요가 우류 가에서 갖고 나온 자료를 찾아볼까 하고. 그런데 연락이 오지 않는 걸 보니 아무래도 발견하지 못한 것 같아."

"생각할 수 있는 것은 스가이가 대표이사실에 갖고 간 겁니다. 그래서 오늘 대표이사실을 조사해도 되겠냐고 나카사토 전무한테 말했습니다만, 비밀 유지가 어쩌고 하면서 거절했습니다. 대신에 그쪽에서 조사해 준다고 합니다."

오다의 보고에 니시가타는 복잡한 미소를 지었다.

"대표이사실에 있다고 해도 UR전산 측이 그걸 순순히 보여 줄 리 없지. 어쨌든 귀중한 자료일 테니까."

"자료는 찾았다. 그러나 공개할 수는 없다, 이런 답이 돌아올지도 모르겠군요."

"그런 거지. 그 자료 내용은 현재 사건과 관계없는 것이니 우리도 억지로 보여 달라고 할 수는 없어."

이 점에 관해서는 니시가타도 포기하는 듯한 모습이 보였다.

"요전에도 말씀드렸습니다만." 하고 유사쿠가 한걸음 앞으로 나섰다.

"스가이가 살해된 날, 우류 아키히코가 스가이 가에 갔습니다. 그때 문제의 파일을 발견하고 도로 가져갔다고는 생각할 수 없을까요."

그러자 허공의 한 점을 바라보던 니시가타가 유사쿠에게로 시선을 돌렸다.

"그러니까 우류 아키히코는 스가이에게 자료를 도둑맞았다는 걸 알고 있다는 건가. 아니면 스가이 가에 갔을 때, 공교롭게 그곳에 자료가 있는 걸 발견했다는 건가."

"어느 쪽인지는 모르겠습니다만."

유사쿠는 전자라고 생각했다.

"음." 하고 니시가타는 턱을 당겼다.

"실은 오늘 아침 일찍 아키히코 씨한테 얘기를 들으러 보냈지. 그런데 아키히코 씨는 스가이가 어떤 자료를 갖고 갔는지 전혀 짐작 가는 바가 없다고 했다는군. 금고도 오랫동안 연 적이 없는 모양이야."

"금고를 오랫동안 연 적이 없다니 믿을 수가 없네요."

"골동품 같은 금고여서 실제로는 사용하지 않았대. 그리고 믿을 수 없다고 해도 우리가 따질 명목은 없지."

"놈의 집을 수색하고 싶습니다."

유사쿠가 말하자, 오다가 혀를 찼다.

"말 같잖은 소리 하지 마, 무슨 근거로. 우류 아키히코 집에 있다고 장담할 수 있어?"

"게다가 말이야." 하고 니시가타도 말했다.

"흉기를 찾는 것과는 얘기가 달라. 문제 자료를 찾는 것이 과연 수사에 효과가 있을지 어떨지는 의문이야."

"그건 잘 알고 있습니다만."

그렇게 먼 길 돌아가는 사이에 진짜 범인이 수풀 속으로 도망치지 않을까요, 유사쿠는 그렇게 말하고 싶은 걸 참았다.

"히로마사 쪽은 그 후로 뭔가 있습니까?" 오다가 물었다.

"고전하고 있어."

니시가타는 순간 떫은 얼굴이 되었다.

"히로마사가 진술 내용을 바꿀 기색은 없어. 오늘 아침, 한 번 더 소노코를 불러서 얘기를 들어보았지만, 이쪽도 마찬가지야."

"둘 다 애들이 어찌나 고집이 센지."

"소노코는 솔직하게 얘기한 거라는 의견이 지배적이야."

"그 말씀은 히로마사 혼자 거짓말을 하고 있다는 건가요?"

"그렇게 볼 수도 있겠지만, 거짓말이라고 할 수만도 없는 정보가 들어와 있어."

니시가타는 책상 위 보고서를 집어 들어서 오다에게 내밀었다. 회의 책상 구석에 앉아 있던 유사쿠도 그들 옆으로 갔다.

"문제는 석궁을 언제 처분했는가야. 히로마사가 범인이라고 하면 실제로 범행 때에는 석궁을 사용하지 않고, 소노코가 우류 가 어딘가에 숨겼던 것이니 석궁을 버린 건 당일 밤중이 되지. 사건 발생 직후나 다음 날 아침은 우리가 우류 가에 들이닥쳐서 그럴 틈이 없었을 테니까."

"그렇군요. 당일 밤중이라면 말이 안 되는 겁니까?"

오다가 이상하다는 얼굴을 했다.

"말이 안 된다고 할 정도는 아니지만…… 그날 밤에는 근처 파출소 순경이 자주 순찰을 돌았다고 해. 줄곧 순찰한 건 아니지만, 만약에 우류 가에서 차가 나갔다가 다시 돌아오는 움직임이 있었다면 눈치채지 못할 리 없다는 게 그들의 변명이야."

"타당한 변명이네요."

유사쿠는 강한 어조로 말했다. 먼저 히로마사 범인설을 뭉개지 않으면 얘기가 되지 않는다.

"박힌 화살 감식 결과는 어떻습니까?" 오다가 물었다.

"미묘하지만, 부정적이야." 하고 니시가타는 말했다.

"먼저 화살이 박힌 깊이가 손으로 꽂기에는 무리라고 생각된대. 그렇다고 불가능한 숫자는 아니래. 화살의 탄력으로 그 깊이까지 찌를 수도 있을 것 같다는군. 다만 화살이 박힌 부근 피부가 화살로 인해 약간 뒤틀려 있다고 해."

"뒤틀리다니……. 어떻게요?"

"화살이 드릴처럼 회전하면서 들어간 거지."

니시가타는 자신의 팔을 화살인 양 손목을 빙빙 돌리면서 앞으로 내밀었다.

"이건 석궁으로 날린 화살의 특징 같아. 명중도를 높이기 위해 회전하면서 날리는 거지. 화살 뒤에 붙어 있는 세 장의 깃은 그래서 있는 거야."

"그 말은 화살은 석궁으로 쏜 것이라는……."

"감식은 그렇게 나온 것 같아."

니시가타는 서류를 책상에 던지더니 굵은 한숨을 토했다.

생각대로군, 유사쿠는 내심 기뻐했다. 역시 스가이를 죽인 사람은 히로마사가 아니다.

그때 오다가 또 물었다.

"화살은 석궁으로 쏜 것이라 치고, 그 각도나 거리에 관해서는 뭔가 감식이 나왔습니까?"

이 질문에 유사쿠는 오오, 하고 생각했다. 오다도 범인은 히로마사라고 단정 짓는 한 명이었는데 감식 견해를 지지하는 말투다.

"아니, 거기까지는 모르지만. 그건 왜?"

니시가타가 물었다.

"아뇨, 딱히 깊은 의미는 없습니다만."

오다는 천천히 팔짱을 끼면서 창밖으로 시선을 옮겼다.

4

아침부터 추적추적 내리기 시작한 비가 저녁까지 계속 내렸다. 그 탓인지 스테레오라디오 FM의 수신 상태가 종일 좋지 않았다. 좋아하는 클래식 소리가 도중에 끊기자, 미사코는 라디오에서 CD로 바꾸었다. 요즘은 오디오에 계속 모차르트 CD가 들어 있다. 마음이 개운치 않을 때는 모차르트를 듣는다.

미사코는 뜨개질하던 손을 멈추고 달력을 보았다. 히로마사가 구류된 지 벌써 3일이 지났다. 어떤 진전이 있는지 전혀 알 수 없었다. 아키히코는 이따금 변호사를 만나는 것 같지만, 그가 경과를 얘기해 주리라고는 기대하지 않는다. 따라서 정보원이라고 한다면 아야코뿐이지만, 그 아야코가 어제부터 누워 있다. 소노코도 방에 틀어박혀서 나오지 않는다. 한 걸음이라도 나가면 형사가 미행할 테니 나가고 싶지 않은 것도 무리는 아니다.

도우미 스미에의 모습조차 지난 이틀 동안 보지 못했다. 밖에 나가는 것도 겁날 정도로 정신적으로 충격을 받았는지 모른다. 그리고 미사코 자신도 마찬가지 상태다.

'빨리 어떻게 좀 돼야 할 텐데. 아니면 영원히 이대로인 걸까.'

이 집이 이런 상태로 망해 가는 것이 비현실로 느껴지지 않았다.

불길한 예감을 떨치려고 심호흡을 했을 때, 현관 초인종이 울렸다. 자기가 생각해도 둔하다 싶을 정도로 느릿하게 일어서서 인터폰 수화기를 들었다.

"시마즈 경찰서의 와쿠라입니다."

반가운 목소리가 들렸다. 3일 정도 듣지 못했을 뿐인데.

"바로 열게."

지금까지와는 비교가 되지 않을 빠르기로 현관문을 열었다. 평소와 같은 진녹색 셔츠를 입은 유사쿠가 조금 굳은 얼굴로 서 있었다.

"혼자?" 하고 주위를 보며 미사코가 물었다.

"응. 당신은?"

"혼자야."

전과 마찬가지로 그를 거실로 안내했다. 커튼은 이미 닫혀 있다. 차를 끓이는데, "모차르트네." 하고 그가 말했다.

"잘 아네."

"알지. 네가 좋아하는 건 다 기억해."

그렇게 말하면서 유사쿠는 스테레오라디오의 스위치를 껐다. 순간 정적이 덮치고 찻주전자의 뜨거운 물 따르는 소리가 유난히 크게 들렸다.

"느긋이 있을 시간은 없어. 내 얘기 좀 들어 줘." 유사쿠가 말했다.

응, 하고 대답하면서 미사코는 그의 앞에 찻잔을 내려놓았다. 그리고 쟁반을 든 채 그의 맞은편 의자에 앉았다.

유사쿠는 차를 한 모금 마시고 나서 말했다.

"스가이 마사키요가 이 집 금고에서 꺼내 간 자료를 찾고 있어. 근데 어디에도 보이지 않아."

"그 얘기는 다른 형사님한테 들었어."

"나는 그걸 우류가 갖고 있을 거라고 생각해."

"남편이?"

유사쿠는 끄덕였다. 그리고 손바닥을 데우듯이 찻잔을 양손으로 감쌌다.

"스가이가 살해된 뒤, 우류는 스가이네 집으로 갔어. 그곳에서 자료를 되찾는 건 충분히 가능했을 테고, 또 처음부터 그걸 목적으로 스가이네 집에 갔을 거라고 생각해."

미사코는 유사쿠를 바라보았다. 잠시 망설인 뒤, "그럴지도 모르겠네." 하고 대답했다.

"그럴지도라니?"

"그이는 금고 내용물을 도둑맞은 걸 알고 있는 모습이었으니까."

스가이가 온 날 밤, "오늘 누가 왔었어?" 하고 아키히코는 물었다. 섬뜩할 정도로 날카로운 눈으로. 미사코는 그날 밤 이야기를 유사쿠에게 털어놓았다.

"틀림없어."

그녀의 이야기를 다 듣고 유사쿠는 말했다.

"아키히코는 그때 자료가 스가이 마사키요에게 빼앗긴 걸 안 거야. 하지만 그건 빼앗기면 안 되는 것이었어. 그래서 그걸 되찾기 위해……."

그가 삼킨 말을 미사코는 잘 알았다. 그걸 되찾기 위해 스가이 마사키요를 죽였다고 유사쿠는 말하고 싶었을 터다.

미사코는 고개를 저었다.

"거기까지는…… 생각하고 싶지 않아."

"……그렇지."

"근데 그토록 중요한 자료가 대체 뭘까?"

"그걸 알면 수수께끼의 9할은 풀릴 텐데 말이야. 스가이를 죽여야 한 이유도 그렇지만, 내가 지금까지 알고 싶었던 모든 수수께끼를."

그리고 유사쿠는 20여 년 전의 불가사의한 사건과 이번에 새롭게 판명된 사실 등을 미사코에게 얘기했다. 모든 것이 놀랍기만 한 내용이었다.

유사쿠는 웃옷 안주머니에서 반으로 접은 노트를 꺼냈다. 가장자리가 상당히 낡은 노트였다.

"이걸 너한테 맡겨 두려고. 내가 일련의 사건에 휘말린 계기야. 그리고 가능하면 내 마음을 이해해 줘."

미사코는 노트를 받아 들었다. 낡은 표지에 '뇌외과 괴사 사건 수사기록'이라고 쓰여 있었다.

"아버지 유품이기도 해." 그는 말했다.

"읽어 볼게."

미사코는 노트를 가슴에 안았다.

"그래서, 나는 뭘 하면 돼?"

유사쿠는 그녀 쪽으로 몸을 내밀었다.

"그러니까 문제의 자료를 꼭 손에 넣고 싶어. 나는 그걸 우류가 갖고 있다고 믿고 있어. 너한테 부탁하고 싶은 건 그거야."

진지한 눈길. 아키히코와 마음이 서로 통하는 건 아니지만, 미사코는 이 부탁을 들어주는 것은 마지막 선을 넘는 것이라고 생각했다.

하지만 다음에 유사쿠가 한 말은 그녀의 망설임을 날려 버렸다.

"네 '실'의 정체일지도 몰라." 유사쿠는 이렇게 말한 것이다.

"실……. 그렇구나."

그럴지도 모른다고 미사코는 생각했다. 우류 가의 비밀을 알

기회일지도 모른다.

"어쩌면 그 자료는 그의 방에 있을지도 모르겠네. 그렇지만 안 돼. 잠가 놓아서 나는 못 들어가."

말하면서 미사코는 복잡한 수치심을 느꼈다. 남편의 방에 들어가지 못하는 아내를 아내라고 해도 되는 건가.

"손잡이……. 어떻게 잠그는 타입이야?"

"손잡이 한복판의 단추를 누르면 잠기는 타입이야."

"아, 그거." 유사쿠는 끄덕였다.

"그거라면 간단히 열 수 있을지도 몰라."

"어떻게?"

"이걸 바깥쪽 손잡이라고 쳐."

유사쿠는 자기 왼손 주먹을 앞으로 내밀었다. 그리고 그걸 오른손 바닥 옆구리로 몇 번 쳤다.

"이렇게 뭔가 딱딱한 것으로 몇 번 세게 쳐. 그런 유의 열쇠라면 충격으로 열릴 때가 많아."

"정말? 그럼 다음에 해 볼까나."

"부탁해."

"응……."

미사코는 입술을 깨물고 결의를 다짐했다. 이미 그전으로 돌아갈 수는 없다고 생각했다.

"그 자료에 무슨 표시 같은 거 있을까."

"아, 낡고 두꺼운 것이 특징이야. 그리고 제목 일부를 알아.

전뇌라는 말이 있어."

"전뇌?"

"전기할 때 전과 두뇌 할 때 뇌야."

아아, 하고 미사코는 끄덕인 뒤, "또 '뇌'가 나왔네."라고 했다.

"그래, 또 뇌네."라고 유사쿠도 말했다.

비밀 회담을 마치자 그는 바로 일어섰다. 아직 일이 남아 있다고 했다.

"자료를 손에 넣으면 연락 주겠니."

"응, 연락할게."

유사쿠가 현관에서 신발을 신고 있을 때, 아무런 기척도 없이 문이 열렸다. 미사코는 엉겁결에 숨을 삼켰다. 아키히코가 들어온 것이다.

"여보……."

"우류."

두 사람이 동시에 말했다. 아키히코는 "이런, 뭐야, 뭐야." 하면서 들어왔다.

"오늘은 무슨 사정 청취야."

"이것저것 확인하고 싶은 게 있어서."

"흐음. 너희 형사들은 좋아하지, 확인이란 말을."

가볍게 말한 뒤 아키히코는 미사코를 보았다.

"전에 말한 동창이야. 직접 들었을라나."

"들었어요." 하고 미사코는 대답했다.

유사쿠는 아키히코의 옆을 빠져나가 미사코에게 머리를 숙였다.

"그럼 이만. 감사했습니다."

"잠깐만. 묻고 싶은 게 있어."

아키히코가 그를 붙들었다.

"히로마사 말이야. 솔직히 어떤 상황이냐."

그의 진지한 시선에 압도된 듯이 유사쿠는 눈을 깜박거렸다. 그리고 대답했다.

"반반이야."

"반반······. 그렇군."

"그럼 이만."

유사쿠는 나가려고 하다가 생각을 고쳐먹었는지 돌아보더니 아키히코에게 말했다.

"좋은 사람을 아내로 맞아서 행복하겠다."

그 순간, 아키히코의 몸이 움찔 뒤로 밀려나는 것 같았다. 그리고 유사쿠는 마지막으로 한 번 더 머리를 숙인 뒤 떠났다.

5

야마가미 고조의 집은 언덕길이 많은 주택가에 있었다. 도로는 깨끗하게 포장되어 있지만, 교통량은 많지 않았다. 살기는 좋을지 몰라도 역에서 먼 데다 택시 잡기가 어려워서 유사쿠처럼 버스를 놓치면 땀이 날 정도로 걸어야 했다.

야마가미 고조, 우에하라 병원에서 가르쳐 준 이름이다. 우에하라 마사나리와 친했다고 한다.

간신히 야마가미 가에 도착했다. 걸어오다 벗어 든 웃옷을 다시 입은 뒤 현관 초인종을 눌렀다. 화초가 무성한 고풍스러운 주택이었다.

현관에 나온 사람은 얼굴이 갸름하고 품위 있어 보이는 부인이었다. 이미 전화로 약속을 해 두었다. 유사쿠가 자기소개를 하자 상냥하게 집으로 들여보내 주었다.

"번거로운 부탁을 해서 죄송합니다." 유사쿠가 미안해하면서 말하자, 부인은 빙그레 웃으며 고개를 저었다.

"형사님이 전화를 주신 뒤로 남편은 줄곧 설레고 있답니다. 옛날이야기를 할 수 있어서 너무 기쁜가 봐요."

"그렇다면 다행입니다만."

뒤뜰에 면한 복도를 조금 걸어가서 부인이 두 번째 방 앞에 멈추더니 창호지 너머로 불렀다.

"들어오시라고 해." 하고 쾌활한 목소리가 들렸다.

"실례합니다."

"여어, 어서 오세요, 어서 와."

야마가미 고조는 지식인 청년이 그대로 늙은 듯한 노인이었다. 금테 안경을 끼고 숱 적은 흰머리를 올백으로 넘겼다.

명함을 꺼내 새삼스럽게 자기소개를 한 뒤, 유사쿠는 좌탁 위를 보았다. 앨범과 오래된 일지 같은 것이 펼쳐져 있었다.

"우에하라에 관해 듣고 싶은 것이 있다고 해서 서랍에서 꺼내놓았습니다. 최근에는 생각나는 일도 별로 없지만, 이렇게 보고 있으니 역시 그립네요."

"우에하라 씨와는 동창이십니까?"

"줄곧 같이 지냈죠." 야마가미 노인은 눈을 가늘게 뜨고 말했다.

"같이 의사를 꿈꾸었던 동료였어요. 나하고는 역량이 달랐습니다만. 그 친구는 의학을 연구하기 위해 태어난 것 같은 남자였죠. 원래 집안이 의사여서 병원을 물려받기로 되어 있었고. 은사들도 주목하고 있었죠."

노인은 오래된 앨범을 유사쿠 쪽으로 돌리더니 왼쪽 페이지 제일 끝에 있는 흑백 사진을 가리켰다. 누렇게 바랜 페이지 속에 흰색 가운을 입은 두 청년이 찍혀 있었다.

"이쪽이 나고 이쪽이 우에하라지요."

왼쪽이 야마가미 노인 같다. 유사쿠는 듣고 보니 동일인물 같다고 생각했다. 유사쿠의 마음을 알아차린 듯이 노인은 웃었다.

"60년 가까운 옛날이니까요."

벌어진 입 속의 치아는 의외일 정도로 희다. 아마 틀니일 것이다.

"실은 오늘 찾아뵌 것은 그렇게 옛날 일은 아닙니다."

유사쿠는 본론으로 들어가기로 했다.

"한 30년 전 이야깁니다. 우에하라 씨가 한때, 우류공업이라는 회사 진료소에 나가신 것 아십니까?"

"우류공업."

노인은 한 글자 한 글자를 음미하듯이 되풀이한 뒤, "그 회사 진료소에 다녔던 거 말이군요."라고 했다.

"그렇습니다. 저도 자세히는 모르지만."

흠, 하고 야마가미 노인은 팔짱을 꼈다.

"그런 얘기를 들은 적은 있습니다. 그러나 나도 자세히는 몰라요. 훗날 무슨 얘기를 하다가 들었죠."

"그 당시에는 별로 교류가 없으셨습니까?"

"아뇨, 그렇지도 않았습니다." 야마가미는 눈을 끔벅거리더니, "나도 바빠서 상대방 일에 관심을 가질 정도의 여유가 없었어요. 다만 그 얘기를 들었을 때, 훌륭한 병원을 갖고 있으면서 왜 그런 일을 해야 하는가 물었던 기억은 나네요. 그러자 그 녀석은 병원에서는 할 수 없는 일도 많다고 하더군요."

"병원에서는 할 수 없는 일도 많다……라고요."

병원에서는 할 수 없고, 일개 기업 진료소에서는 할 수 있는 일이 뭐가 있었을까. 유사쿠는 의문을 느꼈다.

"그러고 보니 그 후군요. 병원 리모델링에 간 게. 그전까지의 목조 건물에서 훌륭한 벽돌 건물로 바뀌었죠."

지금 떠올랐다는 듯이 야마가미 노인은 비스듬하게 위를 보면서 중얼거렸다.

"아, 그렇지. 확실히 그랬어요. 앞으로는 병원 쪽에 힘을 쓸 거라고 했어요. 그때까지는 환자 치료보다 연구 쪽에 집착하고 있었기 때문에."

"어떤 연구였습니까?"

"뇌신경이죠."

노인은 시원스럽게 말하고 자기 머리를 가리켰다.

"인간의 감정이라든가 생리라든가 그런 것을 뇌의 신호 계통에서 분석하려고 했습니다. 필생의 연구였죠. 그러나 불행하게도 시대의 혜택을 받지 못했어요. 너무 일찍 태어난 거죠. 요즘 같으면 좋았을 텐데. 형사님은 인간에게는 우뇌와 좌뇌가 있다는 것은 아십니까?"

"알고 있습니다, 그 정도는."

유사쿠의 답에 노인은 끄덕였다.

"그럼 분리 뇌환자라는 건요? 우뇌와 좌뇌가 분리된 환자를 말합니다만."

"모릅니다. 그런 사람이 있습니까?"

유사쿠는 놀라서 물었다.

"중증 뇌전증 환자 치료법으로 좌우 뇌를 잇는 뇌량을 절단하는 수술이 있죠. 그런 사람들을 분리 뇌 환자라고 합니다. 이 사람들은 평소에는 보통 사람과 다름없는 생활을 합니다. 그렇다면, 수술할 때 자른 그 뇌량은 왜 머리에 존재하는 걸까요. 그래서 이 사람들을 대상으로 다양한 실험을 했습니다. 그 결과 우뇌와 좌뇌에 다른 의식이 존재하는 게 아닐까 생각하게 된 거죠."

"정말입니까? 그런 건 몰랐습니다."

유사쿠는 자기 머리에 손을 댔다.

"평범한 사람이 이런 걸 알아봐야 아무 도움도 되지 않죠. 뭐 그건 어쨌건 이런 학설이 나온 것은 20년 남짓한 일입니다. 상당히 반향이 컸죠. 그러나 실은 우에하라는 학생 때부터 이미 이런 가설을 세우고 있었습니다. 유감스럽게 실험 장소 혜택을 받지 못했지만."

"우에하라 씨의 연구 성과로는 어떤 게 있습니까?"

유사쿠가 이렇게 물은 것은 좀 생각난 게 있어서였다.

야마가미 노인은 조그맣게 신음했다.

"아까도 말했지만, 시대의 혜택을 받지 못해서요. 괄목할 만한 연구 성과는 기억에 없습니다. 물론 좋은 일은 했죠. 실험용 흰쥐 머리에 전극을 심어서 전기자극과 반응 관계를 조사했습니다만……."

그러다 그는 무릎을 쳤다. "차라리 요양소에 있던 시절이 재미있는 일이 많았다고 말한 적이 있어요. 거긴 여러 환자가 있었으니까."

"요양소?"

"국립 스와요양소 말입니다. 1941년에 생겼죠. 머리를 다친 사람만 대상으로 하는 요양소. 전문 의료를 실시하고 직업훈련을 하기도 했습니다. 설립과 동시에 우에하라에게도 근무 명령이 내려서 몇 년 정도 그곳에서 일했어요."

"그곳은 환자 치료가 목적이잖습니까? 연구라는 건 좀⋯⋯."

유사쿠가 말하자 야마가미는 웃으면서 고개를 저었다.

"그런데 그런 게 아닙니다. 전쟁이란 평소에는 상상조차 할 수 없는 상태의 환자를 만들어내는 특징이 있잖소. 머리를 다쳤다고 해도 환자 상태는 천차만별, 오랜 세월 뇌외과 의료에 몸담았던 사람에게도 처음인 일 연속입니다. 우에하라는 내게 보낸 편지에서 연구 대상의 보물단지라고 썼죠."

과연, 하고 유사쿠는 끄덕였다. 그럴지도 모른다.

"그래서 그 결과로 큰 성과라도 있었습니까?"

"크고 작고는 둘째 치고 여러모로 공부가 되었다고 했습니다. 인간의 생명이 얼마나 위대한지 새삼 깨달았다는 감상을 말하기도 했죠. 머리에 총을 맞고도 죽지 않고 살아난 환자를 매일 보니까요. 그리고 그런 환자가 나타내는 특이한 반응과 증세는 뇌의 기능을 해명하는 데 크게 도움이 됐다고 했습니다."

거기까지 이야기한 뒤, "아, 그렇지." 하고 그는 좌탁 위의 자료 속에서 봉투를 집어 들었다. 그리고 그 속의 편지지를 꺼내더니 유사쿠 앞에서 펼쳤다. 검은색 만년필로 쓴 달필이 흐르고 있었다.

"여기 쓰여 있죠. '그런데 요전의 환자에 관해 더 흥미로운 사실이 밝혀졌다. 전기 자극이 의외의 효과를 초래한 거야. 여기에 관해서는 좀 더 조사할 필요가 있지만, 어쩌면 획기적인 발견이 될지도 몰라.'라고. 이게 우에하라가 스와요양소에서 내게 보낸 마지막 편지입니다. 이후 종전이 되어 서로 편지 같은 건 하지 않았어요."

"이 획기적인 발견은 그 후 어떻게 됐을까요?"

편지에서 노인에게로 시선을 옮긴 유사쿠가 물었다.

"일단 발표는 한 것 같습니다만, 거의 주목받지 못하고 끝났어요. 그 시절은 그런 일이 많았죠. 나도 그 논문을 봤지만, 데이터도 부족하고, 설득력이 부족하다는 인상을 받았어요. 내용은 거의 기억하지 못합니다만. 지금 보니 대단한 연구였다고 할 수는 없을지도 모르겠군요."

야마가미 노인은 약간 수줍게 말했다.

유사쿠는 우에하라 마사나리와 우류공업 창시자인 우류 가즈아키와의 관계를 물어보았다. 노인은 눈을 동그랗게 떴다.

"전연 모르겠는데요. 분야도 다르고."

"그렇습니까. 그럴지도 모르겠군요."

노인의 옛날이야기를 조금 더 듣다가, 유사쿠는 야마가미 가를 나왔다. 가파른 언덕길을 내려가는 도중에 딱 한 번 고풍스러운 저택을 돌아보았다.

'분야……라.'

노인의 말을 떠올렸다. 확실히 그럴지도 모르지만…….

'그러나 그렇게 생각하지 않는 사람이 있지 않을까.'

어떤 가설이 유사쿠의 머릿속에서 모양을 만들기 시작했다.

6

야마가미 노인의 집에서 서둘러 돌아왔지만 시마즈 경찰서에 도착하니 이미 점심시간이 지났다. 감기 기운이 있어서 병원에 들렀다 가겠습니다, 하고 아침에 전화로 연락해 두었다.

이런 전화를 걸기 쉬웠던 이유에는 요즘 수사가 정체된 상태인 것도 있다. 히로마사를 체포한 지 4일, 아직 그의 자백을 부정하지도 긍정하지도 못하고 있다.

수사관들은 노골적으로 불만스러운 것 같았다. 가장 유력한 용의자를 붙잡아 놓고 철저하게 취조해서 자백하게 만들지 못하느냐는 불만이다. 표현을 바꾸자면, 자백을 강요하라는 것이다. 실제로 지금까지라면 이런 국면에서는 그런 수단을 취하는 일이 적지 않았다.

그러나 그럴 수 없는 사정이 있었다. 상대는 우류 가 아들이다. 만일 히로마사의 자백이 사실인 경우를 걱정하고 있다. UR 전산이 지역에 미치는 영향력이 엄청나다. 그래서 요즘 수사본부는 무겁고 답답한 공기에 감싸여 있었다.

그런데 이날……

경찰서 현관에서 들어와 계단을 올라갔을 때, 평소와 분위기가 달랐다. 술렁거리는 소리가 들려오는 건 마찬가지지만, 그

속에 긴장감이 느껴졌다. 정체된 공기가 슬며시 움직이기 시작한 것 같다.

유사쿠가 회의실 앞까지 오자, 안에서 형사 두 사람이 기세 좋게 뛰어나오다 한 사람이 그의 어깨를 쳤다. "미안."이라고만 하고 그 형사는 또 뛰어갔다.

회의 책상에서는 니시가타 경감 등이 모여 있었다. 유사쿠의 얼굴을 보자 "감기는 어때?" 하고 니시가타가 말을 걸어왔다. 괜찮습니다, 죄송합니다, 하고 유사쿠는 사과했다.

그리로 오다가 다가오더니, "임원 출근했네." 하고 빈정거렸다.

"신센지 절 탐문이야. 몸이 좋지 않으면 같이 가지 않아도 되겠지만."

오다가 웃옷에 팔을 끼우면서 말했다.

"신센지 절요? 뭔가 알게 됐습니까?"

"투서가 들어왔어. 오늘 아침 일찍."

"투서? 어떤 투서입니까?"

"같이 가 준다면 가는 길에 얘기해주지."

"같이 가죠, 물론."

유사쿠는 오다와 어깨를 나란히 하고 회의실을 나왔다.

오다의 얘기에 따르면 투서는 시마즈 경찰서장 앞으로 속달로 왔다고 한다. 시중에서 파는 갈색 봉투에 하얀 편지지, 검은색 볼펜으로 썼다. 복사한 편지를 오다가 갖고 있었는데, 상당히 각진 글씨였다.

"각이 질 만도 하지. 잘 살펴보면 자를 대고 쓴 흔적이 있어. 필체를 감추기 위해서지."

신센지 절에 가는 버스를 기다리면서 오다가 말했다.

투서에는 다음과 같이 쓰여 있었다.

연일 수사에 전념하시느라 고생이 많으십니다. UR전산 대표이사님 살해사건에 관해 꼭 알려드리고 싶은 것이 있어서 펜을 들었습니다.

그날(사건이 있던 날입니다) 낮, 12시 반경이었을까요. 저는 신센지 절 묘지에 갔었는데요.

그곳에서 이상한 것을 발견했습니다. 묘지 담장 밖을 걷고 있는데, 삼나무 그늘에 검은색 비닐봉지가 놓여 있는 겁니다. 그루가 굵고, 허리께에서 양 갈래로 갈라진 굵은 삼나무였습니다. 처음에는 누군가가 쓰레기를 버린 건가 했습니다만, 그렇게 보이진 않았습니다. 그래서 안을 들여다보았더니 활 같은 것이 들어 있었습니다. 크기는 50센티미터 정도였을까요. 그림책에 나오는 사냥꾼이 사용할 법한 서양식 활이었습니다.

뭐지, 대체 누가 이런 데 두고 간 거지 생각하면서, 저는 비닐봉지를 원래대로 돌려놓고 그 자리를 떠났습니다.

그리고 그날 밤 텔레비전에서 사건을 알게 되었습니다. 화살에 맞아서 살해당했다는 말을 듣고 무릎이 덜덜 떨릴 정도로 무서웠습니다. 그때 제가 본 활이 바로 흉기였던 겁니다.

　저는 제가 본 것을 한시라도 빨리 경찰에 알리는 편이 좋지 않을까 생각했습니다. 그것이 수사에 도움이 될지도 모르니까요. 그러나 저는 도저히 그럴 수 없는 사정이 있었습니다. 그날 그 장소에 제가 있었다는 것을 비밀로 해야 했기 때문입니다. 그렇다고 무슨 범죄에 관련됐다는 의미는 아닙니다. 좀 더 자세히 말하자면 그날 행동을 남편에게만은 알리고 싶지 않아서입니다. 전날 밤부터 아침까지 남편이 아닌 남성과 있다가 돌아가던 길이었거든요.

　그래서 저는 지금까지 잠자코 있었습니다. 게다가 제 증언이 딱히 도움이 될 것도 없을 것 같았어요.

　저를 다시 망설이게 한 것은 우류 히로마사 씨가 잡혔다는 얘기였습니다. 경찰은 활을 사용하지 않고 범행을 했다고 생각하는가 보더군요. 제가 사실을 얘기하지 않으면 죄가 없는 사람이 고통받을 것 같았습니다.

　그래서 생각 끝에 이런 방법을 떠올렸습니다. 부디 제 이야기를 믿어 주세요. 그리고 저를 찾거나 하지 말아 주세요. 부탁합니다.

　빈틈없는 문장이었다. 글의 느낌으로는 어느 정도 나이가 있는 여성이라는 인상이지만, 그대로 믿을 수 없다.

　"당연히 보낸 사람 이름은 없었겠군요."

　유사쿠는 복사 용지를 되돌려 주면서 물었다.

　"야마다 하나코라고 되어 있지만, 가명이겠지. 주소도 엉터리였어."

그때 버스가 왔다. 올라타서 제일 뒷자리에 나란히 앉았다.

"순수하게 받아들이면 여성이군요."

"게다가 바람피우는 여자. 남자와 만나서 아침에 귀가하는 도중에 신센지 절을 지나가는 설정 같군. 창작이라면 훌륭해. 왜 투서라는 방법을 썼는가 하는 의문에도 답을 하고."

"창작일까요."

"나는 그렇게 생각해. 정말로 그런 여자라면 되레 사정을 감출 거야. 게다가 남자 말투로 썼겠지."

동감이었다. 여자처럼 쓴 문장 속에 남자의 계산이 보이는 것 같았다.

"단, 내용이 전부 거짓이라고는 생각할 수 없지만." 오다가 말했다.

네? 하고 유사쿠는 오다의 얼굴을 보았다. 그러자 오다는 헛기침을 한 뒤 말했다.

"일단 신센지 절 부근의 여관이나 호텔을 다 뒤져 보라는 지시야. 투서가 사실이라면 그런 곳의 손님이었을 가능성이 높아."

그러나 이 탐색은 예상대로 수확을 얻을 수 없었다. 그럴듯한 여관이나 호텔은 몇 군데 있었지만, 숙박자 명단은 믿을 수 없는 게 보통이다. 종업원도 만나 보았지만, 도움이 될 얘기는 듣지 못했다.

두 사람은 저녁 무렵까지 걸어 다니다 수사본부로 돌아왔다.

"일단 그럴듯한 손님 이름과 주소를 적어 오긴 했지만, 아마 거의 다 가명일 겁니다."

오다의 보고를 받은 니시가타는 예상대로라는 얼굴을 했다.

"야마다 하나코라는 가명은 없었나?"

"없었습니다. 유감스럽게."

"그런가. 뭐, 투서자의 말대로라면 사람들 눈을 속이며 만날 테니."

수고했네, 하고 니시가타는 덧붙였다.

다른 형사들도 돌아왔다. 택시 회사를 뒤졌다고 한다. 당일 아침, 투서자가 도보로 신센지 절에 갔다고 단정할 수는 없다. 어디선가 차를 타고 왔을 수도 있다. 그러나 그들도 이렇다 할 수확을 얻지 못한 것 같았다.

"만약 이 투서자가 여기 쓴 것처럼 여성이 아니라고 칩시다. 그러면 누굴까요. 사건 관계자일까요."

와타나베 경위가 니시가타에게 의견을 청했다.

"당연히 그런 가능성도 생각할 수 있겠지. 우류 히로마사를 구하기 위해 이런 방법을 썼을 수도 있지. 범행 전에 석궁을 감춰 두었다면 히로마사에게는 알리바이가 생기는 게 되니까."

"그렇다면 우류 가 사람?"

"우류 가와 관계 깊은 사람이라면 히로마사를 구하려고 보냈을지도 모르겠지."

"만약에요." 오다가 거들었다.

294

"이 투서가 관계자가 보낸 것이고, 단순히 히로마사를 구하려는 목적뿐이라면 여기에 쓰여 있는 것은 전부 엉터리인 걸까요. 현장에서 석궁을 봤다는 증언도요."

"문제는 그거야."

니시가타는 중요함을 강조하듯이 의자에 깊숙이 고쳐 앉았다.

"현 단계에서는 이 투서자가 어떤 사람인가를 단정할 수 없다. 그러나 말이야, 이 투서 중에 확실하게 진실을 얘기하는 부분이 있어. 그건 석궁이 감춰져 있었던 상황 묘사야. 먼저 나무에 관해, 그루가 굵고 허리께에서 양 갈래로 갈라진 삼나무라는 식으로 아주 자세히 설명했지. 히로마사가 용의자로 떠올라서 그냥 넘어갔지만, 실제로 그 부근에서는 구두 자국이 발견됐다. 또 석궁이 검은색 비닐봉지에 들어 있었던 점. 다음 날 발견됐을 때, 정말로 그런 봉지에 들어 있었어. 이 사실은 신문에도 공개하지 않은 거야."

니시가타의 말에 한동안 아무도 입을 열지 않았다. 투서자가 여기까지 썼다는 것은 실제로 목격했다고밖에 생각할 수 없다.

"만약 정말로 우연히 석궁이 있는 걸 목격했다면 이 투서자는 역시 사건과 무관한 사람이라고 생각하지만."

와타나베 경위가 입을 열었다.

"사건 관계자가 마침 그곳에 있었다고 생각하긴 어려울까요."

타당한 의견이라고 유사쿠도 생각했다. 하지만 니시가타는 말했다.

"그렇지, 그렇게 생각하긴 어려워. 그러니까 이 투서자는 단순히 히로마사를 도우려고 할 뿐인 사람이 아니라, 뭔가의 형태로 범행에 관련 있는 사람, 혹은 진상을 아는 사람이 아닐까 해."

술렁임이 일었다. 엉겁결에 의자에서 일어선 사람도 있었다.

"진짜 범인을 알고 있고, 그걸 숨기는 사람이 있다는 겁니까."

와타나베가 흥분의 빛을 보였다.

"그렇게 놀랄 것도 없잖아."

부하들과는 대조적으로 니시가타는 차분한 태도로 말했다.

"이번 사건은 아주 좁은 범위에서 일어났다. 용의자로 이름이 올라오는 것도 피해자 가족이나 거기에 가까운 사람뿐이야. 진상을 아는 사람이 있어도 이상하지 않아. 아니, 오히려 의도적으로 범인을 숨기려고 하는 사람이 있어서 이렇게 애를 먹고 있다고 생각한다."

수사관 중에 한숨을 쉬는 사람이 몇 명인가 있었다. 지금 막 니시가타가 한 말이 뭔지 모르게 공감이 가는 사람들일 것이다.

"그렇다면." 하고 와타나베가 말했다.

"투서자가 어떤 사람이건 투서한 내용은 사실이란 말입니까?"

"그럴 가능성이 높아."

경감의 말에 아까와는 다른 한숨이 들렸다. 이제야 끝이 보이기 시작했는데, 다시 원점으로 돌아오게 된 것이다.

"만약에 이 내용이 사실이라면."

오다가 일어서서 회의 책상 한복판에 놓여 있던 복사한 투서를 들었다.

"왜 범인은 그런 짓을 했을까요."

"그건 알 것 같은걸. 우류 가에서 석궁을 반출한 뒤, 범행 때까지 시간이 있잖아. 그동안 갖고 있다가 누군가에게 들키면 곤란하지. 그리고 범행하러 가는 데 그렇게 큰 물건을 들고 나갈 수는 없을 거야. 미리 현장에 감춰 두는 게 정답이지."

니시가타의 설명에 반대 의견은 나오지 않았다.

"그런데 이 투서 내용에서 범인이 석궁을 반출한 시각을 추정할 수 없을까."

"소노코의 진술에 따르면." 하고 와타나베 경위가 말했다.

"소노코는 학교를 조퇴해서 아무한테도 눈에 띄지 않도록 서재로 숨어들었습니다. 그게 대충 11시 30분경이라고 합니다. 그리고 그때 이미 석궁은 없어졌다고 했습니다."

"음. 그러나 없어졌다고 해서 반출한 뒤라고 할 수는 없지."

"그렇습니다. 그래서 투서 말입니다만, 12시 반에는 석궁이 숨겨져 있었다고 하니, 이동 시간을 15분이나 20분으로 보면 12시 지나서는 우류 가를 나왔다는 게 됩니다."

"12시 지나선가." 니시가타는 과장되게 넌덜머리난다는 표정을 지어 보였다.

"그럼 손님 대부분이 해당하겠네."

"아뇨, 그걸 노린 건지도 모릅니다." 유사쿠가 발언했다.

"투서자가 노린 건 히로마사를 석방시키는 것이지, 범인 체포를 돕는 게 아닙니다. 그러니까 석궁을 감춰 둔 것은 사실일지도 모르지만, 그걸 본 시각은 의심할 여지가 있습니다."

"확실히 그렇군."

니시가타가 힘이 담긴 목소리로 동의했다.

"용의자를 좁히지 못하도록 12시 30분이니 하는 시각을 썼을 수도 있겠네. 사실은 더 이른 시간에 봤을지도 몰라."

"시간 문제를 확실하게 했으면 좋겠군요." 하고 와타나베도 말했다.

"그날, 신센지 절이나 묘지를 찾은 사람을 조사해 보자. 어쩌면 검은색 비닐봉지를 본 사람이 있을지도 몰라."

히로마사의 용의가 옅어진 지금, 사건 해결에 얼마 안 되는 단서라고 느꼈는지 니시가타의 목소리에는 비장함조차 감돌았다.

7

미사코는 아키히코가 나가는 것을 확인하고, 현관문을 잠갔다. 그리고 주방으로 가서 조리기구가 든 서랍을 열었다.

'뭔가로 쳐야 한다고 했는데 이런 것으로 될까.'

미사코가 손에 든 것은 식칼이었다. 그 이외에 적당한 것이 눈에 띄지 않았다.

식칼을 들고 계단을 올라갔다. 아무래도 꺼림칙해서 무의식적으로 발소리를 죽였다.

아키히코의 방은 여전히 잠겨 있었다. 거의 습관이 되어 의식하지 않았지만, 역시 이런 데에 부부관계를 일그러뜨리는 원인이 있었다.

미사코는 유사쿠가 가르쳐 준 대로 칼등으로 조심조심 손잡이를 두들겨 보았다. 그리고 돌렸다. 손잡이는 꼼짝도 하지 않았다.

조금 과감하게 쳐 보았다. 큰 소리가 나서 움찔했지만, 문은 열리지 않았다.

'역시 안 되는 건가. 유사쿠 씨도 열릴 수가 있다고만 했는데⋯⋯.'

한 번 더 쳐 보았다. 손잡이에 요철 자국이 났지만, 변화는 없었다.

미사코는 식칼을 바라보며 한숨을 쉬었다. 늘 이렇다고 생각했다. 아키히코가 설치한 방어벽을 한 번도 부순 적이 없다.

미사코는 포기하고 계단을 내려가서 주방에 들어가, 그릇장 아래 서랍에서 노트를 꺼냈다. 유사쿠가 맡긴 노트다.

뇌외과 괴사 사건 수사기록.

자신의 마음을 이해해 주길 바란다. 유사쿠는 그렇게 말했다. 이번 사건을 포함하여 그가 직면한 이런저런 수수께끼가 이 노트에 적힌 일에서부터 출발한다고 했다.

미사코는 처음부터 읽어나갔다. 전에 유사쿠에게 개요는 들었지만, 자세히는 모른다. 무대가 된 우에하라 뇌신경외과는 미사코의 아버지가 입원한 병원이다. 또 그녀가 유사쿠와 처음 만난 곳이기도 하다. 그런 만큼 친숙한 이야기이기도 했다.

읽어 나가는 동안, 왜 유사쿠가 의문을 품었는지도 이해할 수 있을 것 같았다. 히노 사나에라는 여성의 죽음은 너무나 이상했다.

유사쿠에게 들은 대로 수사는 갑자기 어영부영 끝났다. 끊겼다고 하는 표현이 적절할지도 모른다. 그리고 수사기록의 마지막 문장은 다음과 같았다.

'모월 모일 히노 사나에의 묘를 참배하다. 유사쿠를 데리고 갔다. 그녀의 묘라고 가르쳐 주니 작은 손을 모으고 무엇인가 열심히 기도했다.'

미사코는 어린 유사쿠를 상상했다. 좋아했던 사나에라는 여성의 죽음이 어린 마음에 얼마나 충격을 주었을까.

노트 후반에는 그때까지와는 다른 필체의 글이 몇 편 있었다. 아마 유사쿠가 쓴 것이리라. 그중에는 '우류 가를 조사하는 것이 먼저'라는 글씨도 보였다.

'우류 가를…… 말인가.'

그렇다고 생각했다. 이 집의 수수께끼를 밝히지 않으면 조금도 앞으로 나아갈 수 없다.

미사코의 마음속에서 새로운 의욕이 끓어올랐다. 더는 뒤로 물러나고 싶지 않았다.

미사코는 주방에서 나와서 기세 좋게 계단을 뛰어올라갔다. 그리고 그대로 망설임 없이 식칼을 내리쳤다. 힘이 너무 들어가서 문손잡이가 아니라 레치 쪽에 명중했다. 탁하고 뭔가가 벗겨지는 소리가 났다.

미사코는 손잡이를 잡고 천천히 힘을 주었다. 그것은 그녀의 기백에 졌다는 듯이 순순히 돌아갔다.

아키히코 방에 혼자 들어가는 것은 처음이었다. 평소에는 그가 옆에 붙어 서서 그녀가 만져도 되는 것과 그렇지 않은 것을 지시했다. 오늘은 그런 제한이 없다.

방은 네 평 남짓한 서양식 방이었다. 책상이나 책장, 컴퓨터 책상 등이 벽 쪽에 나란히 있다. 미사코가 청소를 한 적이 없지만, 깨끗하게 정돈되어 있고 먼지가 쌓인 곳도 없었다.

미사코는 먼저 책장부터 뒤졌다. 단순한 책장과 유리문이 달린 책장이 있다. 책장 아래쪽은 서랍이었다.

하나하나 조사하다 보니 지금까지 몰랐던 아키히코가 약간 명확해지는 것 같았다. 이를테면 책장 제일 끝에 가부키 책이 있는데, 그에게 그런 취미가 있다는 것도 처음 알았다.

만진 것을 눈치채지 못하도록 조심하면서 미사코는 살펴 나갔다. 모든 것이 신선한 느낌이 든다. 더 빨리 이 방에 들어오고 싶었지만, 아키히코가 허락해 주지 않았다.

족히 한 시간쯤 뒤졌지만, 유사쿠가 말하는 오래되고 두꺼운 파일 같은 것은 보이지 않았다. 그리 넓지도 않은 방이어서 숨길 장소도 뻔할 텐데 말이다. 며칠 전 밤중에 그가 톱질하는 소리가 났지만, 바닥이나 벽에 비밀의 장소를 만든 흔적도 없다.

'이미 어딘가로 옮겼으려나.'

그렇게 생각할 수도 있는 일이었다. 아키히코는 평소 학교에 있는 시간이 더 길다. 귀중품이라면 학교 책상 서랍에 넣어 둘지도 모른다.

한 번 더 방 안을 둘러보았다. 마음에 걸리는 것은 역시 며칠 전 들은 톱질 소리다.

'톱을 사용한 걸 보면, 나무 부분일 텐데…….'

문득 생각나는 게 있었다. 책장을 다시 바라보았다. 아키히코가 전문서를 넣기 위해서라며 산 것이었다. 결혼 직전, 나란히 가구점에 가서 미사코가 골랐다.

제일 아래 서랍을 열었다. 안에 들어 있는 것은 편지지나 봉투 등이다. 워드프로세스 용지도 조금 들어 있다.

미사코는 그걸 더 당겨서 상자째로 꺼냈다. 그리고 뻥 뚫린 서랍 입구 속을 보았다.

아무 이상도 없다. 미사코는 손을 넣어 위아래 나무판을 탁탁 두드려 보았다. 딱히 다른 점은 없다.

마찬가지로 옆 서랍을 뺐다. 그리고 똑같이 해 보았다.

아래쪽 나무판을 두드렸을 때, 차이를 깨달았다. 고정되지 않은 듯한 소리가 났다.

미사코는 아래 나무판에 손을 얹고 좌우로 움직여 보았다. 나무판은 조금 삐걱거리면서 옆으로 밀렸다.

'생각했던 대로야.'

며칠 전 아키히코는 이 장치를 만든 것이다.

나무판을 열자 미사코는 안으로 손을 찔러 넣었다. 닿는 것이 있다. 책이다. 아니, 유사쿠가 말한 파일이 분명하다. 심장이 쿵쿵 뛰었다.

두꺼워서 힘이 약한 미사코가 꺼내기에 좀 어려운 물건이었다. 게다가 서랍 입구는 좁아서 양손을 넣을 만한 공간이 없다.

젖 먹던 힘을 다해 질질 끌어내듯이 꺼냈다. 몇백 장은 족히 될 법한 검은색 표지의 자료철이었다. 미사코는 표지에 붙은 제목을 보았다.

전뇌식 심동조작방법 연구.

중후한 글씨로 쓰여 있다. 펜글씨지만, 상당히 바랬다.

"전뇌식 심동조작방법 연구?"

입으로 소리 내어 읽어 보았지만, 무슨 소린지 알 수 없었다. 그저 그녀의 눈에 들어온 것은 '전뇌'라는 글씨였다. 유사쿠에게 들은 대로다.

'스가이 씨는 이걸 손에 넣으려고 했던 걸까.'

미사코는 가슴의 고동을 느끼면서 표지에 손을 댔다. 그리고 막 넘기려고 할 때였다.

"손 떼."

등 뒤에서 소리가 났다.

미사코는 작게 비명을 지르며 돌아보았다. 아키히코가 지금까지 본 적도 없는 무서운 얼굴로 서 있었다.

"당신⋯⋯. 어떻게?"

"손 떼. 거기에서 떨어져."

차가운 목소리로 그는 말했다. 하지만 미사코는 파일을 품에 안았다.

"부탁이에요, 여보. 나한테 사실을 얘기해 줘요. 이 파일은 뭐예요? 왜 스가이 씨는 이걸 원했던 거예요? 왜 이 존재를 비밀로 해야 하는 거죠?"

"당신은 몰라도 되는 일이야. 자, 빨리 이리 내놔."

아키히코가 손을 내밀었지만, 미사코는 파일을 안은 팔에 힘을 주었다. 이 기회를 놓치면 영원히 진상을 알 수 없다고 생각했다.

아키히코가 한 걸음 다가섰다. 하지만 그때 그의 눈이 바닥 한 곳에 머물렀다.

"뭐야, 이건?"

그가 주워 든 것은 유사쿠에게 받은 노트였다. 아까 올라올 때 이 방까지 들고 와 버린 것이다.

"앗, 그건⋯⋯."

그녀가 소리를 냈지만, 아키히코는 무시하고 안을 펼쳤다. 그의 얼굴에서 점점 핏기가 가시는 게 느껴졌다.

"와쿠라 고지……. 와쿠라의 아버지가 쓴 거네. 그렇군, 녀석의 아버지가 그 사건 수사를 맡았군."

그리고 그는 미사코를 내려다보았다.

"왜 당신이 이걸 갖고 있어?"

"빌려주었어요."

"빌려줘? 거짓말하지 마. 이렇게 소중한 것을 알지도 못하는 사람한테 빌려줄 리가 없잖아."

"알지도 못하는…… 사람 아니에요."

미사코는 결심했다. 언제까지 감추느니 고백하는 편이 낫다고 생각했다.

"애인이었어요. 당신하고 만나기 훨씬 전의."

비명에 가까운 목소리가 나왔다. 그 소리에 아키히코는 압도당한 것 같다. 그러나 이내 자세를 바로 하고 얼굴을 일그러뜨렸다.

"와쿠라가? 그렇게 말도 안 되는 소리를……."

"정말이에요." 미사코는 단호히 말했다.

"내가 처음 사랑한 사람이에요. 내가 남자 경험이 있었던 건 당신이 제일 잘 알겠죠."

"그 녀석이……."

아키히코는 노트와 미사코의 얼굴을 번갈아가며 보았지만, 이윽고 생각을 정리하듯이 머리를 저었다.

"그랬군. 와쿠라하고 당신이……. 그런 당신을 내가 아내로 맞았군. 말도 안 되는 우연이 있었네."

그는 무언가를 깨달은 듯이 미사코를 응시했다.

"지금까지 둘이서 연락을 주고받은 거야? 나 몰래?"

"그 사람은 당신을 의심하고 있어요. 스가이 씨를 죽인 것은 당신이라고 믿고 있어요. 그리고 왜 당신이 그런 짓을 해야 했는지 그 비밀이 이 낡은 파일에 있다는 것까지 간파하고 있어요."

"범인은 내가 아냐."

"그럼 그날 왜 집에 왔어요?"

"그날?"

"돌아왔잖아요. 뒷문으로 나가는 것, 나 봤어요."

미사코는 아키히코의 뺨이 움찔하는 것을 보았다. 냉혹함이 느껴지는 검은 눈동자가 흔들리는 것 같았다.

살해당하는 게 아닐까, 미사코는 문득 그런 마음이 들었다.

하지만 다음 순간, 아키히코는 평정을 되찾았다. 성큼성큼 미사코에게 다가오더니 강제로 파일을 빼앗았다.

"너무해요. 그럴 거라면 나한테 다 얘기해요."

"당신이 몰라도 되는 일이야."

"알아도 되잖아요. 우린…… 부부잖아요."

자기가 한 말에 미사코는 충격을 받았다. 예고도 없이 눈물이 쏟아져서 뺨을 타고 내렸다.

아키히코도 대답할 말을 찾지 못하는 듯했다. 몇 초쯤 침묵이 흐른 뒤, 그는 말했다.

"모르는 편이 좋아."

"그렇지만……."

"이 노트는." 하고 그는 말했다.

"내가 와쿠라한테 돌려줄게. 당신은 누구한테도 쓸데없는 얘기해선 안 돼."

미사코는 스웨터 자락으로 젖은 얼굴을 닦았다. 눈물은 그쳤지만, 마음속에 커다란 구멍이 뻥 뚫렸다.

"나, 친정에 갈래요."

허탈한 목소리로 말했다. 그리고 다시 잠시 침묵이 이어졌다.

"그것도 괜찮겠네." 아키히코가 대답했다.

8

유사쿠는 새벽 1시 정각에 집에 도착했다. 회의니 뭐니로 귀가가 무척 늦어졌다.

옷을 벗고 속옷 차림으로 늘 깔아 놓고 다니는 이부자리 속에 들어갔다. 이불에서 냄새가 나는 것 같다. 햇빛에 널었던 게 몇 주 전인지.

길게 늘어뜨린 형광등 끈을 당겼다. 지직 하는 소리가 사라지고 어둠에 싸였다. 눈을 감았지만, 잠이 올 것 같지 않았다.

움직이기 시작했군, 하고 유사쿠는 생각했다. 투서 말이다.

애초에 히로마사가 범인이라고는 생각하지 않았다. 이번 사건에는 더 큰 비밀이 숨겨져 있다. 투서를 보낸 것은 아키히코이거나 그와 마찬가지로 그 비밀에 관계하는 인물이 분명하다.

비밀이 무얼까?

머릿속이 멍했지만, 뭔가 감이 잡힐 듯 말 듯했다.

'국립 스와요양소인가.'

야마가미 노인의 얘기가 생각났다. 우에하라 마사나리는 그곳에서 뭔가 획기적인 발견을 한 게 틀림없다. 하지만 기회를 얻지 못하고, 그 발견은 물거품으로 사라지는 운명을 만났다.

'그런데 그 발견을 주목한 사람이 있었던 게 아닐까.'

유사쿠는 우류공업 창시자, 우류 가즈아키를 생각했다. 자세한 건 모르지만, 독창적인 아이디어를 최대의 장점으로 삼아 사업을 성공시킨 인물이다. 그 인물이라면 전혀 분야가 다른 뇌의학이어도 유효하게 살리는 방법을 생각하지 않았을까.

우에하라 박사는 우류공업 사내 진료소에 다녔다고 한다. 엄연하게 병원을 갖고 있는 의사가 말이다. 그 이유도 우에하라는 야마가미 노인에게 얘기했다. 연구를 위해서라고.

'우류 가즈아키는 우에하라 박사의 연구에 눈독을 들였다. 그리고 그걸 더욱 깊이 연구하기 위해 진료소라는 은신처를 사용한 게 아닐까.'

하지만 그 연구는 무슨 이유인가로 영구히 비밀에 부치게끔 되었다. 그래서 연구 결과나 자료는 우류 가에서 극비로 관리했다.

그것이 문제의 파일이 아닐까, 유사쿠는 추리하고 있다.

다만 잘 이해가 가지 않는 것은 그 연구가 어떤 성질의 것인가, 하는 것이다. 어째서 영원히 비밀로 해야 하는가.

영원히 비밀로 할 정도라면 파일 자체를 처분하면 되는 게 아닌가.

왜 스가이 마사키요는 그걸 갖고 싶어 했는가. 또 우류 가는 왜 그걸 스가이에게 건네면 안 되는가.

이 중에서 스가이 마사키요가 노린 이유는 어렴풋이나마 상상이 된다. 오늘 마사키요가 연락을 취한 대학교수에 관해 조금 조사해보았다.

세 명의 교수는 아직 마사키요가 접촉만 했을 뿐이었다. 따라서 목적은 모른다. 그러나 적극적으로 공동연구 이야기를 꺼냈다는 것이 공통점이었다.

아즈사대학의 소마 교수는 인간 정신을 분자 레벨에서 해명하는 연구를 하고 있다. 또 슈가쿠대 마에다 교수는 뇌신경외과의 권위자이다.

그리고 호쿠요대학의 스에나가 교수는 체내기관의 인공화를 계속 연구해 온 인물이다.

이렇게 나란히 보니 공통점이 보일 것 같다. 그러나 막연하다.

어둠 속에서 유사쿠는 머리를 쥐어뜯었다. 크게 진전한 것 같지만, 실은 거의 진전한 게 없는 게 아닐까 하는 딜레마도 있다.

우에하라 마사나리는 우류공업 진료소에서 대체 무엇을 한 것인가. 그 당시를 조사하려면 어떻게 해야 좋을까.

'문제의 파일만 손에 넣으면······.'

이제 미사코에게 기대할 수밖에 없다. 어떻게든 아키히코에게서 파일을 빼앗아 준다면 모든 수수께끼가 단숨에 풀릴 터다.

그녀는 잘해 줄까, 걱정이 된다. '실'을 해명할 수 있을지도 모른다는 걸 알자 갑자기 눈빛이 바뀌는 것 같았지만.

'실······이라.'

문득 마음에 걸리는 것이 있었다. 그녀의 아버지가 떠올라서다. 미사코의 아버지는 우에하라 박사의 지인으로 벽돌병원에 입원한 적도 있다고 한다.

게다가 그것은 처음부터가 아니라고 했다. 처음에는 다른 병원에 다니며 검사를 받다가, 그 후에 우에하라 뇌신경외과에 가도록 지시받았다고 했다.

미사코는 그 후로 '실'의 존재를 느끼게 되었다고 말했다.

'무슨 일일까.'

유사쿠는 몸이 서서히 뜨거워지는 걸 느꼈다. 뭔가가 머릿속에서 부풀어 오르는 느낌이다.

"어쩌면······."

유사쿠는 이불에서 일어났다. 동시에 머릿속에 불꽃이 튀었다.

제6장

결
착

1

투서가 날아온 지 3일이 지났다. 우체국 소인 등으로 투서자가 어디에서 보냈는지는 판명됐지만, 그 인물을 찾을 만한 근거는 되지 않았다. 또 편지지나 봉투에도 별 단서가 없었다.

언제까지 히로마사를 붙들어 둘 수도 없어서 수사본부에 초조한 빛이 짙어질 즈음, 수사관 한 사람이 중요한 증인을 찾아냈다.

사건 당일, 묘지에 갔다고 하는 여중생 2명이었다. 두 명이 다니는 학교는 신센지 절에서 동쪽으로 200미터 정도 떨어진 곳에 있다. 그날 두 학생은 자습 시간에 학교에서 빠져나와 한참 놀다 돌아오는 걸 교사에게 들켰다. 그런데 학교를 무단으로 빠져나간 이유를 물어도 제대로 대답하지 못했다. 초조해진 교사가 소지품 검사를 하자 담뱃갑이 나왔다. 더 문책하자, 묘지에서 담배 피운 것을 자백한 것 같다. 두 사람 다 행실에 문제가 있는 학생이었다.

같은 묘지에서 스가이 마사키요가 죽은 사건을 알고 있으면서 지금까지 나서지 않은 것은 부모들이 딸의 비행이 세상에 알려질까 두려워해서였던 것 같다. 학교 측에서도 오명으로 이어질 일을 공표하고 싶지 않았던 것이다.

"딸은 아무것도 보지 못했대요. 그렇다면 나서도 아무런 도움이 되지 않을 것 같아서."

한쪽 어머니의 말이다. 이렇게 해서 묻히는 증거나 증인이 얼마나 많은지 수사관들은 너무나 잘 알고 있다.

이번에 그 여학생들의 존재를 안 것은 그 지역 탐색을 하던 수사관이 우연히 들어서였다. 나쁜 소문은 이내 퍼진다. 게다가그 소문이 중학생을 중심으로 퍼지고 있는 것을 보면 발신원은의외로 본인들인지도 모른다.

어머니가 말했듯이 소녀들은 아무것도 본 게 없다고 주장했다. 묘지에 가서 아무도 없는 걸 확인한 뒤 담배에 불을 붙였다고 한다. 하지만 상습범은 아니라고, 정색했다고 한다.

그러나 심문을 해 보니 실은 아주 중요한 사실을 목격한 것이밝혀졌다. 학교 가는 지름길로 묘지 담장 밖을 지나갔는데, 그때 문제의 검은 비닐봉지를 본 것이다. 이런 곳에 쓰레기를 버리러 오는 사람이 있다니, 하고 둘이서 얘기한 기억이 있다고 한다. 이것으로 투서 내용은 사실임이 확인되었다.

"너희가 묘지에 있었던 건 몇 시부터 몇 시까지였어?"

수사관이 물었다.

"묘지에 도착한 것은 11시 40분쯤. 그렇게 긴 시간 동안 있지는 않았어요. 5분이나 10분 정도."

한쪽 소녀가 대답했다. 다른 한쪽 소녀도 그걸 인정했다.

"그럼 한 번 더 묻겠는데 정말로 아무도 없었지?"

"네. 아무도 없었어요."

소녀들은 진지한 눈길로 대답했다.

"만약 이게 사실이라면 우리 추리는 전부 뒤집어지는 거야."

니시가타는 가슴을 펴고 카랑카랑한 목소리로 말했다. 이 사람은 수사에 진전이 보이면 이렇게 나온다는 걸 유사쿠도 이제 알았다.

"두 학생의 증언을 믿는다면 11시 40분부터 50분까지는 묘지에 아무도 접근하지 않았다는 말이 돼. 그럼 범인은 검은 비닐봉지에 넣은 석궁을 언제 숨겼을까. 두 명의 소녀가 나타나기 전이니 11시 40분 전에는 숨겼어야 해. 그럼 신센지 절까지 거리를 생각하면 우류 가에서 적어도 오전 11시 25분경에는 나와야 하는 게 되지."

그런데, 하고 그는 목소리를 높였다.

"그날 우류 가를 방문한 손님 중에 거기에 해당하는 사람은 없어. 아침부터 와 있던 친척 여성들은 오후까지 저택에 있었고, 그 남편들이 얼굴을 내민 것도 11시 반 이후로 판명됐어. 이건 어떻게 된 걸까?"

방 안이 고요에 감싸인 것은 경감의 기백에 압도당해서가 아니었다. 이 납득할 수 없는 사실에 뭔가 합리적인 설명을 붙이려고 모두가 생각에 잠겨서다.

골치가 아픈 것은 유사쿠도 마찬가지였다. 미사코가 뒷문으로 나가는 아키히코의 모습을 본 것은 좀 더 늦은 시간이었다. 그렇다면 석궁을 갖고 나간 사람은 아키히코가 아니라는 말이 된다.

'그럴 리 없어. 녀석이 무관할 리 없어.'

유사쿠는 억지로라도 부정하려고 했지만, 제대로 된 말이 생각나지 않았다.

"생각할 수 있는 것은."

이윽고 와타나베 경위가 조심스럽게 말을 꺼냈다.

"공범이 있다는 것이네요. 저택에 있는 누군가가 저택 밖에서 기다리는 동료에게 석궁을 건넨 것이죠."

자신에 찬 어조는 아니었지만, 추리에는 일리가 있었다. 몇 명의 형사가 동의하듯이 끄덕였다.

"요컨대 이런 거지. 그 인물은 우류 가에 있다가 도중에 화장실이라도 가는 척하며 자리를 떴어. 그리고 서재에 가서 석궁과 화살을 훔쳐서 그대로 몰래 저택을 나가, 밖에서 기다리는 동료에게 건네는 거야. 그러고는 태연한 얼굴로 돌아와. 이것만 하면 시간이 어느 정도 걸릴까."

"10분 정도……."

머릿속으로 계산했는지 와타나베는 눈을 감고 대답했다.

"10분이라, 좀 기네. 그만큼 자리를 비우면 기억하는 사람도 있을 것 같은데."

누군가가 자리를 오래 비웠다는 얘기는 손님들 사이에서 나오지 않았다.

"게다가 이런 일을 아무 눈에도 띄지 않게 실행하는 것 자체가 곤란할 텐데. 서재에 들어가는 것쯤은 어떻게 한다 해도 커다란 봉지를 들고 저택을 출입하면서 들키지 않을 거라고 생각하는 게 이상하지."

니시가타의 지적은 타당했다. 아무도 반론하지 못하고, 또다시 무거운 침묵에 감싸였다.

"그렇다면 손님이 아니라 우류 가 사람인가요."

여기서도 와타나베가 침묵을 깼다.

"우류 가 사람 중에 수상한 행동을 한 사람이 있나." 하고 니시가타가 말했다.

"정리해 볼까요."

와타나베는 일어서더니 칠판에다 당일 각자의 행동을 쓰기 시작했다. 얼핏 본 바로는 석궁을 갖고 나올 만한 사람이 없다. 그러나 와타나베가 마지막에 쓴 내용은 그 자리에 있던 사람들의 눈이 동그래지게 했다. 설마, 하고 유사쿠도 생각했다.

"거기에 한 사람이 있었다니."

니시가타도 감탄했다.

"너무 이른 시각이었다는 것과 이 인물에게 범행 때 알리바이가 있어서 지금까지 별로 주의를 기울이지 않았습니다."

와타나베가 분석하는 듯한 어조로 말했다.

"게다가 이 행동은 본인의 의사가 아니라고 생각됐기 때문에."

"확실히 표면적으로는 본인의 의사가 아니겠지만, 그렇게 장치하는 건 간단해. 살인 동기는 무언지 생각할 수 있을까?"

같이 있던 모두에게 물었지만, 누구에게서도 대답은 나오지

317

않았다.

"좋아. 그럼 이 자의 행동을 다시 파 보자. 뭔가 나올지도 몰라. 그리고 스가이 마사키요와의 관계도 조사해."

"이 자의 공범자……랄까, 직접 손을 쓴 사람은 어떤 인물이라고 생각할 수 있을까요."

다른 형사가 질문했다.

"살인 공범을 할 정도이니 보통 사이는 아니겠지. 관계자 중에서 범행 때 알리바이가 없는 사람을 리스트에 올려서 하나하나 찾아보자고."

니시가타가 딱 부러지게 명령했다.

명령이 떨어진 직후, 조금 떨어진 곳에서 "잠깐만요." 하고 묘하게 힘이 들어간 목소리가 났다. 보니 오다가 손을 들고 있었다. 유사쿠는 뭔지 모르게 가슴이 쿵쾅거림을 느꼈다.

"뭔가?" 니시가타가 물었다.

오다는 한번 실내를 둘러본 뒤 말했다.

"용의자를 좁히는 데 흥미로운 발견을 한 게 있어서 보고합니다."

2

이날 저녁에는 오랜만에 일찍 귀가했다. 빨래를 하지 않으면 더는 갈아입을 옷이 없기도 하고, 차분하게 생각할 일도 있었다.

세탁기에 빨래를 던져 넣은 뒤 수도꼭지를 틀고 스위치를 눌렀다. 시끄러운 소리를 내며 와이셔츠에 물이 떨어지는 것을 확인하고 유사쿠는 세탁기에서 물러났다.

시각은 11시가 조금 지났다.

유사쿠는 집에 오는 길에 산 캔맥주를 따서 들고 이불 옆에 책상다리를 하고 앉았다. 꿀꺽꿀꺽 마시니 머릿속이 깨는 듯한 느낌이 들었다.

아까 오다가 한 얘기가 생각났다.

확실히 흥미로운 착안이었다. 같이 다니면서도 유사쿠는 생각지 못한 일이다. 그 착안을 바탕으로 오다는 한 인물을 용의자로 올렸다. 니시가타나 다른 형사들도 그의 발상에 관심을 갖는 모습이었다.

'그러나 우류 아키히코가 사건에 아무런 관련도 없다고할 수 없어.'

뭐어, 됐어, 하고 유사쿠는 생각했다.

어쨌든 자신의 조사만 계속하면 되는 거라고 벌써 몇 번째 자기 생각을 확인했다.

오늘 오전, 우에하라 병원에 다녀왔다.

그리고 우에하라 노비이치를 만났다. 용건은 며칠 전 얘기를 나눈 시대보다 좀 더 나중의 사건에 관해서였다.

벽돌병원 시절 자료 중에서 어떤 진료 기록 카드를 찾아달라고 부탁했다. 만약 보여 줄 수 없다면 보관되어 있는지 어떤지만이라도 알아봐 달라고 했다.

어떤 의도인지 우에하라 노비이치는 불안한 듯이 물었다. 과거에 뭔가 잘못한 게 있어서 그걸 추급하는 게 아닌가 두려워하는 것 같았다.

"절대 폐는 끼치지 않겠습니다." 유사쿠는 단언했다.

"오히려 제가 이런 부탁한 걸 비밀로 해 주었으면 할 정도입니다."

우에하라 병원의 데릴사위는 유사쿠의 부탁을 들어줄지 말지 잠시 고민했지만, 결국은 승낙해 주었다.

"그러나 지금 당장은 어렵습니다. 밤까지는 조사할 수 있을 것 같습니다만."

"괜찮습니다. 그럼 밤에 또 연락드리겠습니다."

그렇게 말하고 병원을 나왔다.

그리고 좀 전에 서에서 돌아오는 도중에 공중전화부스에서 우에하라의 자택으로 전화를 걸었다. 집에 도착할 때까지 기다릴 수가 없었다.

유사쿠가 말한 진료 기록 카드는 없었다는 것이 우에하라의 답이었다.

"그 무렵의 자료들은 다 남아 있습니다. 그런데 그건 보이지 않았어요. 이렇게 말하긴 그렇습니다만, 와쿠라 씨의 기억에 착오가 있는 건 아닐까요?"

"기억에 착오……. 아뇨, 그럴 리는 없습니다만."

"그렇습니까. 하지만 말입니다. 당시 자료를 아무리 조사해 보아도 그런 사람이 우리 병원에 입원했다는 기록조차 남아 있지 않습니다."

이 말을 들었을 때, 유사쿠는 소리가 나오지 않았다.

"여보세요?" 하고 우에하라가 불러서 그제야 정신을 차렸다.

"뭔가 곤란한 일이라도 있습니까?" 우에하라가 또 불안한 듯이 물었다.

"아뇨, 그런 건 없습니다. 제 기억이 잘못됐을지도 모르겠군요. 한 번 더 조사해 보겠습니다."

감사하다는 인사를 하고 유사쿠는 수화기를 내려놓았다.

우에하라의 얘기를 들었을 때 놀란 것은 예상 밖의 일이어서가 아니다. 두려워했던 대답이어서다.

'하지만 아직 단정할 수는 없어.'

유사쿠는 맥주를 마셨다. 한 개를 비우고, 두 개째를 땄다.

'우연이 있을 수도 있지. 말도 안 돼, 엉뚱한 추리일지도 몰라.'

머릿속으로는 논리가 착착 구축되어 가고 있었다. 며칠 전 이불 속에서 섬광처럼 떠오른 추리다. 엉뚱한 발상이라고 생각했지만, 시간이 흐름에 따라 점점 확실한 것이라 느껴졌다.

잠시 후, 세탁기가 멈추었다. 유사쿠는 빈 맥주캔을 들고 일어섰다. 그때 전화벨이 울렸다.

캔을 들지 않은 오른손으로 수화기를 들었다.

"예, 와쿠라입니다.

어쩌면 수사본부에서 온 것일 거라고 생각했지만, 예기치 못한 목소리가 들려왔다.

"나야."

"미사코……."

유사쿠는 수화기를 고쳐 들었다. 온몸이 확 뜨거워진 것은 그녀가 전화를 건 이유를 알기 때문이었다.

"찾았어?"

"찾았어." 그녀는 대답했다.

"역시 그 사람 방에 있었어. 책장 서랍에 장치를 해서 숨겨두었더라구. 3일 전 일이야. 몇 번이나 전화했지만, 유사쿠 씨, 집에 없더라."

"그래서……."

유사쿠가 말을 꺼냈지만, "그런데." 하고 미사코가 차단했다.

"그 사람한테 걸려 버렸어."

"우류한테?"

"갑자기 집에 돌아온 거야. 그래서 파일을 빼앗겨 버렸어."

미사코는 침울한 목소리로 말했다.

유사쿠는 침묵했다. 그때의 긴박한 상황을 상상했다.

"그래서 너는 파일 안을 봤어?"

"보지 못했어. 보려고 하는데 그 사람이 나타나서. 그렇지만 제목은 봤어."

전뇌식 심동조작방법 연구라는 제목을 천천히 또박또박 가르쳐 주었다. 유사쿠는 입 속으로 두 번 되뇌었다.

"그리고 나 유사쿠 씨한테 사과해야 할 일이 있어."

"뭔데?"

"그 노트……. 나한테 맡긴 노트, 그 사람한테 들켜서 빼앗겨 버렸어."

유사쿠는 심장이 욱신 아팠다. 처음에 머리에 떠오른 것은 자기와 미사코의 관계가 알려졌겠구나, 그다음은 사나에 사건 수사기록을 보고 아키히코는 어떻게 느꼈을까, 하는 것이었다.

"미안해."

유사쿠가 입을 다물고 있어서일까, 미사코는 거의 울다시피하는 목소리로 사과했다.

"아냐, 괜찮아.".하고 유사쿠는 말했다.

"언젠가는 밝혀져야 할 일이야. 지금이 그 시기일지도 몰라."

"그 사람이 당신한테 직접 전하겠대."

"기다리도록 할게."

"그 일로 아까 그 사람한테 전화가 왔었어."

"전화?"

전화 너머에서 어색한 침묵이 생겼다. 무슨 사정인지 몰라 수화기를 귀에 바싹 붙인 채 기다렸다.

"지금, 친정에 있어. 한동안 돌아가지 않기로 했어. 그 사람하고는 이제 안될 것 같아."

뭐라고 대답할 수가 없어서 유사쿠는 입을 다물고 있었다. 미사코가 어떤 말을 듣고 싶어 하는지도 감을 잡을 수 없었다.

"그래서." 유사쿠는 겨우 입을 뗐다. "우류는 뭐래?"

"응, 그게…… 노트에 쓰인 것이 전부 진실이냐고."

"무슨 뜻이야?"

"몰라. 진실일 거라고 나는 대답했어."

"그랬더니 우류는 뭐라고?"

"아무 말도 없었어. 그렇지만 뭔가 깊은 생각에 잠긴 것 같았어."

웃긴 질문을 하는군, 하고 유사쿠는 생각했다. 거기에 쓰여 있는 것이 진실인 것은 우류 가 인간이 누구보다 잘 알지 않나.

"내 용건은 그것뿐이야." 미사코가 말했다.

"전화 줘서 고마워." 유사쿠가 인사를 했다.

"그런데 미사코, 경찰한테 말할 생각이야? 우류가 그 파일을 갖고 있다는 것."

몇 초 동안 침묵이 흘렀다. 숨을 들이마시는 기척이 나더니 미사코는 "말하지 않을 생각이야." 하고 대답했다.

"그런 마무리는 원치 않으니까. 그러나 당신이 경찰에 말해야 한다고 하면……."

"그런 말 하지 않아." 이어서 말했다. "마무리는 내가 지을 거니까."

"응……." 전화 너머에서 그녀가 끄덕이는 것 같았다.

"그럼 잘 자."

"잘 자."

전화 끊는 소리를 확인한 뒤, 유사쿠는 수화기를 내려놓았다. 가슴속에 복잡한 생각이 퍼졌다.

'그랬구나, 파일을 발견했구나.'

조금 전이었다면 불끈불끈 투지가 불타올랐을 터였다. 그리고 어떤 수단을 써서라도 그걸 빼앗을 생각을 했을 것이다.

하지만 좀 전까지 생각한 것은 그 내용물을 미사코가 보았는가 하는 것이다.

보지 않았다고 그녀는 대답했다. 정말인 것 같았다.

'위험할 뻔했네.'

유사쿠는 왼손에 든 알루미늄 캔을 한 손으로 찌그러뜨렸다.

3

그러고 이틀이 지났다.

요전에 결정된 수사 방침에 따라 수사원들은 활동을 계속했다. 그리고 수사가 순조롭게 진행되면서 처음에는 엉뚱하다고 생각한 추리가 서서히 확실한 것으로 바뀌어갔다.

물론 유사쿠도 그 수사에 가담하고 있다. 그러나 그에게 주어진 일은 본질적인 것과 거리가 멀고 대세에 거의 영향이 없는 탐문 작업이었다. 오다가 일부러 그러는 게 분명했지만, 유사쿠로서는 바라던 바였다. 그런 일은 적당히 마치고 남은 시간에 자신의 조사를 할 수 있기 때문이다. 실제로 그 덕분에 상당히 진실에 가까워진 느낌이었다.

그리고 오늘이 그 조사를 총결산하기로 한 날이다.

그 회사는 낡은 창고 같은 건물을 사옥으로 쓰고 있었다. '미쓰이 전기공사'라고 쓰인 유리문을 열자, 안은 대여섯 평 남짓한 사무실이었다. 책상이 세 개 나란히 있고, 중년 남자와 젊은 남자, 그리고 고등학생으로 보이는 여성이 한 명 앉아 있었다. 유사쿠를 보더니 바로 앞에 있던 중년 남자가 일어섰다.

"무슨 일로?"

"에지마 소스케 씨 계십니까?"

물으면서 사무실을 둘러보았다.

"에지마는 지금 외출 중입니다만…… 어디서 왔어요?"

중년 남자는 수상해하는 시선을 보냈지만, 유사쿠가 경찰수첩을 보여주자 당황한 듯이 뒤로 한 걸음 물러났다. 다른 두 사람도 숨을 삼키는 표정이다.

"에지마 씨가 무슨 짓을 한 건 아닙니다."

유사쿠는 의식적으로 온화한 표정을 지었다.

"잠시 물어보고 싶은 게 있어서요. 언제쯤 돌아오십니까?"

"아, 그러게요." 하고 남자는 벽에 걸린 작은 칠판을 보았다.

"곧 돌아올 겁니다. 뭣하면 여기서 기다리셔도 괜찮습니다만."

접이식 파이프 의자가 있어서 그걸 펼치고 앉아서 허리를 폈다. 남자는 자기 자리로 돌아갔다.

유사쿠는 새삼 사무실 안을 둘러보았다. 벽에는 철제 앵글로 짠 선반이 있고, 상자와 전선, 계측기 같은 게 난잡하게 놓여 있다. 구석에 문이 하나 있지만, 그쪽은 창고일 것이다.

"저기." 중년 남자가 말을 걸어왔다.

"무슨 사건 수사입니까? 혹시 스가이 씨?"

"예, 맞습니다. 그 사건입니다."

유사쿠가 말하자, 역시 하는 얼굴이었다.

"무시무시한 일이죠. 에지마 씨도 걱정하는 것 같더군요. 아무래도 사돈댁의 일이니까."

에지마 소스케 씨 딸 이야기는 그들도 잘 알고 있는 것 같았다.

"에지마 씨 근무 태도는 어떻습니까?"

유사쿠가 물어보았다. 중년 남자는 크게 끄덕이며 말했다.

"많이 도움이 되고 있습니다. UR전산은 너무 크지 않습니까. 소통에 문제가 생기면 책임 소재가 확실하지 않은 일이 종종 있었는데요. 우린 힘이 없는 입장이니 제대로 불평도 할 수 없거든요. 그런데 에지마 씨가 오신 뒤로 그런 고민이 없어졌습니다."

"그렇군요, 그거 잘됐네요. 에지마 씨와는 자주 말씀 나누십니까?"

"나누죠. 바빠서 한가하게 얘기할 여유는 없습니다만."

"옛날이야기 들은 적은 있습니까?"

"옛날……. UR전산 시절 얘기 말인가요?"

"아뇨, 더 옛날이요. 전쟁 중이나 전후 얼마 되지 않은 시절 얘기."

"그런 건 들은 적이 없습니다."

남자는 쓴웃음을 지으며 고개를 갸웃거렸다.

"전쟁 중이라면 에지마 씨가 몇 살이었지? 아무튼 그런 얘기는 전연 못 들었습니다. 별로 재미있는 얘기도 아니지 않습니까?"

"그럴지도 모르겠군요."

적당히 맞장구를 쳐 주고 나서 유사쿠는 팔짱을 끼고 눈을 감았다. 이것저것 말을 걸어오면 성가셔진다.

그리고 10분쯤 지나서 문이 열리고 머리가 희끗한 남자가 들어왔다. 남자는 웃는 얼굴로 아까 중년 남자에게 이런저런 보고를 했다.

"아, 그리고 손님이 기다리고 계셔."라고 하는 말에 유사쿠 쪽을 돌아보았다.

"시마즈 경찰서의 와쿠라입니다."

유사쿠가 일어서서 머리를 숙이자, 에지마 소스케는 뭐라 표현할 수 없을 만큼 불안한 얼굴로 인사했다.

근처에 있는 커피숍에 들어가서 제일 구석 테이블에 앉았다. 꽤 넓은 데 비해 손님은 얼마 없었다. 게다가 점원은 주문한 커피를 갖다 준 뒤에는 손님에게 무관심했다. 유사쿠는 마침 잘됐다고 생각했다.

와쿠라라는 성을 듣고도 에지마 소스케는 자기 딸이 예전에 사귀었던 고등학생을 떠올리지 못했다. 이것 역시 잘됐다.

소스케는 커피잔을 앞에 두고 고개를 숙인 채 묵묵히 있었다. 어쩌면 어느 정도 각오는 하고 있는 게 아닐까 하고 생각되는 모습이었다.

"여쭙고 싶은 것은 옛날 일입니다."

유사쿠는 말을 꺼냈다.

"그것도 한참 옛날 일입니다. 제 계산이 틀리지 않는다면, 당시 에지마 씨는 열아홉 살이나 스무 살이었을 겁니다."

"당시라니요?"

"그건 나중에 말씀드리겠습니다. 그 당시 에지마 씨는 어디에 계셨습니까? 그리고 무슨 일을 하셨습니까?"

질문을 던지고 반응을 보았다. 소스케의 동공이 잠시 좌우로 흔들렸다.

"스무 살 무렵이라면 지인의 소개로 중앙전기에 들어가서 공사 관계 일을 하던 시절이 아니었나……."

생각났다는 척하면서 얘기했지만, "아닙니다." 하고 유사쿠는 단호히 부정했다.

"중앙전기에 가서 조사하고 왔습니다. 그 회사에 들어가셨을 때 선생님은 스물한 살이었습니다."

"그렇다면…… 그럴지도 모르죠. 워낙 옛날 일이어서."

소스케는 얼버무리듯이 커피를 마셨다.

"에지마 씨가 열여덟 살 때 아버님이 돌아가셨죠."

유사쿠는 이야기 방향을 조금 바꾸었다.

"그래서 에지마 씨가 어머니와 여동생을 부양하시게 되셨어요."

"그건 뭐, 옛날에는 열여덟 살이면 어엿한 일꾼이었으니까요."

"그 점에 관해 동생분에게도 말씀을 들었습니다. 어머니와 여동생을 시골에 남기고, 에지마 씨 혼자 도시에 가서 일해서 송금하셨다고요."

"네, 뭐……."

에지마 소스케는 경계하는 듯한 눈으로 유사쿠를 보면서 조그맣게 끄덕였다. 여동생에게 얘기를 들었다는 점이 마음에 걸렸을 게다.

그에게 여동생이 있다는 말을 미사코에게 들었다. 최근에는 잘 만나지 않지만, 옛날에는 가족끼리 종종 만났다고 한다. 현재는 전철로 한 시간이면 갈 수 있는 곳에 살고 있었다. 그 말을 듣고 유사쿠는 어제 만나러 다녀왔다.

"대체 어디서 무엇을 해서 돈을 버셨습니까?" 유사쿠가 물었다.

"이것저것 다 했지요. 마음만 먹으면 어떻게든 되는 법입니다. 배부른 소리만 하지 않으면요."

"그렇지만 빚이 있으셨죠."

유사쿠는 정면으로 에지마 소스케의 얼굴을 보고 거침없이 말했다. 소스케가 숨을 멈추었다.

"이것도 동생분한테 들은 겁니다. 동생분은 에지마 씨한테 감사하고 계셨어요. 아버님이 빚을 남기고 세상을 떠나서, 어떻게 살아야 하나 막막할 때 오빠가 살려 주었다고요. 그렇지만 에지마 씨, 저는 납득이 가지 않습니다. 열여덟 살 청년이 가족을 부양하고, 게다가 막막할 정도였던 빚을 갚아 주었다는 사실이 말이죠. 대체 어떤 일을 했을까 의문이 들 만하지 않습니까."

"그러니까…… 내가 무슨 나쁜 일을 했다는 건가요?"

소스케가 굳은 표정으로 말했다. 유사쿠는 고개를 저었다.

"나쁜 일이 아니라 슬픈 일일 거라고 생각합니다."

이 말에 소스케는 소리를 잃은 것 같았다. 커피잔에 손을 가져갔지만, 달달 떨리는 손에 잔과 접시가 달그락달그락 울렸다.

"30년 전……." 유사쿠는 조금 경직된 어조로 말했다.

"우류공업 사내 진료소에서 뭔가 연구를 했을 거라고 추측합니다. 그건 뇌의학 연구자인 우에하라 마사나리 박사를 중심으로 한 것이었죠. 그리고 그 연구에는 몇 명의 피실험자가 필요했어요. 에지마 씨 당신은……."

유사쿠는 별로 맛있다고는 하기 어려운 커피로 목을 적신 뒤 말을 계속했다.

"에지마 씨는 그 피실험자 중 한 사람이었습니다. 맞죠?"

소스케는 주머니에서 손수건을 꺼냈다. 그것으로 입가를 닦고는, 딱히 땀이 나는 것도 아닌데도 이마를 닦았다.

"무슨 소린지 도통……."

"그러시다면 그냥 제 얘기를 들어 주십시오. 그다음에 계속 모르는 척하실지 어쩌실지 결정하시도록 하죠."

유사쿠는 수첩을 꺼냈다.

"에지마 씨는 그 시기, 피실험자로 우류공업에 취직했습니다. 그 보수로 가족에게 생활비를 보내고, 빚도 갚을 수 있었어요. 그건 뇌에 관한 실험이었죠. 그래서 에지마 씨, 당신의 뇌에는 특수한 외과 수술 흉터가 있을 겁니다."

소스케가 입을 열려고 했다. 하지만 끝내 아무 말도 하지 않았다. 일단 전부 들은 뒤에 다시 생각하기로 했는지, 아니면 할 말을 찾지 못했는지는 알 수 없다.

"그 피실험자 일을 마친 뒤로는 아무 일 없이 세월이 흘렀습니다. 그것이 에지마 씨 인생에 나쁜 영향을 미치는 일도 없었어요. 에지마 씨에게는 이제 잊어 가던 일이었을 테죠. 그러나 업무 중에 사고를 당하면서 그걸 다시 떠올리게 되셨습니다. 다리를 골절하고 머리를 세게 부딪히셨죠. 에지마 씨는 근처 종합 병원에 실려 갔습니다."

소스케는 묵묵히 듣고 있었다. 좀 전까지의 낭패스러운 빛은 사라졌다.

"여기서 당신은 기묘한 진단 결과를 받습니다. 다리는 거의 나았는데도 머리 치료를 위해 우에하라 병원으로 옮기라는 지시를 받죠. 당신은 아무런 의문도 품지 않고 병원을 옮기고 2개월이나 장기 입원을 했어요. 게다가 신기한 것은 이 우에하라 병원에는 당신의 진료 기록도 당신이 입원했다는 흔적도 남아 있지 않습니다. 이건 대체 어떻게 된 걸까요."

한 호흡 쉬었다가 유사쿠는 말을 계속했다.

"처음에 당신 머리를 본 의사를 찾아가 보았습니다. 그렇지만 우에하라 박사와 마찬가지로 타계하셨습니다. 그러나 그쪽 경력을 조사한 결과, 흥미로운 사실을 알게 됐습니다. 그 의사도 마침 그 무렵, 우류공업 진료소에 다녔답니다. 이건 무엇을 의미하는가. 답은 명백합니다. 그 의사도 우에하라 박사의 수수께끼 실험에 참가했던 겁니다. 그래서 당신이 우연히 환자로 왔을 때, 외과 수술 흔적을 보고 당장 그때 피실험자란 걸 알아차렸어요. 별로 아무런 문제도 없었더라면 그건 그대로 끝났을 테죠. 그런데 문제가 있었던 겁니다. 당신을 그대로 퇴원시키지 못하는 문제가요. 게다가 그것은 우에하라 박사가 아니면 해결할 수 없는 것이었어요. 그래서 당신에게 사정을 얘기하고 우에하라 병원으로 옮기도록 말했을 겁니다."

얘기 도중에 소스케가 천천히 고개를 저었다. 그 표정은 단순한 부정이 아닌 듯하여 조금 마음에 걸렸지만, 유사쿠는 망설임 없이 단숨에 마무리했다.

"그게 대체 어떤 문제이고, 그것에 관해 우에하라 박사와 당신 사이에 어떤 얘기가 있었는지 저는 짐작하지 못합니다. 그러나 그 결과로 우에하라 박사나 UR전산이 당신을 다양한 면에서 지지해 주는 것만은 알고 있습니다. 그 이후 당신이나 당신 가족의 인생은 마치 '실'로 조종당하듯 순풍에 돛단 듯이 순탄했죠."

거기까지 얘기를 마치고, 유사쿠는 식어 버린 남은 커피를 마저 마셨다. 리필을 주문하려고 했지만, 점원은 카운터 안으로 들어간 채 나오지 않았다.

휴우 하고 긴 한숨을 토한 것은 에지마 소스케 쪽이었다.

"그래서." 그는 말했다.

"그래서 나는 어떻게 하면 됩니까. 당신이 지금 말한 한심한 얘기를 인정하라는 겁니까?"

"한심한 일이라고 생각하지 않습니다. 처음에 말씀드렸죠. 슬픈 일이라고. 그러나 그 사실에 관해 에지마 씨 입으로 자세한 얘기를 듣고 싶습니다. 그렇게 하지 않으면 이번 사건은 해결되지 않습니다."

"망상입니다. 형사님이 멋대로 한 상상입니다. 우에하라 병원으로 옮긴 것은 거기 선생님이 훌륭하다는 얘기를 들어서입니다. 공교롭게 원장님이 옛날 지인이고, 그래서 여러모로 편의를 봐주신 데 지나지 않아요."

"진료 기록 카드가 없는 것은요?"

"그건 모릅니다. 병원 측 실수가 아닐까요. 어쨌든 그런 이상한 얘기를 만들어 내는 건 민폐입니다."

에지마 소스케는 일어서려고 했다. 하지만 유사쿠가 먼저 왼

손을 내밀어 소스케의 오른 손목을 꽉 잡았다.

"진료 기록 카드가 어디에 있는지 가르쳐 드릴까요?"

그러자 소스케는 불쾌함과 당혹스러움이 섞인 눈으로 잡힌 손목과 유사쿠의 얼굴을 번갈아보았다.

"그건 시집 간 따님 댁에 있을 겁니다."

소스케의 뺨에 경련이 일었다.

"말도 안 돼. 어째서 그런……."

"수사본부에서는 스가이 마사키요 씨가 우류 가에서 입수하려고 한 오래된 자료를 찾고 있습니다. 그러나 저는 알고 있습니다. 그건 우류 아키히코가 갖고 있습니다. 자료의 제목은 이렇습니다. 전뇌식 심동조작방법의 연구. 틀렸습니까?"

얼굴에 핏기가 가신 소스케는 기력까지 잃은 듯이 의자에 주저앉았다. 유사쿠는 그의 손목을 놓았다.

"그 자료에 에지마 씨의 진료 기록 카드도 있을 거라고 생각합니다. 또 그 자료를 보면 당신이 30여 년 전에 우에하라 박사의 피실험자였던 것도 판명되겠죠."

소스케의 어깨가 들썩거렸다. 숨소리가 들리는 것 같았다.

"제가 마음만 먹으면 철저하게 가택 수색을 해서 그 파일을 압수할 수도 있습니다. 그러나 저는 아직 에지마 씨 당신한테 한 얘기를 수사본부의 누구에게도 말하지 않았습니다."

"옛……?" 소스케가 얼굴을 들었다.

"이 사실은 아직 저밖에 모릅니다. 그래서 에지마 씨의 태도에 따라 영원히 비밀로 할 수도 있습니다. 요컨대 모든 것을 털어놓는다면, 말입니다만."

"어째서 형사님밖에 모릅니까?"

"그걸 에지마 씨가 알 필요는 없습니다. 그러나 뭐 간단히 말하면 저는 제 개인적인 흥미로 여기까지 조사한 것입니다."

소스케는 유사쿠의 말을 진지하게 듣고 있었다. 이 젊은 형사가 하는 말이 정말인지 개인적인 흥미란 대체 무엇인지, 그런 생각을 하는 게 분명했다.

"정말로…… 비밀로 해 주실 수 있습니까?"

"약속합니다."

소스케는 끄덕이더니 잠시 생각했다. 이윽고 얼굴을 들고, "그 전에 커피를 리필해도 될까요." 하고 말했다.

"좋습니다."

유사쿠는 큰 소리로 점원을 불렀다.

4

소스케의 이야기는 그가 가족을 부양하기 위해 도시로 나온 데서부터 시작했다. 죽은 아버지 친구가 토건업을 해서 거기에서 일을 하게 되었다고 한다.

하지만 벌이는 시원찮았다. 어머니나 동생에게 생활비도 제대로 보내지 못했다. 게다가 큰 고민은 아버지가 남겨 놓은 빚이었다.

어떻게든 해서 크게 돈을 벌 방법은 없을까. 철없는 청년 소스케는 도박에 손을 댔다. 이것이 그를 더 깊은 수렁으로 이끌었다. 송금은커녕, 자기가 생활할 돈조차 다 써 버렸다.

회사에서 월급을 가불받을 수도 없어서, 전당포에 가는 일이 잦아졌다. 이윽고 맡길 것도 없고 매일 끼니를 때우는 것조차도 힘겨워졌다.

이제 끝이다, 이대로 객사할지도 모르겠다고 생각했다.

그 때, 한 남자가 찾아왔다. 차림새가 말쑥한 남자로 소스케의 상황을 아주 상세히 알고 있었다.

남자는 팔아 주었으면 하는 게 있다고 했다. 소스케가 자신은 아무것도 갖고 있지 않다고 말하자, 남자는 그의 몸을 손가락으로 가리키며 말했다. 그 몸을 팔길 바란다고.

1년 동안 어느 병원에 들어가서 어떤 의학 실험에 몸을 제공하면, 그것만으로 매달 보수를 받을 수 있다는 얘기였다. 그 금액은 당시 회사원 월급 세 배에 가까운 숫자였다. 게다가 반년마다 특별 보너스도 나온다고 했다.

내키지 않는 유일한 이유는 몸에 칼을 댄다는 것이었다. 그건 역시 무서웠다.

그러나 하루 생각한 끝에 소스케는 결심했다. 객사할지도 모를 몸인데 조금씩 상해 가는 것쯤은 아무것도 아니다.

병원은 우류공업 부지 안에 있었다. 겉은 평범한 건물이었지만, 안은 최신식 설비가 되어 있었다. 아무리 봐도 한 기업의 진료소라고는 생각할 수 없었다.

피실험자로 고용된 사람은 소스케 말고 여섯 명 더 있었다. 모두 같은 나이로 그중 두 명이 여성이었다. 그리고 중국인 고아라는 남자가 한 명 섞여 있었다. 다들 온몸이 가난에 절어 있었다.

병원에 온 지 일주일 지나서 첫 수술을 했다. 머리 수술이었다. 상처의 통증은 바로 나았지만, 머리에는 항상 붕대를 감고 있어서 자신의 머리가 어떻게 되었는지 볼 수는 없었다. 붕대를 푸는 것은 시험이라고 하여 우에하라에게 갈 때뿐이다. 그러나 그곳에서도 자신은 볼 수 없었다. 목욕하러 들어가도 머리는 씻을 수 없는 데다, 시험 때마다 간호사인 듯한 여성이 두피를 닦아 주지만, 그때도 주위에 거울은 없었다. 붕대 위로 만져 보아도 울퉁불퉁한 느낌이 들 뿐이었다.

시험은 기묘했다. 우에하라 박사가 여러 가지 질문을 하고 거기에 대해 생각한 것을 대답하는 것뿐이다. 하지만 신기하게도 그때 일을 또렷이는 기억하지 못한다. 뭔가 무척 기분이 좋아져서 즐겁게 보냈던 것 같다. 그래서 시험 자체는 그리 싫지 않았다.

싫은 것은 병원이라는 밀실에 갇혀 있는 것이었다. 1년 동안 밖에 한 걸음도 나갈 수 없다고 한다. 혈기왕성한 젊은이에게 가장 고통스러운 일이었다.

피실험자 동료 중에 시도라는 남자가 있었다. 말쑥한 얼굴의
젊은이였다. 5개월쯤 지났을 무렵, 시도가 도망치자고 제안했
다. 월급을 전부 가불해서 틈을 보아 도망치자는 것이었다.

제안에 따른 것은 소스케를 포함하여 세 명이다. 그중 한 명
은 중국인 고아였다.

문제는 머리였지만, 이것에 관해 시도는 유익한 정보를 갖고
있었다. 머잖아 재수술을 해서 머리를 원래대로 돌려놓을 거라
고 했다. 그렇게 되면 아무 문제 없다.

네 명이 은밀히 계획을 짜서 탈출 준비를 마쳤다. 가불은 시
도가 먼저 부탁하고, 그게 받아들여지면 나머지 세 사람도 신청
하기로 작전을 짰다. 돈은 빨리 받고 싶다는 것이 가불을 신청
한 이유였다.

이윽고 두 번째 수술을 하고, 한 달 뒤에는 붕대를 풀었다. 거
울을 보니 조금 흉터가 있을 뿐, 별로 이상한 곳은 없었다.

그리고 어느 비 오는 날 밤, 네 명은 탈출을 감행했다. 협력해
준 사람은 간호사 한 명이다. 어쩐지 시도와 그렇고 그런 관계
인 것 같다고, 빗속을 달리면서 생각했다.

무아지경으로 달려서 근처 신사에 도착했다. 네 명은 흠뻑 젖
은 채로 악수를 나누며 환성을 질렀다.

"그럼 잘 지내라."

한바탕 난리법석을 친 뒤, 시도가 먼저 입을 열었다. 그 말에
나머지 세 사람도 진지한 얼굴로 돌아왔다.

"건강해라."

"어디선가 또 보자."

"안녕."

비가 주룩주룩 내리는 가운데, 네 명은 흩어졌다.

"그 후로 한동안 몸을 숨겼다가 관심이 식었을 무렵을 노려서 중앙전기에서 일하기 시작했죠. 우류공업은 별로 시끄럽지 않았던 것 같더군요. 역시 공공연히 할 수 있는 일이 아니었기 때문인지도 모르겠습니다. 그러다 저는 가정을 가졌고, 줄곧 평범하게 살았습니다. 아무 일 없이 20년이 지나고, 옛날 일은 까맣게 잊어갈 무렵, 사고가 나서 다쳤죠. 그다음은 형사님이 말씀하신 대로입니다. 처음에 간 병원 의사가 그때 그곳에 있던 의사 중 한 명이었던 겁니다. 그러나 그는 우리가 도망친 건 언급하지 말고, 우에하라 박사에게 진료를 받으라고 했습니다. 우리 머릿속에 폭탄이 장치되어 있었던 것 같아요."

"폭탄이요?"

유사쿠는 놀라서 소스케의 얼굴을 보았다.

"물론 예를 들자면 말입니다." 그는 말했다.

"실험 도중에 도망쳤던 바람에 우리 머리는 완전히 원래대로 돌아간 건 아닌 것 같습니다. 언제 어느 때, 나쁜 일이 생길지도 모른다. 폭탄이란 그런 의미입니다. 그래서 우에하라 박사에게 진료를 받게 된 것입니다만, 박사님의 진단 결과는 손을 대기 어렵다는 것이었습니다."

"손을 대기 어려워요?"

"자칫하면 더 나쁜 결과가 될 우려가 있다고 했습니다. 그래서 결국은 그대로 두게 되었어요."

"그럼 지금도?"

"그렇습니다." 소스케는 끄덕였다.

"폭탄이 들어 있는 거죠. 그 대신 언제든 대응할 수 있도록 최대한 배려를 하겠다고 했습니다. 우에하라 박사는 이 일로 제 손을 잡고 사과했습니다. 연구라는 유혹에 넘어가서 사람의 몸을 실험도구로 삼은 것을 지금은 몹시 후회하고 있다, 도저히 용서받을 수 없을 거라고 생각한다. 그렇지만 적어도 앞으로 모든 면에서 힘이 되고 싶다, 그러더군요."

"그랬군요. 그런 일이었군요." 유사쿠는 고개를 끄덕였다.

"그렇지만 박사님만 나쁜 건 아닙니다. 저는 속은 것도 아니고, 돈에 혹해서 몸을 판 거니까요. 그런데 박사님은 그렇게 돈이 곤란한 사람의 약점을 이용한 것이 인간으로서 부끄러운 일이었다고 하더군요."

유사쿠는 우에하라 마사나리의 인품을 짐작할 만한 이야기라고 생각했다. 아마 20년 이상, 마음에 짐을 안고 살아왔을 것이다.

"그래서 결국 그 실험은 어떻게 됐습니까? 당신들 머리에는 어떤 수술을 한 걸까요?"

유사쿠가 물었지만, 에지마 소스케는 고개를 가로저었다.

"그건 지금도 모릅니다."

"모르세요?"

"네. 우에하라 박사님도 그것은 가르쳐 주지 않았습니다. 모르는 편이 낫고, 영원히 어둠에 묻고 싶은 일이라고. 어떤 부탁이라도 들어줄 수 있지만 그것만은 이해해 달라고 했습니다."

"그러면 전뇌식……이란 건?"

"그 이름은 들은 적이 있습니다. 그러나 그 내용에 관해서는 모릅니다."

"……그랬군요."

"내가 할 수 있는 얘기는 이것뿐입니다. 이런 일이 이번 사건에 어떻게 관련되어 있는지 통 모르겠습니다. 관계없기를 바랄 뿐입니다."

유사쿠는 잠자코 있었다. 도저히 관계가 없다고 보기는 어려웠다.

"형사님……. 정말로 비밀로 해 주실 겁니까?"

소스케가 재차 물었다. 유사쿠는 고개를 확실히 끄덕였다.

"약속하겠습니다."

"그렇지만 만약 지금 내가 한 얘기와 사건이 관계가 있다면……."

"그래도 그걸 밝히지 않고 범인을 체포하겠습니다. 그리고 범인도 아마 그걸 고백하는 일은 없을 겁니다."

"그렇다면 다행입니다만."

"마지막으로 한 가지만 더 묻고 싶은 게 있습니다."

유사쿠는 의자에 고쳐 앉으면서 말했다. 그러자 소스케도 허리를 폈다.

"피실험자 중에 여성이 섞여 있었다고 하셨죠."

"예."

"그중에 사나에라는 사람은 없었습니까? 히노 사나에라는 사람."

그러자 소스케는 잠시 먼 곳을 보는 듯한 시선이었지만, 이내 조그맣게 끄덕이더니 유사쿠를 보고 말했다.

"사나에 씨……. 예, 있었어요. 성까지는 잘 모르겠지만, 그런 이름의 여성이 있었습니다."

"역시……."

"그 사람이 왜요?"

"아닙니다, 아무것도."

가슴속이 뜨거워졌다.

5

미사코는 우류 가를 향해 걸어가고 있었다. 갈아입을 옷 등을 챙기러 가기 위해서다.

친정에 온 지 5일째가 된다.

그 5일 동안 미사코는 복잡한 심경으로 지냈다. 어머니와 아버지는 아무 말도 하지 않았고, 우류 가에서도 연락은 없었다. 히로마사가 구류 중이니 그럴 정신도 아닐 터다.

이혼할 각오는 되어 있었다. 다만 이대로 끝낼 수 없다는 마음이 강했다. 적어도 진상을 알고, 그다음에 헤어지고 싶었다.

그러기 위해서 어떻게 하면 좋을까. 유사쿠의 연락을 기다리기만 하면 되는 걸까. 유사쿠도 어제 전화했을 때는 뭔지 모르게 느낌이 달랐다.

'내가 모르는 데서 무슨 일이 일어나고 있는 게 아닐까.'

생각하면 생각할수록 불안이 가슴에 번졌다.

미사코가 우류 저택 앞에 도착했을 때, 차 한 대가 옆에 섰다. 문이 열리고 내린 사람은 몇 번 만난 적 있는 니시가타 경감과 오다 경위였다.

니시가타는 그녀를 보자 희미하게 웃으면서 가벼운 인사를 했다.

"친정에 가셨다고 들었습니다."

과연 잘 알고 있다. 미사코는 모호하게 끄덕였다. 갈아입을 옷가지를 챙겨서 다시 돌아갈 거라는 말은 할 수 없다.

"오늘은 어떤 용건이세요?"

미사코가 묻자, 니시가타는 오다와 순간 얼굴을 마주보더니, "얘기를 좀 들으러 왔습니다. 중요한 점을 확인하고 싶어서요."

하고 중요한 점을 강조해서 말했다.

"누구한테요?" 미사코가 물었다. 그러자 니시가타는 귀 뒤를 새끼손가락으로 긁적거리면서, "글쎄요. 모두 모아 주실 수 없을까요?"라고 했다.

미사코는 가능하면 몰래 별채에 갔다가 아무한테도 눈에 띄지 않도록 나갈 생각이었지만, 이제 와 그럴 수도 없었다. 할 수 없이 인터폰을 눌렀다. 스피커에서 들려온 것은 아키히코의 목소리였다.

어색함을 감추면서 미사코가 사정을 얘기하자, "들어오시라고 해." 하고 아키히코가 말했다.

형사를 안채로 안내하자, 아키히코가 현관 앞까지 나왔다. 그의 눈은 미사코보다 형사들 쪽을 향하고 있었다.

"히로마사를 돌려보낸다는 얘기입니까?"

아키히코는 날카로운 눈으로 말했다. 그러자 니시가타는 휴우 하고 숨을 내쉬고 나서 대답했다.

"그건 지금부터 하는 얘기에 달려 있습니다."

거실에 아야코와 소노코, 그리고 도우미인 스미에까지 모였다. 스미에는 벽 쪽에 서고, 미사코를 비롯한 세 명의 여성은 소파에 앉았다. 아키히코는 홈 바 의자에 엉덩이를 반쯤 걸치듯이 앉았다.

"이렇게 모이시게 해서 죄송합니다." 니시가타가 한 차례 둘러본 뒤 말을 꺼냈다.

"이번 사건이 해결 기미가 보여서 보고드리러 왔습니다."

"히로마사는 어떻게 됐어요!"

아야코가 비명 같은 소리를 질렀다. 니시가타는 달래듯이 손바닥을 앞으로 내밀었다.

"실은 얼마 전 수사본부에 투서가 한 통 왔습니다. 거기에는 히로마사 씨가 범인이 아니라는 주장과 그 근거가 적혀 있었습니다. 그 내용을 지금 여기서 상세히 말씀드릴 수는 없습니다만, 검토 결과 거기에 쓰인 것은 대부분 진실일 거라고 결론지었습니다."

니시가타가 투서라는 말을 했을 때, 모두의 얼굴에 허를 찔린 듯한 반응이 나타났다. 미사코도 놀랐다. 누가 그런 걸 보냈을까?

"그러면." 아야코가 참지 못하겠다는 듯이 입을 열었다.

"그러면 히로마사는 결백하다는 말이군요."

하지만 니시가타는 그녀의 기대를 꺾듯이 고개를 저었다.

"아직 결정적 증거는 없습니다. 새로운 견해의 추리가 증명되지 않으면 히로마사 씨가 결백하다고 단정할 수 없습니다."

"새로운 견해란 건요?" 아키히코가 물었다.

그러자 니시가타는 몇 걸음 앞으로 나아가서 소노코 옆에 섰다.

"소노코 양, 사건 당일 11시 반경, 몰래 집에 돌아와서 서재로 들어갔다, 그러나 그때 이미 석궁은 없었다고 그랬죠."

소노코는 고개를 끄덕였다. 좋아요, 하고 니시가타는 만족스러운 얼굴을 했다.

"소노코 양의 말은 투서 내용이나 새로운 목격자의 증언과 일치하고 있습니다. 그리고 이것을 종합하면 범인은 11시 40분경까지 일단 신센지 절에 갔습니다. 거꾸로 계산하면, 이 집에서 11시 25분경에는 나갔다는 것이 됩니다."

여기서 니시가타는 한 호흡 쉬었다가 반응을 관찰하듯이 한 차례 휘 둘러 보았다. 미사코도 마찬가지로 모두의 표정을 보았지만, 하나같이 긴장한 모습이었다.

"그런데 그날 손님 중에 이 조건에 맞는 사람은 없습니다. 이건 어째서일까요. 우리는 처음부터 다시 생각하기로 했습니다. 그리고 한 가지 중대한 실수를 한 걸 깨달았죠. 그건 그날 딱 한 명, 손님이 아닌 사람이 저택 밖으로 나간 일이 있다는 것입니다. 아주 짧은 시간이긴 했습니다만, 밖에서 기다리는 동료에게 석궁을 건네는 데는 문제가 없었겠죠."

그리고 니시가타는 빙 둘러보던 방향을 바꾸어서 벽 쪽에 서 있는 그녀 앞까지 저벅저벅 걸어갔다.

"당신이죠, 스미에 씨."

경감의 목소리가 낮게 울렸다. 미사코는 놀란 나머지 소리도 내지 못하고 그저 스미에의 얼굴만 바라보았다. 그녀는 고개를 숙인 채 앞치마 자락을 양손으로 꽉 잡고 있었다.

"농담이시죠, 경감님."

아야코가 울음을 터트릴 것 같은 목소리로 말했다.

"스미에 씨는 그런…… 그런 짓을 할 사람이 아니에요."

"무슨 증거라도 있습니까?" 아키히코도 잇따라서 물었다.

"증거, 말입니까."

니시가타는 콧등을 긁적이더니 스미에의 얼굴을 아래에서 들여다보았다.

"그럼 당신한테 질문하죠. 그날 당신은 손님 대접용 차가 떨어졌다고 그걸 사러 나갔어요. 손님이 많이 오는 건 전날부터 알았을 텐데, 그때서야 황급히 사러 나가는 건 부자연스럽지 않습니까?"

"그런 일은 흔히 있는 거 아닌가요. 스미에 씨도 깜박할 때가 있죠."

아야코가 말했지만, 니시가타는 무시하고 말을 계속했다.

"그런데 급히 장을 보러 가면서 당신은 자전거를 사용하지 않았어요. 평소에는 자전거로 온다고 찻집 부인이 말하던데요. 어째서 타고 가지 않았어요?"

스미에는 잠자코 있었다. 앞치마를 잡은 손이 희미하게 움직였다.

"그런 건 자기 마음이죠. 자전거를 타건 걸어서 가건."

아키히코가 무시하듯이 말했다. 그래도 니시가타는 움쩍하지 않았다.

"그럼 한 가지 더. 그날 당신은 외출할 때, 시커먼 봉지를 들고 있었어요. 그날은 쓰레기 버리는 날도 아니었을 텐데 왜 그런 걸 들고 나갔습니까? 이건 임시 도우미인 미즈모토 가즈미 씨한테 들은 겁니다."

스미에는 여전히 입을 다물고 있었다. 미사코는 다른 사람에게 시선을 돌렸다. 소노코도, 아야코도 반론은 하지 못하고 지켜만 보고 있었다. 니시가타의 기세에 스미에를 믿었던 마음이 사그라들고 있는 것이 분명했다. 만약 범인이라면 빨리 자백하길 바라는 마음이었을까.

"설명할 수 없는 것 같으니 제가 얘기하죠." 니시가타가 스미에에게서 조금 떨어졌다.

"스미에 씨는 어떤 인물에게 석궁을 갖고 나오라는 지시를 받았습니다. 그러나 집을 나가려면 구실이 필요합니다. 그래서 일부러 차를 버리고 그걸 사러 갈 기회를 만든 것입니다. 석궁과 화살은 부피가 커서 그대로 들고 나갈 수도, 가방에 넣을 수도 없었죠. 그래서 쓰레기봉지에 넣어서 나가기로 했어요. 그렇게 큰 봉지를 들었으니 자전거는 탈 수 없었겠죠."

스미에는 몸을 바르르 떨었다.

"자, 그럼 그 상대 인물이란 누굴까요? 스미에 씨가 저택을 나온 시각은 11시 지나서였으니 당연히 그 시간대 알리바이가 없는 사람이 의심스럽겠죠."

니시가타는 단숨에 핵심으로 들어갔다.

"UR전산 상무인 마쓰무라 겐지 씨. 회사에 마지막으로 남은 우류 가 사람이죠. 이번 사건은 이 두 사람의 공범이 저지른 것이었습니다."

숨을 삼키는 기척이 나고, 모두 스미에에게 시선을 보냈다.

"당신들 관계를 조사하는 데 좀 애를 먹었습니다."

지금까지 잠자코 있던 오다가 여기서 처음으로 입을 열었다.

"아무리 조사해도 아무것도 나오지 않더군요. 그래서 과감하게 당신이 이 집에서 일하기 전까지 거슬러 올라가 보았습니다. 20여 년 전이더군요. 그렇게 옛날 일은 누구한테 물어도 잘 모르죠. 그래서 오래된 기록을 찾아보았습니다."

"그래, 뭔가 알아냈나요?"

아키히코가 도전적인 눈으로 보았다.

"알아냈습니다. 당시 마쓰무라 씨에 관해 조사해 보았습니다. 전기부품 사업부 과장이었더군요. 그때 직원 명단을 보니 같은 과에 당신 이름이 있었습니다."

오다는 고개를 숙인 스미에의 이마를 향해 말했다. 미사코는 물론 놀랐지만, 아키히코를 보니 그도 몰랐던 것 같다.

"그래서 당시 같은 직장에 있던 사람에게 아까 연락을 취해 보았습니다. 그 사람은 당신을 잘 기억하고 있더군요. 이미 가정이 있는 사람과 야반도주한 것이며, 결국 그 남성에게 버림받았다는 것을."

"야반도주? 스미에 씨가?"

분위기에 어울리지 않게 큰 소리를 낸 사람은 아야코였다.

"실수는 누구에게나 있죠." 오다가 말했다.

"그러나 직장으로 돌아가긴 어려웠어요. 그렇다고 의지할 가족도 없고, 어쨌든 먹고 살 대책을 강구해야 했죠. 그런 당신을 가족처럼 돌봐 준 사람이 마쓰무라 씨였다고 하더군요. 이 얘기를 해 준 사람은 모르는 것 같았지만, 여기서 가사 도우미로 일할 수 있게 해 준 사람이 마쓰무라 씨였을 겁니다. 그 말인즉슨 당신이 가장 마음을 허락한 인물이라고 할 수 있겠죠."

오다가 입을 다물자 그때까지 이상으로 무겁고 답답한 공기가 엄습했다. 숨을 쉬기도 꺼려질 정도였다.

형광등 탓인지 스미에의 피부는 창백해 보였다. 밀랍인형처럼 표정이 죽어 있다.

니시가타가 또 한 걸음 그녀에게 다가갔다.

"솔직히 말씀해 주세요. 이제 시간 문제입니다. 당신이 고백하지 않는 한, 히로마사 씨도 자유로워질 수 없어요. 여기 있는 모두가 더 괴로워질 뿐이라고요."

잘 울리는 바리톤 목소리가 모두의 마음을 흔들었다.

6

에지마 소스케와 헤어진 뒤, 유사쿠는 도와의과대학으로 향했다. 소스케에게 그만큼 얘기를 들어내서 아키히코를 조이는 것도 어렵지 않다고 생각했다.

'사나에 씨도 피실험자 중 한 명이었다니.'

각오한 일이었지만, 역시 유사쿠의 추리는 적중했다.

이제야 여러 가지 일이 앞뒤가 맞아떨어졌다. 우류 가즈아키가 사나에의 신원보증인이 된 것이며 그녀가 벽돌병원에 입원했던 일 등등. 그리고 그녀의 죽음에도 실험에 관한 비밀이 얽혀 있는 게 분명했다.

그녀의 지능장애.

그건 어쩌면 실험 후유증 같은 게 아닐까. 사나에도 원래는 평범한 성인 여성이었지 않을까.

그 생각을 하니 유사쿠는 분노가 끓어올랐다. 돈만 있으면 사람의 몸도 연구 재료로 소비할 수 있다고 생각하는 기업의 윤리의식에 대한 분노였다.

대학에 도착하자 자유롭게 드나드는 학생들에 섞여서 교문을 들어갔다. 아키히코에게는 아무런 연락도 하지 않았다. 갑자기 들이닥쳐서 소스케에게 들은 얘기를 퍼부을 셈이었다. 침착하고 냉정한 아키히코에게는 그런 방법이라도 쓰지 않으면 우위에 서서 얘기를 할 수 없다고 판단했다.

전에 와 보아서 헤매는 일은 없었다. 목적지인 학사를 발견하자, 주저 없이 계단을 뛰어올라갔다.

손목시계를 보니 벌써 점심때였다. 아키히코는 어제와 그제 10시에서 12시까지 두 시간 정도 연구실에 얼굴을 내밀었다.

유사쿠는 문을 노크했다. 대답이 들리고 얼굴을 내민 것은 요전에 만난 학생이었다. 스즈키라는 성이었을 터다. 동안에 금테 안경과 흰색 가운이 여전히 어울리지 않는다.

"아아……." 스즈키는 생각났다는 듯이 유사쿠를 보고 입을 반쯤 벌렸다.

"우류 선생님은?"

"오늘은 아직 오시지 않았습니다만."

"휴일?"

"아뇨." 학생은 고개를 갸웃거렸다.

"그런 연락은 없었는데요."

오늘은 목적한 상대를 바로 잡을 수 없는 날인가.

"그렇군……, 좀 기다려도 될까."

"네, 괜찮습니다만."

스즈키는 문을 활짝 열어 주었다. 유사쿠가 미안해하면서 안으로 들어가자, 두 명의 학생이 더 있고 각자 책상을 향해 앉아 있었다. 유사쿠의 얼굴을 보더니 의심스러운 얼굴로 인사를 했다.

스즈키가 그들에게 유사쿠를 소개했다. 그제야 알겠다는 듯이 두 사람도 크게 끄덕였다.

유사쿠는 전에 왔을 때 앉았던 내객용 의자에 앉았다. 스즈키는 싱크대 쪽으로 가서 주전자를 불에 올리고 커피잔을 씻었다. 인스턴트커피를 대접하려는 것 같았다.

"그 사건, 어떻게 결말이 날 것 같습니까?"

커피 가루를 병에서 뜨면서 스즈키가 조심스럽게 물었다.

"아, 그건 아직 뭐라고도." 유사쿠는 모호하게 얼버무렸다.

"우류 선생님 동생이 체포됐다고 들었습니다만, 어떻습니까? 정말로 범인인가요?"

"아직 모르지. 지금 본인에게 사정을 듣고 있는 단계여서 말이지. 아, 고맙네."

스즈키가 인스턴트커피를 갖다 주었다. 한 모금 마시니 뭔가 반가운 맛이 났다.

너무 꼬치꼬치 묻기도 그랬는지 스즈키는 뭔가 말하고 싶은 듯했지만, 자기 자리로 돌아갔다. 다른 두 사람도 책상을 향해 돌아앉아서 유사쿠에게 관심을 보내지 않았다.

유사쿠는 실내를 둘러보았다. 뭔지 모를 도표와 그래프 등이 벽 여기저기에 붙어 있다. 다양한 뇌 단면을 그린 그림도 있었다.

"이상한 걸 묻는 것 같지만."

유사쿠는 세 학생에게 말을 걸었다. 세 사람이 거의 동시에 얼굴을 들었다.

"전뇌라는 말을 알고 있나? 전기할 때 전에 두뇌 할 때 뇌인데."

"컴퓨터란 뜻이죠." 얼굴이 갸름한 학생이 말했다. 나머지 두 명도 끄덕였다.

"그럼 전뇌식 심동조작이란 말은?"

"전뇌식…… 뭔데요?"

"이런 글씨를 써."

유사쿠는 옆의 칠판 구석에 분필로 썼다. 세 사람 다 고개를 갸웃거렸다.

"들은 적 없는데요."

"저도 모르겠어요. 대체 무슨 말이에요?"

"아냐." 하고 유사쿠는 칠판지우개로 글씨를 지웠다.

"별건 아냐. 옛날 애기이니 자네들이 모르는 것도 무리가 아니지."

의자로 돌아와서 커피잔을 들었다. 학생들은 다시 자기 일로 돌아갔다.

"아, 그렇지." 하고 스즈키가 입을 열었다.

"요전에 그날 점심시간에 우류 선생님을 봤는지 물으셨죠."

"응. 점심시간에는 보지 못했다고 했지."

"네. 그 얘긴데요."

스즈키는 어색한 얼굴로 수줍은 듯이 미소를 지었다.

"어제 깨달았는데, 그때 선생님이 여기 계셨던 것은 확실하다고 생각합니다."

"어째서지?"

"이겁니다."

스즈키는 자기 책상에서 종이 한 장을 꺼내 유사쿠에게 건넸다. 그건 컴퓨터 출력 용지였다. 가타가나*의 가는 글씨로 무슨 책 제목 같은 것이 몇 개 프린트되어 있었다. 그리고 그 여백 부분에 '스즈키 군에게. 이상의 자료를 모아 주길 바라네. 내일까

---

* 일본의 문자로 외래어나 고유명사를 표기할 때 주로 사용한다.

지. 우류.' 하고 빨간 색연필로 써 놓았다.

"저희 학교에는 문헌 자료 검색 시스템이 있습니다. 키워드를 지정하면 거기에 관계된 문헌과 자료를 찾아서 개요를 조사할 수 있는 것이죠. 그날 선생님은 단말기를 사용하여 이렇게 자료 제목을 출력하신 것입니다. 제가 여기 돌아오니 책상에 이것이 놓여 있었어요."

"하지만 그걸 꼭 점심시간에 출력했다고 단정할 순 없잖아?"

"아뇨, 여기 시각이 찍혀 있어서요."

스즈키는 용지 오른쪽 구석을 가리켰다. 정말로 거기에는 날짜와 함께 '12:38:26'이라고 인쇄되어 있었다. 12시 38분 26초에 시작했다는 것이다.

유사쿠는 가벼운 이명을 느꼈다. 아니, 이명이 나는 게 아니다. 심장 고동이 귀까지 울리는 것이다.

혀를 한 번 핥고 난 뒤, 질문을 했다.

"이건 틀림없이 우류 선생 글씨인가?"

스즈키는 끄덕거렸다.

"틀림없습니다. 휘갈겨 썼지만, 자세히 보면 아주 예쁜 글씨잖아요."

유사쿠는 용지를 스즈키에게 돌려주었다. 손이 떨릴 것 같았다.

아키히코의 알리바이는 완벽했다. 12시 40분경에 이 대학에 있었다면 도저히 범행은 불가능하다.

'그럼 그건 뭐지? 미사코가 보았다는 녀석의 뒷모습은?'

무너지듯이 의자에 앉았을 때, 슈트 안에서 삐삐가 울렸다. 황급히 스위치를 껐다. 학생들도 놀란 얼굴을 했다.

"전화 좀 써도 될까."

"아, 그럼요. 외선은 0을 누르고 교환을 불러 주세요."

스즈키가 가르쳐 준 대로 해서 시마즈 경찰서에 전화를 걸었다. 받은 사람은 와타나베 경위였다. 와타나베는 당장 돌아오라고 했다.

"무슨 일 있습니까?"

"좋은 소식이야. 사건 해결이다. 우치다 스미에가 자백했어."

7

오다가 마쓰무라 겐지를 의심하기 시작한 것은 유사쿠와 함께 UR전산 본사 내빈실에서 그를 만났을 때가 처음이었다고 한다. 그때 마쓰무라가 무심히 한 말이 마음에 걸린 모양이다.

그 말은 범행에 관해 사소하게 의견 차이가 생겼을 때 나온 말이었다.

"그래도 화살을 들고 스가이 대표이사 몸에 닿을 때까지 다가가는 건 무리입니다. ……역시 누군가가 묘지 뒤에서 대표이사님 등을 향해 화살을 날렸다고 생각되는군요."

마쓰무라는 이렇게 말했다. 여기서 '묘지 뒤'라는 말이 핵심이었다.

"이 말을 들었을 때, 이 남자는 뉴스를 보지 않았구나 생각했습니다. 발자국이 발견된 자리로 보아, 범인은 묘지 담장 밖에서 노린 것으로 보인다고 몇 번이나 보도를 했으니까요. 그러나 대표이사가 살해된 사건인데 상무가 대충 알고 있을 리가 없겠죠. 그럼 왜 그런 말을 했을까, 단순한 기억의 오류일까. 그때 문득 생각했습니다. 어쩌면 이 남자는 사실을 말한 게 아닐까. 어떤 이유로 진상을 알게 되었고, 그래서 자기도 모르게 떠든 게 아닐까. 그러던 중에 투서가 날아와서 더 놀랐어요. 화살을 날렸다고 생각되는 장소에 남아 있던 발자국은 단순히 석궁을 감출 때 생긴 것일지도 모른다, 그렇다면 실제로 쏜 것은 다른 곳일 수도 있다. 아니, 확실성을 생각하면 마쓰무라가 말했듯이 바로 옆 묘지 뒤에서 노리는 것이 당연하죠. 마쓰무라를 의심하기 시작한 건 그때였습니다. 아무 관계없는 사람이 진상을 알 리가 없다, 이 남자야말로 범인이 아닐까 생각했죠."

이날 밤 수사회의에서 오다는 자랑스럽게 보고했다. 유사쿠는 며칠 전에 그에게 처음 이 추리를 들었을 때는 설마 적중할 거라곤 생각지도 못했다.

어쨌든 이 추리가 방아쇠가 되어 마쓰무라의 알리바이며 스미에와의 관계를 중점적으로 조사하게 된 것이다.

동행한 수사관에 따르면 마쓰무라 겐지는 거의 아무런 저항도 하지 않고 인정했다고 한다. 아마 이렇게 될 걸 각오한 것 같다고 했다. 그가 수사관들과 회사를 나오기 전에 한 일은 이웃집에 전화를 걸어서 키우는 고양이를 부탁한 것뿐이었다.

"입양해 줄 곳이 있으면 제일 좋겠지만, 그게 어려울 때는 보건소에 연락해 주십시오. ……네, 폐를 끼치면 안 되니까요. ……네, 부디 잘 부탁합니다."

자기는 한동안 집을 비우기 때문에, 라고 설명한 것 같다. 마쓰무라 겐지에게는 아내도 자식도 형제도 없었다.

취조실에 들어간 마쓰무라는 취조관이 맥이 풀릴 정도로 순순히 자백했다. 이쪽이 묻기 전에 다 말해 주었다는 것이 담당 형사의 말이다.

동기로는 두 가지를 말했다고 한다. 한 가지는 우류 가가 구축해온 UR전산을 스가이 마사키요가 지배하는 것을 참을 수 없었다, 또 한 가지는 유일한 우류 가 사람인 자신이 스가이에게 박해당할 것은 명백해서 그걸 저지하기 위해 선수를 쳤다고 한다.

"게다가." 하고 마쓰무라는 웃으면서 말했다고 한다.

"그 남자는 광인(狂人)입니다. 광인에게 힘을 주면 안 됩니다."

어떤 점이 광인인지 수사관이 묻자, 그는 당당하게 대답했다.

"그 광기는 앞으로 발휘됐을 테죠. 저는 그걸 막은 것뿐입니다."

이 대답을 이유로 마쓰무라는 정신감정을 받아야 할 필요가 있을지도 모른다고, 니시가타의 상사인 곤노 총경은 판단했다.

범행 과정은 거의 수사진이 생각한 대로였다. 스가이 마사키요 살해를 결심한 그는 당일 우류 가에 사람들이 모인다는 것에 착안하여, 우류 가의 석궁을 흉기로 사용하기로 마음먹었다. 그러면 자기 이외의 사람이 의심을 받을 거라고 생각한 것이다. 다행히 우류 가에는 오랜 세월 친분이 있는 스미에 씨가 있다. 그녀를 설득해서 석궁을 갖고 나오게 했다.

이 점에 관해서 마쓰무라는 "스미에 씨한테는 아무 책임도 없습니다."라고 주장했다. 스미에한테는 "아는 골동품점에 보여 보려고 하니 몰래 갖고 나왔으면 좋겠다."라고 부탁했을 뿐이라는 것이다. 그래서 그녀는 사건 소식을 들은 순간 범인을 알았을 테지만, 친한 사이이기도 하고 언젠가 자수할 거라고 믿고 잠자코 있었을 거라는 게 마쓰무라의 주장이었다.

그러나 스미에를 취조한 형사는 전혀 다른 자백을 들었다. 그녀는 마쓰무라의 목적을 듣고 나서 협력했다는 것이다. 그래서 히로마사가 체포됐을 때에는 가슴이 찢어지는 것 같은 마음이었다고 했다.

"마쓰무라 씨를 생각하면 고백할 수도 없어서 괴로웠습니다. 그러나 형사님이 히로마사 씨 얘기를 꺼내자, 어쩔 수 없이 자백했습니다."

현 단계에서는 어느 쪽의 주장을 받아들일지 정하지 못했다. 스미에에게 범행이 들킬 게 뻔한데 그녀에게 거짓말을 하고 석궁을 갖고 나오게 했다는 마쓰무라의 이야기가 부자연스러운 건 사실이다. 그러나 마쓰무라가 말한 범행 동기를 듣고 스미에가 순순히 동의했다는 것도 생각하기 어려운 일이었다.

마쓰무라는 투서를 자신이 썼다고 했다. 히로마사를 구하기 위해 최대한 사실을 써서 보냈다고 한다. 확인을 위해 내용을 말해 보라고 했더니 세세한 부분에 약간의 차이는 있지만, 본인이 쓴 것으로 판단해도 좋을 거라는 결론을 내렸다.

모든 것을 고백하고 나서 "정말 수고를 끼쳐 드렸습니다." 하고 사과한 뒤, 마쓰무라 겐지는 취조관에게 질문했다.

"형사님, 저는 역시 사형일까요."

그런 일은 없을 거라고 취조관이 대답하자, 마쓰무라는 빙그레 웃으며 말했다.

"그런가요. 그럼 제2의 인생을 보낼 수 있겠군요."

그때 그의 눈은 마치 입학식을 앞둔 어린이 같았다고 취조관은 후에 모두에게 보고했다.

8

살인 사건은 해결됐지만, 유사쿠는 아직 아무것도 해결하지 못했다. 수사본부가 해산된 날, 유사쿠는 우류 아키히코에게 전화를 했다.

"수고했다고 해야 하나."

전화 너머에서 아키히코가 말했다.

"이번 사건에서 난 아무것도 하지 않았어."

유사쿠가 말하자, 아키히코는 소리 없이 웃는 것 같았다. 유사쿠는 거칠게 말하고 싶은 걸 참고 조용히 말했다.

"할 얘기가 있다."

"좋아. 너하고 얘기하는 것도 나쁘지 않지."

"내가 그리로 갈게. 몇 시쯤 가면 되냐?"

"아니, 다른 장소에서 만나자."

"어디 좋은 데라도 있나?"

"아주 좋은 장소지. 신센지 절 묘지에서 만나고 싶다."

"묘지? 진심이냐?"

"물론이지. 신센지 절 묘지에서 5시. 어떠냐?"

"알겠다. 무슨 바람인지 모르겠지만, 어울려 주지. 5시지?"

한 번 더 확인하고 수화기를 내려놓았다. 그리고 고개를 갸웃거렸다. 이상한 놈이라고 생각했다.

보고서를 쓰고 있는데 젊은 형사가 석궁과 활을 상자에 넣어서 나갈 준비를 하는 게 보였다.

"그거 어떻게 하려고?" 유사쿠가 물었다.

"우류 가에 돌려주러 갑니다. 범행에 사용된 화살과 히로마사가 처분한 화살은 증거로 보관해 두지만, 석궁은 골동품으로 가치도 있을 테니까요."

"그 화살은?"

"범행에 사용되지 않은 세 번째 화살입니다. 사건 다음 날 우류 가 서재에서 발견한 거죠."

들고 보니 그런 화살이 있었던 것 같다. 운명적인 우연이라고 생각했다. 독이 든 화살은 한 개밖에 없었다. 처음에 히로마사가 갖고 나온 화살은 독화살이 아니었다. 만약 그것이 독화살이라면 마쓰무라는 독이 없는 화살을 쏘아서, 스가이 마사키요도 죽지 않았을지 모른다.

'그건 마쓰무라한테 운이 좋은 일이었을라나.'

유사쿠는 잠시 생각했지만, 쉽게 결론이 나올 것 같지 않아서 그만 생각하기로 했다.

"그 석궁과 화살, 내가 갖다 줄게."

"네? 정말요?" 젊은 형사는 기뻐했다.

"응. 다른 볼일도 있고 해서."

그러자 젊은 형사는 사양하지 않고, "이야, 고맙습니다." 하고 신나서 상자를 유사쿠 책상으로 옮겼다.

아키히코와의 약속 시간은 아직 충분히 여유가 있다. 잡일을 떠맡은 것은 미사코를 만날 수 있을지 모른다고 생각해서였다. 그녀는 어제부터 우류 가에 돌아와 있다.

저택에 도착해서 인터폰에 손을 뻗쳤다. 그런데 누르기 전에 문 너머에서 정원 청소를 하는 미사코의 모습이 눈에 들어왔다.

"사모님." 하고 유사쿠는 감정을 자제한 목소리로 불렀다. 잘 들리지 않은 것 같아서 한 번 더 불렀다.

그녀는 얼굴을 들고, 어머나, 하듯이 입을 움직였다. 그 순간, 유사쿠는 가슴이 쿵 내려앉았다. 그녀의 얼굴이 평소보다 더 빛나 보였기 때문이다.

"들어오세요."라고 해서 작은 문으로 안에 들어갔다. 미사코
는 그가 들고 있는 상자를 보고 물었다.

"뭐야, 그거?"

유사쿠는 내용물에 관해 설명했다. 역시 사건 얘기가 나오니
표정이 굳어졌다.

"다시 돌아왔네."

목소리를 낮추어 유사쿠가 말하자, 미사코는 씁쓸한 미소를
지었다.

"스미에 씨가 없잖아. 일을 도와야 할 것 같아서."

"흐음." 하고 유사쿠는 그녀의 얼굴을 찬찬히 보았다.

"착한 며느리네."

미사코는 고개를 저었다.

"놀리지 마, 그런 거 아냐."

"진심으로 그렇게 생각해."

"그만해. 그보다." 미사코는 안채 쪽을 살핀 뒤, 약간 까치발
을 하고 유사쿠에게 얼굴을 가까이 가져갔다.

"그 일, 그 후 어떻게 되었어? 뭐 아는 거 없어?"

"응……. 사건 때문에 바빠서. 그 자료 자체는 관계없다는 게
밝혀져서 좀처럼 조사하기가 어렵네."

유사쿠는 어색한 말투란 걸 자각하면서 말했다. 미사코와 눈
을 마주치기 어렵다. 소스케의 비밀을 그녀에게 얘기할 수는 없

었다.

미사코는 의외로 깊이 알려고 하지 않았다.

"뭐라도 알게 되면 가르쳐 줘."

그럼, 그래야지, 하고 유사쿠는 대답했다.

"그만 가 볼게. 이 상자, 어디다 두면 좋을까."

"그냥 여기 둬. 나중에 내가 치울게."

미사코의 말에 유사쿠는 발밑에 상자를 내려놓았다. 그리고 뚜껑을 열었다.

"일단 내용물을 확인해 줄래."

"알겠어. 살인에 쓰인 거라 생각하니 뭔지 모르게 무섭지만."

미사코는 몸을 구부려서 상자 안을 얼핏 본 뒤, "이건?" 하고 화살을 손에 들었다.

"사용하지 않은 세 번째 화살이야. 목제 장식장 제일 아래칸 서랍에 들어 있었다 하더군. 참고하려고 빌려갔었어."

"아아, 그거." 하면서 그녀는 화살을 들여다보더니, "어……." 하고 고개를 갸웃거렸다.

"왜 그래?"

"어, 저기……. 기억이 잘못됐을지도 모르지만, 이 화살은 화살깃이 한 개 떨어질듯 달랑거리지 않았나."

어? 하고 유사쿠는 화살을 받아들고 살펴보았다. 화살깃은 세 개가 모두 잘 붙어 있다.

"문제없는 것 같은데."

"그러네, 이상해라." 미사코는 석연찮은 얼굴이었다.

"화살깃이 한 개 달랑거려서 이것만 따로 있나 생각한 기억이 나는데, 착각한 건가."

그렇게 말하면서 그녀는 화살을 상자에 넣었다. 문득 그녀의 가늘고 긴 손가락과 금속제 화살이 얽힌 듯이 보였다.

그 순간, 찌릿하고 작은 전류가 온몸을 지나갔다. 그리고 다음에는 온몸에 소름이 돋고 식은땀이 배어났다.

"어머나, 왜 그래?"

미사코가 그의 얼굴을 돌아보더니 불안스럽게 말했다.

"아니, 아무것도 아냐." 간신히 소리가 나왔다.

"그만 가 볼게. 시간이 없어서."

"으응……. 또 연락해 줘."

"할게."

대문을 나올 때까지 유사쿠는 최대한 똑바로 걸었다. 하지만 한 걸음 밖으로 나오자, 마치 한껏 당겼던 고무줄을 놓은 것처럼 달리기 시작했다.

종장

묘석 한 면에 노을이 비쳐서 온통 붉게 물들었다. 유사쿠는 그 안으로 성큼성큼 걸어갔다. 흙을 밟는 소리가 서늘한 바람 속에 녹아든다.

우류 아키히코는 우류 가 묘지 앞에 있었다. 양손을 바지 주머니에 찔러 넣고 멀리 하늘을 바라보는 것 같았지만, 발소리가 들렸는지 유사쿠 쪽을 돌아보았다.

"늦었네."

아키히코는 미소를 지으며 말했다. 유사쿠는 잠자코 다가갔다. 그리고 몇 미터 앞에서 멈춰 서서 아키히코의 얼굴을 노려보았다.

"감식하러 다녀오느라." 유사쿠가 말했다.

"감식?"

"그래. 중요한 것을 확인하느라고." 유사쿠는 천천히 말을 이었다. "화살깃 말이야."

아키히코의 얼굴이 잠시 굳어지는 것 같았다. 하지만 몇 초 지나자 이내 원래의 표정으로 돌아왔다. 눈가에 미소조차 감돈다.

"그래서?"

"미사코가 기억하고 있었어. 따로 있던 세 번째 화살은 미사코가 보았을 때 화살깃 하나가 달랑거리고 있었다고. 그러나 그 화살을 따로 둔 건 그 때문이 아니었지. 그 화살이야말로 독화살이었던 거야. 요컨대 히로마사가 갖고 간 것도, 마쓰무라가 스미에 씨한테 받은 것도 독화살은 아니었어."

아키히코는 아무 말도 하지 않았다. 일단 전부 들어 보자는 것 같다.

"그런데 마쓰무라가 스가이 마사키요에게 쏜 것은 틀림없이 독화살이었지. 어째서 그렇게 된 걸까. 생각할 수 있는 건 하나밖에 없어. 마쓰무라가 석궁과 화살을 이 묘지 담장 밖에 숨긴 뒤에, 다른 누군가가 독화살로 바꿔치기한 거지."

유사쿠는 심호흡을 했다. 아키히코가 희미하게 끄덕였다.

"그 누군가는 마쓰무라의 계획을 알고 이곳으로 상태를 보러 왔을지도 모르지. 그리고 석궁과 화살을 발견했는데, 보니까 독화살이 아니어서 당황했고. 일반 화살로 쏘아 봐야 죽을 확률은 지극히 낮거든. 그래서 그 인물은 그 화살을 갖고 급히 우류 저택으로 가서 몰래 서재에 들어가 독화살과 바꿔 온 거야. 그때 뒷문으로 나가는 걸 미사코가 목격한 거지."

그녀의 이름이 나오는 게 불편한지 이 순간만큼은 아키히코도 눈을 감았다.

"화살은 무사히 바꿔치기했지만, 마음에 걸리는 게 있었어. 그동안의 알리바이가 공백이라는 거야. 직장 근처 식당에 전화해서 자기가 돌아갈 무렵에 도착할 만한 식사를 주문했지. 그래서 싫어하는 장어구이까지 메뉴에 넣어야 했던 거고."

유사쿠는 이어 말했다.

"이것이 사건의 진상이야."

그가 말을 마친 뒤에도 아키히코는 한동안 발밑을 보거나 노을을 보면서 묵묵히 있었다.

"과연." 하고, 한참만에야 그는 입을 움직였다.

"장어구이가 부자연스러웠군. 잘도 기억하고 있었네."

"기억하지. 너에 관해서라면 무엇이든." 유사쿠는 대답했다.

아키히코는 휴우 하고 숨을 토했다.

"기뻐해야 하나, 그런 건."

"글쎄다." 유사쿠는 어깨를 움츠렸다.

"증거는 있냐? 화살을 바꿔치기했다는."

"실제로 사용된 화살을 조사해 보면 알지. 좀 전에 감식을 확인하고 왔다. 세 개의 화살깃 중 한 개에 접착제를 붙인 흔적이 있었다. 아마 순간접착제겠지."

"그러냐. 게다가 미사코의 증언이 더해졌으니 확실한 증거겠군."

아키히코가 한숨을 쉬었다.

"아니, 미사코는 아무것도 몰라. 이 사실을 아는 것은 나뿐이야."

유사쿠가 말했다.

"밝히지 않을 거냐?"

"의미가 없어. 이 정도로는 아마 증거도 되지 않을 거야. 무엇보다 실제로 쏜 것은 마쓰무라지 네가 아니잖아."

그리고 유사쿠는 아키히코의 눈을 바라보며 조용히 말했다.

"네가 이겼네."

아키히코는 얼굴을 돌리고 몇 번인가 눈을 깜박거렸다. 그러고 나서 다시 돌아보더니 말했다.

"장인어른 만났다더라."

소스케 일은 그에게 이미 들은 것 같다.

"하지만 아직 모르는 게 많아."

"그렇겠지."

아키히코는 주머니에서 오른손을 꺼내더니, 앞머리를 쓸어 올렸다.

"우에하라 박사가 스와요양소에 있었던 건 알고 있냐?"

"알아."

"그럼 거기서부터 이야기하지."

아키히코는 주위를 둘러보더니 우류 가의 무덤을 둘러싸고 있는 돌계단에 걸터앉았다.

"뇌의학 연구자였던 우에하라 박사는 스와요양소 시절, 참으로 흥미로운 환자를 만났어. 총알을 맞아 측두부에 부상을 입었지만, 일상생활은 거의 문제가 없는 환자였어. 그런데 특수한 소리나 냄새에 극히 민감하게 반응하는 거야. 그 반응이란 다양해서 황홀한 표정을 보일 때도 있고, 쿡쿡 웃을 때도 있었어. 또 심한 발작을 일으키며 난동을 부릴 때도 있고. 박사는 여러 가지 검사를 해보고, 측두부 신경 회로에 문제가 있음을 발견했지. 어떤 종류의 외부 자극을 받으면 그 부분에 이상 전류가 발생하는 거야. 거기서 박사는 한 가지 가설을 세웠다. 즉, 그 부분에는 인간의 감정을 컨트롤하는 신경이 있어서 부상 때문에 생긴 이상 전류가 그 신경을 자극하는 게 아닐까, 하고. 박사는 그걸 확인하기 위해 일부러 전기 자극을 가해서 그 반응을 보기도 했어. 그 결과, 상상도 못한 일이 일어난 거야."

유사쿠는 침을 삼켰다. 아무것도 상상이 되지 않는다.

"그 환자가 이상해지기 시작했어."

"악화된 거냐."

"그렇지 않아. 이상해진 건 태도야. 한 번은 환자가 박사한테 좋아한다고 말을 했대."

"헉." 유사쿠는 소리를 흘렸다.

"그 환자는 원래 말수가 적었는데 실험을 하는 동안 수다스러워지더니 급기야 그런 말을 한 거야. 마지막에는 박사가 시키는 거라면 무슨 명령이든 듣겠다고까지 했다는군. 실험을 마치고 얼마 지나자 평정을 되찾고는 그때까지 일을 잘 기억하지 못하더래. 말할 것까지도 없지만 이 환자는 남성이고, 게다가 평범한 취향의 사람이었어."

"어째서 그렇게 된 거야?"

"박사가 자극을 가했던 신경이 감정을 담당하는 것이었던 건 의심할 여지가 없어. 또 이 환자의 경우 어떤 특별한 주파수 소리를 들어도 같은 반응을 보인다는 것이 판명됐어. 요컨대 그 소리를 들려주는 동안, 박사에게 계속 애정을 느끼는 거지."

유사쿠는 머리를 흔들었다. 믿을 수 없는 이야기였다.

"이 증세와 실험 내용, 그리고 이걸 응용하면 사람의 감정 조절도 가능하다는 코멘트를 붙여서 박사는 보고서로 정리했어. 그런데 이렇게 획기적인 발견인데도 이 보고서는 거의 빛을 보지 못했어. 전쟁 직후여서 제대로 된 발표의 자리를 갖지 못한 거야. 우에하라 박사도 자기 병원 재건에 열정을 쏟아야 했고. 그렇게 몇 년이 지났을 무렵, 우류공업 대표이사 우류 가즈아키, 즉 우리 할아버지가 박사를 찾아갔어. 그 연구 성과에 아주 관심이 많다는 얘기를 했겠지."

"알 수가 없군. 어째서 제조업 사장이 그런 데 흥미를 갖는 거야."

유사쿠는 줄곧 품고 있던 의문을 여기서도 얘기했다.

"그걸 설명하려면 우류공업이라는 회사의 성격을 설명할 필요가 있겠네. 원래 미세가공을 전문으로 했던 회사였는데, 전쟁 중에는 군의 명령으로 무기 등 정밀부품을 제조했어. 그런 일로 할아버지는 모 정부 관계자와 친분이 생겼지. 이 정부 관계자가 별난 인간이었던 것 같아. 어디선가 우에하라 보고서를 갖고 와서 할아버지에게 논의를 한 거야. 만약에 뇌 속에 정밀 부품을 심을 수 있다면 외부에서 전파를 보내서 감정도 조작 가능하지 않겠냐고. 그리고 그것이 가능해지면 어떤 상대든 스파이로 만들 수 있다고……."

유사쿠는 앗 하고 놀랐다. 그런 방법이 있었던가.

"전쟁에 진 직후에 그런 생각을 하는 사람이 있다니."

"그 점이 발상의 차이야. 그들의 주장은 이랬어. 아무리 연구

해도 지금 당장 실현되긴 어렵다. 그러나 지금 기초연구를 쌓아두면 장래 반드시 실현된다. 그리고 그 무렵에는 다시 세계를 상대로 싸울 수 있을 것이다."

"정상적인 생각이 아니잖아." 유사쿠가 내뱉듯이 말했다.

"그렇지. 하지만 할아버지는 그 아이디어를 받아들였어. 과학의 힘으로 인간을 조작한다는 환상에 사로잡힌 거지. 그리고 우에하라 박사에게 접근해서 우류공업 내에서 연구를 시작하게 한 거야. 그게 전뇌식 심동조작방법 연구야. 이 연구를 위해 일곱 명의 가난한 젊은이를 모아서 인체실험을 했어. 할아버지도 우에하라 박사도 미쳤던 거지."

"그건 정부의 지원을 받아서 한 거야?"

아키히코는 얼굴을 찡그리며 가볍게 눈을 감은 채 고개를 저었다.

"그건 몰라. 그런 기록도 증거도 남아 있지 않아. 형식상으로는 한 기업이 극비리에 실행한 것으로 되어 있어."

"그러냐······. 그래서 연구는 어떻게 됐어?"

"어느 정도는 성공했어. 감정을 지배하는 신경을 전기로 자극하여 본인의 의사나 정동*을 조절하는 건 확인됐어. 박사는 또스와요양소에서 만난 환자처럼 어떤 소리에 반응하는 증세를 만들어 내려고 했지. 그런데 이건 좀처럼 잘되지 않았어. 생각한

---

* 희로애락과 같이 일시적으로 급격히 일어나는 감정 또는 진행 중인 사고 과정이 멎게 되거나 신체 변화가 뒤따르는 강렬한 감정 상태.

반응이 나타나지 않는 거야. 그러는 사이에 말도 안 되는 일이 일어났지. 피실험자 일곱 명 중, 네 명이 도망쳐 버렸어."

"그건 알고 있어."

그중에 에지마 소스케도 있었다.

"원래 신원이 확실한 사람들이 아니어서 찾아내기가 힘들었어. 게다가 공공연히 찾을 수도 없고. 일단 남은 세 사람으로 실험을 계속했지. 그리고 드디어 그들이 민감하게 반응하는 특수한 조건을 발견해 냈어. 박사들은 기뻐하며 데이터를 뽑고는 그들의 뇌를 원래대로 돌려놓았지. 그런데 이게 문제였던 거야."

"문제?"

"그래. 원래대로 돌려놓았다고 생각했는데, 원래대로 돌아가지 않은 거야. 세 명의 피실험자 중, 두 명이 사망했어."

아키히코는 얼굴을 찡그리면서 말했다. 유사쿠는 숨을 멈추었다.

"왜지?"

"몰라. 지금도 수수께끼야."

"세 명 중 두 명이……. 그럼 나머지 한 명은?"

"목숨은 건졌지만, 대신에 지능이 점점 떨어졌어. 유아 수준까지 떨어졌지."

"지능 저하, 유아 수준……. 그건 혹시……."

유사쿠가 말을 흐리자, 아키히코는 끄덕이더니 안주머니에서 유사쿠의 노트를 꺼내 주면서 말했다.

"히노 사나에 씨야."

해는 저물어갔다. 하늘의 붉은빛도 거의 스러졌다.

"그만큼 희생자를 내고서야 할아버지와 박사는 눈을 뜬 것 같아. 그 시점에서 연구는 종결됐어. 그때까지의 데이터는 파일로 정리해서 한 부는 우에하라 박사가 보관하고 다른 한 부는 우류가 금고에 넣어 놓게 되었지. 그리고 영원히 비밀에 부치기로 했어. 다만 이것으로 모든 게 끝난 게 아냐. 관계자들 마음에 걸린 건 도망간 네 명이었어. 장인어른한테 들었는지 모르겠지만, 그들은 머리에 폭탄을 넣고 사는 거나 마찬가지야. 그걸 어떻게든 해야 했어. 먼저 네 명을 찾는 게 급선무였는데, 이게 아주 힘든 일인 거야. 그래도 우연이 도와서 세 사람까지는 찾았어. 그 무렵에는 아직 우에하라 박사가 건재해서 상태를 진찰했지. 문제 파일에는 그 세 명의 신상과 당시 증세가 기록된 자료도 들어 있어."

"그 극비 파일을 30년 만에 빼앗으려고 한 남자가 있었던 건가."

유사쿠가 말하자, 아키히코는 쓴웃음을 지었다.

"스가이 마사키요의 아버지도 연구에 참가했지. 그런데 연구를 종결한 후에도 몰래 재개하려고 생각했던 것 같아. 부자가 둘 다 똑같이 이상한 인간들이지. 그러나 할아버지가 돌아가신 후에도 아버지가 건재한 동안에는 손을 댈 수가 없었던 거야. 그것이 스가이 가와 우류 가의 힘 관계를 상징했다고 할 수 있을지도 몰라. 아마 마사키요는 자기 아버지한테 스가이 가 손으로 그 계획을 재개시키라고 명령을 받았겠지. 반쯤 집념 같은 거였어. 그래서 우리 아버지가 쓰러지고 자기 천하가 가까워지니 착착 준비를 시작한 거지."

"그래서 파일을 우류 가에서 빼냈군. 그런데 생각지 못한 반격을 당한 거네."

"파일이 스가이 손에 넘어갔다는 걸 알았을 때, 나는 바로 마쓰무라 씨한테 연락했어. 여러 면으로 대책을 강구해야 하니까."

"마쓰무라 씨는 어떤 입장인 사람이야?" 유사쿠가 물었다.

"계획 당시에는 갓 입사한 기술자였고, 실험할 때는 전기 관계를 담당했어. 실험하는 걸 목격한 몇 안 되는 사람 중 한 명이지. 그의 말에 따르면 그건 도저히 인간이 할 짓이 아니었대. 피실험자들 모습이 점점 바뀌는 것을 볼 때마다 도망치고 싶었다더군. 그랬던 만큼 사망자가 나왔을 때의 충격은 장난이 아니었던 모양이야. 노이로제에 걸려서 한동안 재기불능이었다고 하니까. 지금도 그 실험에 참여한 걸 후회하고 있어."

아직 젊은 청년이라면 그게 당연한 반응이라고 유사쿠는 생각했다. 아까 아키히코도 말했지만, 우에하라나 우류 가즈아키가 미쳤던 것이다.

"스가이를 죽이겠다고 말을 꺼낸 건 어느 쪽이냐." 유사쿠가 물었다.

"어느 쪽도 말하지 않았어. 두 사람 사이에 그런 얘기는 나오지 않았어."

아키히코는 단호히 부정했다.

"다만 두 사람 다 같은 생각을 한 것 같아."

"그럼 공모한 건 아닌 거냐."

"공모한 것은 마쓰무라 씨와 스미에 씨 같더군. 스미에 씨도 우류 가의 비밀을 마쓰무라 씨한테 들어서 얼마나 중대한 일인지 이해했을 거야. 되도록 그 사람을 끌어들이고 싶지 않았겠지만."

아키히코는 원통한 듯이 미간을 찡그렸다.

"넌 어떻게 할 생각이었냐? 역시 스가이를 죽일 생각이었냐?"

유사쿠가 물었다.

"물론 그렇지. 그 인간에게만은 그 파일을 건넬 수 없었어. 보여 줘도 안 됐어."

"그 광기 같은 연구를 두 번이나 되풀이하게 할 수 없었던 거구나."

"그것도 있지. 그러나 그 이상으로 지금도 살아 있는 세 명의 희생자를 스가이에게 알리지 않는 것이 중요했어. 스가이가 그들을 알면 접촉할 게 틀림없으니까. 우리는 그 세 사람의 생활을 보호할 의무가 있었어."

"한 사람은 너희 장인이시지."

"그뿐만이 아냐. 그들 중 한 사람은 현재 정계에서 힘 있는 사람이 되었어. 그런 사람 뇌에 감정조작 회로가 심긴 채로 있다는 걸 스카이가 알면 어떤 행동을 할지 몰라."

"정계?"

유사쿠는 에지마 소스케의 이야기를 떠올렸다. 도망을 이끌었던 리더의 이름이 아마 시도였지. 현재 모 정당의 참모로 유명한 인물이 같은 성이지 않은가.

유사쿠가 눈치챈 것을 알아차렸는지 낮은 목소리로 말했다.

"극비야. 너니까 얘기하는 거야."

"알아. 어쨌든 그런 이유로 죽이기로 한 거구나."

"그것밖에 해결 방법이 없었으니까."

"역시 석궁으로?"

유사쿠가 말하자 아키히코는 웃음을 터트렸다.

"설마 그럴 리는 없지. 난 권총을 쓸 생각이었어."

"권총?"

"아버지 유품 중 하나야. 이 총의 존재는 아무도 몰라. 흉기로 최적이라고 생각했어. 그래서 범행 현장을 사전답사하러 여기 왔던 거야. 그리고 석궁과 화살이 숨겨진 걸 발견했지. 아마 마쓰무라 씨일 거라고 생각했지만, 누군가가 실행해 준다면 그건 그것대로 괜찮았어. 그런데 화살이 독화살이 아닌 걸 알았을 때는 당황스럽더군. 그다음은 네 추리대로다."

"마쓰무라는 네가 화살을 바꿔치기했다는 걸 알아?"

"아니, 지금도 모를 거야. 마쓰무라 씨는 세 개가 다 독화살이라고 믿고 있었으니까."

"그런 거였나……."

중얼거린 뒤, 유사쿠는 생각나는 게 있었다.

"그건 혹시 너였냐. 그 투서……."

그러자 아키히코는 민망한 듯이 인중을 비볐다.

"히로마사를 구하기 위해 어쩔 수 없었어. 마쓰무라 씨한테 이런 투서를 경찰에 보내고 싶다고 말해 봤지. 그 사람은 좋네요, 하더군. 그것 때문에 체포된다면 운명이라 생각하고 포기하 겠습니다, 하고."

그래서 마쓰무라가 깔끔하게 자백했구나, 하고 유사쿠는 생 각했다. 처음부터 각오하고 있었던 것이다.

"스가이 마사키요가 죽은 걸 알았을 때, 바로 스가이네 집으 로 갔지? 그건 파일을 되찾기 위해서야?"

"그렇지. 그리고 한 가지 더, 스가이 가에 남아 있는 자료를 몰수할 목적도 있었어."

그랬지, 유사쿠는 생각났다. 스가이 마사키요가 아버지에게 물려받았다고 하는 검은 표지의 노트가 서랍에서 사라졌던 것이.

"스가이 마사키요 살인에 관해서는 잘 알겠다. 두 사람의 어 쩔 수 없는 이유도 이해했어."

아키히코는 천천히 눈을 깜박이며 턱을 비스듬히 저었다.

"그러나 중요한 얘기를 듣지 못했네."

"알아." 하고 아키히코는 말했다.

"사나에 씨 얘기지?"

"할아버지가 돌아가시고 대표이사로 오른 사람은 스가이 마사키요의 아버지인 다다키요였다. 그 인간은 예의 그 계획을 자기 손으로 부활시키려고 했어. 그러나 연구 데이터가 없었어. 그래서 놈이 눈독 들인 것이 유일하게 살아남은 사나에 씨였다. 학자를 고용해서 그녀의 뇌를 조사하게 하면 다양한 노하우를 파악할 수 있을 거라고 생각했지."

"그럼 그날 밤 사나에 씨는 스가이 일행한테 끌려 나갈 뻔한 거야?"

"그런 것 같아. 지능이 낮은 사나에 씨를 데려가는 정도는 일도 아니고, 그 계획을 비밀로 하고 싶은 우에하라 박사가 시끄럽게 할 일은 없을 거라고 생각한 거지. 그런데 의외로 사나에 씨가 반항을 한 거야. 그리고 그 결과……."

아키히코는 그다음 말을 하지 않았다.

"그런 일이……."

유사쿠는 어금니를 악물었다. 사나에는 정체 모를 남자들에게서 도망치려고 하다 창문으로 떨어진 것이다. 그녀가 얼마나 겁쟁이였는지 유사쿠는 잘 알고 있다. 분해서 몇 년 만에 눈시울이 뜨거워졌다.

"이거 돌려줄게."

아키히코가 노트를 내밀었다.

"오랫동안 품어 왔던 궁금증이 풀렸을 테지."

유사쿠는 그것을 받아들자 표지에 쓰인 글씨를 보았다. 뇌신경 외과 괴사 사건 수사기록. 이걸 펼칠 일은 이제 없을지도 모르겠다고 생각했다.

"그런데 사나에 씨에 관해 가르쳐 주고 싶은 게 있다."

아키히코가 약간 진지한 어조로 말했다.

"뭔데?"

"뇌 수술 후에 지능이 떨어진 건 아까 말했지만, 실은 그전에 그녀의 몸에는 변화가 일어났어."

"변화? 변화라니……. 설마."

"임신이야." 하고 아키히코는 말했다.

"아마 다른 피실험자와 사이에 생긴 아이였나 봐. 본인은 낙태할 마음이 없었어. 그래서 출산 준비를 했지만, 임신 6개월부터 그녀의 지능에 이상이 나타난 거야. 그리고 8개월째 들어서자 명백히 지능이 역행하는 게 보였어. 관계자들은 당황했지. 이런 상태로 아이를 낳아도 키울 수 없으니까. 그러나 이제 어떻게도 할 수 없었던 거야. 어쩔 수 없이 예정대로 아이를 낳았지. 아들이었대."

"사나에 씨가 아이를……."

그러고 보니, 유사쿠는 떠오르는 일이 있었다. 그녀는 늘 인형을 업고 있었다. 자기 자식으로 생각해서였을까.

"그 아이는 어떻게 됐어?"

그러자 아키히코는 일단 시선을 돌렸다가 잠시 사이를 둔 후, "입양됐어." 하고 말했다.

"관계자 중에 아내가 병약해서 아이를 낳지 못하는 사람이 있었어. 그 사람이 입양했어. 우에하라 박사가 조작해서 친아들로 출생신고를 했지. 부인이 장기간 요양소에 있었기 때문에 그곳에서 낳았다고 하니 친척들도 의심을 하지 않았어. 이 일은 관계자 중에서도 당사자와 그 아버지, 그리고 우에하라 박사밖에 모르는 일이야."

"당사자와 아버지?" 이해할 수 없는 말에 유사쿠의 뺨이 일그러졌다.

"무슨 뜻이야? 관계자 중 부자라고 하면 우류 가즈아키와 나오아키……."

아키히코의 얼굴을 보고, 유사쿠는 말문이 막혔다.

"너……였냐?"

"고등학교 2학년 때 알았다. 전부."

"그랬냐."

더 이상은 무슨 말을 해야 할지 몰랐다. 눈앞에 있는 사내에게도 사나에와 같은 피가 흐른다. 그렇게 생각하니 가벼운 질투 비슷한 감정이 생겼다.

"그 노트에 사나에 씨 묘에 간 얘기 있었지."

유사쿠의 손을 가리키며 아키히코가 말했다.

"한 번이지만."

"그 묘가 어디에 있는지 기억나?"

"아니, 그 후로는 데려가 주지 않아서."

그러자 아키히코는 돌계단에서 일어나, 다시 우류 가 묘를 향했다.

"사나에 씨는 이 아래에 있다."

유사쿠는 헉, 하고 놀랐다.

"설마. 이런 묘가 아니었어."

하지만 아키히코는 말했다.

"5년쯤 전에 이장한 거야. 이 아래에 있어, 틀림없어. 내 친어머니라고 아버지가 여기 모셔 주었어."

유사쿠는 묘에 다가가서 주위를 둘러보았다. 그때 본 풍경도 이랬던가. 더 넓었던 것 같은 것은 어렸기 때문일 것이다.

문득 정신을 차리고 보니 아키히코가 지긋이 보고 있었다. 그래서 유사쿠가 한 걸음 물러나자 "신기한 인연이라고 생각하지 않냐?" 하고 물었다.

"인연?"

"너하고 나. 그렇게 생각하지 않냐?"

"물론 그렇게 생각하지. 하지만 사정을 알고 보니 신기하고 뭐고 할 것도 없네. 너는 그런 사정이고, 나는 사나에 씨 죽음에 관해 계속 의문을 품어 왔고. 두 사람이 얽힌 것도 당연하네."

"아니, 과연 그럴까. 내 쪽은 그렇다 쳐도 어째서 너는 그렇게 사나에 씨 죽음에 연연했을까?"

"그건······ 내게 소중한 사람이었으니까. 게다가 아버지가 죽기 전까지 마음에 걸려 했던 사건이기도 하고."

"어째서 너는 그토록 사나에 씨한테 끌린 걸까. 또 어째서 너희 아버지는 그 사건만 마음에 걸렸을까."

잇따라 질문을 퍼부었다. 유사쿠는 짜증나서 머리를 저었다.

"무슨 말을 하고 싶은 거냐."

"성묘 말이야. 그 노트에 성묘 간 얘기 있잖아. 이상해. 내가 아버지에게 들은 얘기로는 우류 가 묘지에 사나에 씨 유골이 묻혀 있다는 걸 아는 것은 사나에 씨의 아이를 입양한 사람뿐인데."

"······뭐?"

"그러니까 사나에 씨한테 성묘할 수 있는 건 그 사람뿐이라는 말이야."

"그러니까 너희 부자뿐이라는 말을 하고 싶은 거냐?"

"그게 아냐. 우리 부자 이외의 사람이 성묘를 해도 이상하진 않아. 왜냐하면······."

아키히코는 심호흡을 한 뒤 말을 이었다.

"왜냐하면 사나에 씨는 쌍둥이를 낳았거든."

유사쿠는 순간 이 말의 의미를 이해하지 못했다.

아니, 이해는 했지만, 너무 갑작스러운 일이어서 자기가 그런 말을 들었다는 사실 자체를 믿을 수 없었다.

"뭐라고······."

신음하는 듯한 소리를 냈다.

"사나에 씨는 쌍둥이를 낳았다. 한 명은 우류 나오아키가, 다른 한 명은 마찬가지로 아내가 불임인 부부가 입양했지. 이쪽도 우에하라 박사가 조작하여 친자식으로 출생신고가 됐다. 두 사람은 이란성 쌍둥이여서 다른 쌍둥이처럼 똑같이 생기진 않았어."

아키히코의 말이 유사쿠의 귀를 지나갔다. 유사쿠는 발밑에 구멍이 뻥 뚫린 기분을 맛보았다.

"뭐라는 거야." 그는 다시 한 번 말했다. 거기에 아키히코는 아무 말도 하지 않고, 그저 몇 번이고 고개를 주억거렸다.

한참 침묵했다. 바람이 발밑으로 지나갔다.

얘기는 맞아떨어진다. 그토록 사나에 사건을 쫓아다니던 고지가 우류 나오아키가 방문한 뒤 바로 수사를 포기했다. 그때 고지는 사나에가 유사쿠의 생모란 걸 가르쳐 준 것이다. 그리고 아마 아무것도 묻지 않고 수사를 종결하기 바란다고 부탁받았을 것이다.

유사쿠는 아키히코의 얼굴을 보았다. 아키히코도 유사쿠를 보고 있었다.

'그랬구나, 그래서……'

유사쿠는 처음 만났을 때부터 알고 있었다. 어째서 이 녀석을 좋아할 수 없었는지, 어째서 이유없이 싫었는지.

닮았기 때문이다.

자신도 그렇게 생각했다. 이 녀석과 많이 닮았다. 하지만 그걸 인정하고 싶지 않았다. 자기가 누군가를 닮았다거나 누가 자기를 닮았다는 것은 참을 수 없었다.

친구 중에서도 두 사람이 닮았다고 하는 아이가 있었다. 그때마다 유사쿠는 심하게 화를 냈다. 그래서 이윽고 아무도 그런 말을 하지 않게 되었다.

"고등학교 2학년 때, 나한테 형제가 있다는 건 알았다. 그러나 그게 누군지는 가르쳐 주지 않았어. 설마 너였을 줄이야."

"재수 없었냐."

"아니, 납득이 가는 선이었어." 아키히코는 묘한 표현을 했다. "너를 처음 만났을 때, 뭔가 느낀 게 있는 건 사실이야. 그래 봐야 질투가 대부분이지만. 나이는 같은데 하는 짓은 완전히 달랐어. 너한테는 자유분방함과 모두가 좋아하는 분위기가 있었지."

"그런 너한테는 풍요로움이 있었잖아."

유사쿠가 말하자, 아키히코의 얼굴에서 순간 웃음이 가셨다. 고개를 숙이고 있더니 다시 미소를 지으며 얼굴을 들었다.

"금전적으로 풍요로운 집에 입양되는 편이 좋았을까."

"그렇다고 생각해."

자기가 태어나고 자란 환경을 떠올리며 유사쿠는 말했다. 그집 자식으로 자란 것에 불만이 있는 건 아니었지만.

"아버지는 누군지 알고 있냐?" 유사쿠가 물어보았다.

"알지만, 행방은 몰라. 도망친 마지막 한 사람이야." 아키히코는 대답했다.

"어떤 사람인데?"

아키히코는 조금 망설이는 듯 사이를 두었다가 "중국인 고아야."라고 했다.

"중국인⋯⋯."

유사쿠는 자신의 손바닥을 보았다. 여기에 이국의 피가 흐르다니. 그러고 보니 사나에가 이국의 노래를 불렀던 것 같다.

"모든 사정을 얘기해 준 뒤, 아버지가 그랬어. 우류 가 사람은 모든 면에서 속죄를 해야 한다고. 당신 다음에는 미안하지만 내가 뒤를 이어 주었으면 좋겠다고. 그러기 위해 어릴 때부터 여러 가지 영재 교육을 시킨 거라고. 그래서 나는 말했지. 그렇다면 내 방식대로 하겠다. 뇌의학 길로 나가서 희생된 사람들을 원래대로 돌려놓겠다고. 최종적으로는 중국에 가서 친아버지를 찾아서 내 손으로 고쳐 주고 싶었다."

"그래서 의학을⋯⋯."

또 한 가지 수수께끼가 풀렸다. 이 녀석이 의사가 된 것은 역시 허세나 객기가 아니었다.

"그렇지만 이상하지 않냐. 너는 희생자 쪽 사람이잖아. 그런 네가 속죄를 해야 하다니."

유사쿠가 말하자, 아키히코는 뭔가 눈부신 것이라도 보듯이 눈을 가늘게 떴다.

"내게 어떤 피가 흐르는지는 관계없어. 중요한 건 내게 어떤 숙명이 주어졌는가야."

"숙명."

그 말은 유사쿠의 머릿속 저 밑에서 울렸다. 동시에 조금 전 우류 가에 입양된 아키히코를 질투한 것을 부끄러워했다. 그 숙명을 위해 아이다움을 잃고, 인생의 대부분을 희생해야 하는 처지를 어떻게 부러워할 수 있을까.

"잘 알았어." 유사쿠는 중얼거렸다. "역시 내가 졌다. 넌 이길 수가 없구나."

그러자 아키히코가 웃으면서 손을 저었다.

"그렇지 않아. 미사코가 있잖아. 미사코에 관해서는 나의 완패야."

"미사코라……."

미사코 얼굴이 떠올랐다. 그건 10여 년 전 그녀의 모습이었다.

"미사코와 결혼한 것도 속죄의 일환이냐."

문득 생각나서 물어보았다. 아키히코는 약간 심각한 표정이 되었다.

"만난 계기는 그랬지. 아버지가 해 온 것처럼 피해자들에게 보상하겠다는 마음으로 미사코를 만났지. 하지만."

아키히코는 고개를 저었다.

"속죄나 동정으로 결혼한 건 아냐. 그런 식으로 그녀의 인생을 일그러뜨릴 권리는 내게 없어."

"하지만 미사코는 괴로워하고 있어. 너를 알고 싶은데 그걸 거부하기 때문에. 마음을 열어 주지 않고, 방문도 열쇠로 잠그고."

"미사코를 거부할 마음은 전혀 없었어."

그렇게 말하고 희미하게 웃는 아키히코의 눈에는 깊은 외로움
이 서려 있었다.

"솔직히 더 잘 지낼 수 있을 거라 믿었어. 우류 가 비밀 같은
건 조금도 눈치채지 못하게 하고 그녀를 행복하게 할 수 있을 줄
알았어."

"너도 못하는 게 있었냐."

유사쿠가 말하자, 아키히코는 고뇌에 찬 미소를 지었다.

"미사코에게 마음을 열고 싶었다. 간절히 그러길 바랐어. 같
이 있는 시간이 길어질수록 그런 마음이 더 커져 갔어. 그러나
만약 그렇게 되면 비밀을 계속 지킬 수 있을지 자신이 없었어.
다 얘기하고 후련하게 지내고 싶지 않을까 두려웠어. 방문을 열
쇠로 잠그는 것은 미사코가 들어올까 봐서가 아니라 내가 미사
코에게로 도망치는 걸 막기 위해서였어."

"마음의 열쇠인가……."

"그런데 감성이 예민한 미사코는 그런 부자연스러움을 바로
알아차린 것 같아. 나로서는 완전히 체념했지. 앞으로도 뒤로도
갈 수 없었어."

그렇게 말하고 아키히코는 실제로 두 손을 낮게 들었다.

"그래, 어떡할 거야? 이제 앞으로든 뒤로든 가지 않으면 안 되
잖아." 유사쿠가 물었다.

아키히코는 잠시 눈을 내리떴다가 다시 유사쿠를 똑바로 보더니 말했다.

"이제 숨길 수 있는 상황이 아니지."

유사쿠는 끄덕였다. 동감이었다.

"천천히 시간을 들여 설명할 생각이야." 아키히코가 덧붙였다.

"그게 좋겠네."

유사쿠는 좀 전에 만난 미사코를 떠올렸다. 그녀가 우류 가로 돌아간 것은 아키히코의 결의를 느껴서일 것이다. 어딘가 빛이 나 보이는 것도 그 때문이다.

그리고 유사쿠는 두 번 다시 그녀의 마음이 자기한테 향하는 일은 없을 거라고 생각했다.

"완패다."

유사쿠는 중얼거렸다.

"응?"

아키히코가 물어서 "아무것도 아냐." 하고 고개를 저었다.

유사쿠는 멀리로 시선을 보냈다.

"해가 완전히 저물었네."

주위는 어둠에 감싸여 있었다. 유사쿠는 양팔을 활짝 펴더니 "그럼 슬슬 가 볼까." 하고 말했다. 아키히코도 끄덕였다.

조금 걷다가 유사쿠는 멈춰 섰다. 그리고 돌아보았다.

"마지막으로 한 가지 물어도 되냐."

"뭐냐."

"누가 먼저 태어났냐?"

　그러자 어둠 속에서 아키히코가 조그맣게 웃더니, "너." 하고,
조금 장난스러운 목소리로 대답했다.

지금 한국에서 가장 많은 책이 팔리는 작가는 히가시노 게이고다. 전 세계에서 가장 많은 책이 팔렸다는 스티븐 킹의 존재감도 한국에서는 미미하고, 한때 선풍적인 인기를 얻었던 무라카미 하루키도 이제는 수그러들었다. 히가시노 게이고는 한국에서 지난 10여 년간 가장 많은 책이 팔린 작가로 기록되었고, 전 세계에서 1,200만 부가 팔린 《나미야 잡화점의 기적》은 한국에서 100만 부가 넘었고, 신작 《녹나무의 파수꾼》도 출간되자마자 10만 부가 팔려 나갔다. 100만 부를 넘은 《나미야 잡화점의 기적》은 미스터리 독자만이 아니라 일반 독자들까지 쉽게 접근할 수 있는 다정한 판타지라는 점에서 주목할 만하다. 히가시노 게이고는 미스터리 장르를 잘 쓰기 때문에 인기를 얻는 것을 넘어 일반 독자들의 공감을 많이 얻는 작가임을 증명한 것이다.

1958년 오사카에서 태어난 히가시노 게이고는 대학에서 전기 공학과를 졸업한 후 1981년 전기회사에 엔지니어로 취직을 했다. 고등학교 시절부터 습작을 했던 히가시노는 직장을 다니면서 밤에는 소설을 쓰고 신인상에 투고를 하다가 1985년 《방과 후》로 에도가와 란포상을 받으며 데뷔했다. 그리고 35년이 넘는 시간 동안 100여 권의 책을 출간했다. 작품의 발표 속도는 다작의 왕이기도 한 스티븐 킹에 필적하고, 본격 미스터리에서 출발하여 트릭보다는 범인의 동기를 파고들거나 시대상을 그려내는 사회파 미스터리 그리고 SF와 판타지까지 다양한 장르를 넘나들었다. 그러면서 작품에 대한 평가들도 점점 높아지고 있다. 초기에는 재미있는 소설을 쓰지만 깊이가 부족하다는 평가가 가끔 있었지만 21세기 이후의 평가는 거의 칭찬 일색이다.

2006년 나오키상을 받은 《용의자 X의 헌신》은 히가시노 게이고가 어떤 작가인지 분명하게 보여준다. 수학의 천재이지만 세상에서 소외된 채 살아가던 초라한 남자가, 폭력적인 전 남편을 죽인 여성을 구하기 위해 헌신적인 알리바이를 만들어낸다. 짝사랑하던 그녀를 위해 자신의 모든 것을 바친다. 남자는 수학자다. 수학과 과학은 하나의 분명한 답을 위해 필요 없는 모든 것을 버린다. 냉정해 보이지만 이상적인 목표를 위해 헌신하는 순수한 열정과 온정이 숨어 있다. 히가시노의 작품에서는 언제나 진한 여운이 느껴진다. 히가시노 게이고는 과학도의 냉엄한 시선으로 세상을 지켜보면서, 치열하게 살아가는 인간의 체온을 찾아내는 로맨틱한 작가다.

일본에는 공포소설 《검은 집》과 SF 《신세계에서》의 기시 유스케, 사회드라마 《남쪽으로 튀어》와 SF 《꿈의 도시》의 오쿠다 히데오 등 장르를 넘나들며 작품을 발표하는 작가들이 많다. 히가시노 게이고는 명확하게 미스터리에 중심을 두면서도 소재와 주제를 다양하게 확장해 온 작가다. 본격 미스터리는 기발하면서도 논리적인 트릭에 중점을 두고 사건을 풀어간다. 학원 본격 미스터리라고 할 《방과 후》에 이어 《백마산장 살인사건》 《11문자 살인사건》 《브루투스의 심장》 등 본격 장르의 작품을 이어가던 히가시노는 1990년 《숙명》을 발표한다. 히가시노 게이고가 자신의 작품세계를 확장하기 위해 야심을 갖고 도전한 작품이다. **"추리소설이 겨우 이런 거야, 라는 반응은 절대 나오지 않게 하겠다."**

대기업 UR전산의 사장 우류 나오아키가 죽은 후 취임한 새로운 사장 스가이 마사키요가 살해당한다. 살인 흉기는 나오아키의 소장품이었던 석궁과 독화살이었고, 나오아키의 장남 아키히코와 차남 히로마사 등이 의심을 받는다. 아키히코는 아버지의 대를 이을 생각이 없었고, 의대에 진학하여 뇌신경외과에서 연구를 하고 있다. 수사를 맡은 시마즈 경찰서에 근무하는 형사 와쿠라 유사쿠는 우류 아키히코와 오랜 인연이 있었다.

《숙명》이라는 제목처럼, 유사쿠와 아키히코는 오랜 숙적이었다. 중학교 때 만난 두 사람은 물과 기름처럼 달랐다. 친구들과 잘 어울리는 리더 역할이었던 유사쿠와 달리 아키히코는 늘 혼자였다. 하지만 공부도, 운동도 유사쿠는 결코 아키히코를 이길 수 없었다. 아무리 노력해도 소용없었다. 운마저 따라주지 않았다. 부잣집 아들이기도 한 아키히코를 유사쿠는 결코 이길 수 없다고 생각했다.

살인 사건이 벌어진 후 아키히코를 만난 유사쿠는 그들 사이에 또 다른 숙명이 있음을 알게 된다. 그들은 한 여인을 사랑하고 있었다. 유사쿠의 첫사랑이고 지금도 잊지 못하는 미사코가 아키히코의 부인이 되어 있는 것이다. 혼란스러운 감정으로 수사를 하던 유사쿠는 아키히코에게 비밀이 있다는 것을 직감하고 사건의 이면을 파고 들어간다. 도저히 벗어날 수 없는, 그들을 둘러싼 숙명은 과연 무엇일까.

유사쿠와 아키히코에게 주어진 숙명은 전전대까지 올라간다. 아키히코의 할아버지는 인간을 대상으로 하는 비밀 실험에 관여했다. 유사쿠가 살던 집 근처에 있는 벽돌 건물에는 당시 실험을 진행했던 의사가 있었다. 이야기 초반에 그들을 둘러싼 과거가 암시되고, 살인 사건의 수사를 하는 과정에서 비극적인 과거가 드러난다. 히가시노는 《숙명》 이후 많은 작품에서 인간의 '과학 문명에 대한 경고'를 하고 있다.

《숙명》에서도 비인간적인 인체 실험이 이루어진 이유는 **"뇌 속에 정밀 부품을 심을 수 있다면 외부에서 전파를 보내서 감정도 조작 가능하지 않겠냐고. 그리고 그것이 가능해지면 어떤 상대든 스파이로 만들 수 있다"**는 것이었다. 인간이라는 존재 나아가 우리가 살아가는 자연과 지구를 이기적인 목적으로 훼손하고 파괴하는 행동은 너무나 많이 있어 왔다. 그리고 지금, 미래에도 사라지지 않을 것이다. 히가시노 게이고는 인간의 오만과 욕심으로 빚어진 비극적한 사건들을 그리면서 인간의 진정한 가치에 대해 이야기한다.

《숙명》은 유사쿠와 아키히코의 오랜 갈등을 바탕으로 비극적인 운명을 파고든다. 《숙명》의 주인공들은 저마다 '운명' 나아가 '숙명'의 무게를 느낀다. 반드시 의대를 가고 싶었던 유사쿠는 시험 전날 밤 아버지가 쓰러지면서 기회조차 잃어버린다. 당장 가정을 책임져야 하는 상황에서 유사쿠는 아버지의 뒤를 이어 경찰이 되기로 한다. 연인인 미사코와도 헤어진다. 미사코는 자신의 실력으로 힘들다고 생각했던 대기업에 들어가 임원의 비서가 되었고, 그의 아들 아키히코와 결혼을 하게 된다. 그를 정말 사랑하는지 의심은 했지만, 거절할 이유를 찾지 못했다. 미사코는 자신이 살아온 과정을 헤아리며 **'보이지 않는 실이 아닐까. 그 실이 아직 존재하고 있어서 지금도 내 인생을 조종하는 게 아닐까…….'** 하고 생각한다. 그들이 태어나기도 전부터 만들어진 과거, 숙명은 연쇄적으로 그들의 현재를 뒤흔든다.

그러나 아키히코는 말한다. **"나 이외의 사람이 내 인생을 정하는 건 딱 질색이야. 나는 내가 하고 싶은 것을 하고 싶은 대로 할 뿐이야."** 보통 숙명이라 하면 강력하게 옭아매는, 피할 수 없는 운명을 말한다. 유사쿠와 아키히코에게는 숙명이 있었다. 그들이 태어나기 이전부터 정해져 있는 것들이 존재했다. 그렇다면 그들은 과연 무엇을 할 수 있을까. 아키히코는 자신이 어떤 숙명에 놓여있는지 조금 먼저 알 수 있었다. 그래서 선택과 의지로 다른 길을 걸었다. 유사쿠와 미사코는 시간이 흐르고야 겨우 숙명을 알게 되었다. 그들 모두 숙명이란 결국 자신이 어떻게 받아들이고, 어떻게 살아가는지에 달려 있음을 알게 된다.

히가시노 게이고는 작가 이전에 이공계 출신의 엔지니어였다. 이공계의 두뇌는 논리적인 트릭과 추리를 다루는 것에 도움이 될 것이다. 마찬가지로 미스터리의 소재로 의학과 과학 분야 등을 다룰 때에도 강점이 있다. 《용의자 X의 헌신》 등의 '탐정 갈릴레오 시리즈'는 물리학 교수인 유가와가 주인공이다. 유가와 교수는 허점을 파고들기 힘든 기묘한 현상이나 치밀한 트릭의 구조를 예리하게 포착하여 범인을 찾는다. 《숙명》 이후에 발표한 《변신》《아내를 사랑한 여자》《레몬》《아름다운 흉기》 등의 작품에서는 뇌과학과 신경심리학, 약물복용, 인체 개조, 유전학, 인간 복제, 성정체성 등 과학과 의학 분야의 첨단 소재를 적극적으로 끌어들인 이야기를 만들어냈다. 히가시노 게이고의 소설은 설정과 구성을 이과의 논리적 방식으로 치밀하게 구축한 후에 일사천리로 달려간다고 할 수 있다. 인물의 심리를 깊게 파고들기보다 주변 상황을 자세하게 전달하면서 자연스레 드러나게 만든다. 즉 갈등이 선명하고, 치밀한 구조로 독자의 흥미를 자아내며 빠르게 전개되는 소설이다. 그렇기에 다양한 성향의 독자가 쉽게 접근할 수 있고, 빠져든다.

《변신》에서는 사고로 뇌 이식 수술을 받게 된 청년이 성격이 변하는 등 이상한 경험을 하면서 기증자가 누구인지 알고 싶어 한다. 《분신》에서는 전혀 다른 삶을 살아 온 두 여성이 각자 출생의 비밀을 찾아가다가 운명적인 만남을 이룬다. 《아내를 사랑한 여자》에는 성정체성의 혼란으로 남성이 되려 하는 여성이 나온다.

비현실적인 소재이지만《비밀》에서는 교통사고로 아내가 죽고 딸이 겨우 살아난 후 딸의 몸에 아내의 영혼이 들어갔음을 알게 된다. 그들의 잘못이 아님에도, 그들은 모두 극적인 삶의 변화를 겪게 된다. 그리고 선택을 한다. 지금부터 내가 어떻게 살아가야 할 것인지 판단하고 선택해야 한다. 이미 존재하는 현실은 어쩔 수 없다. 그렇다면 지금 나는 '숙명'을 받아들이면서, 무엇을 해야 하는가.

히가시노 게이고는《숙명》으로 작품세계를 넓힌 이후 점점 확장한다. 1996년작 가가 형사 시리즈인《악의》에서는 누가 왜 사람을 죽였는지 동기를 깊숙하게 파고들어 간다. 사람을 죽이는 이유는 다양하다. 겨우 그런 정도로 사람을 죽일 수 있는가 묻는다면, 히가시노 게이고는 그렇다고 답한다. 인간은 다양하다. 깊이도 모두 다르다. 각자 자신만의 이유로 살아가고, 또 죽인다. 1999년작《백야행》에서는 한 여인을 사랑했기 때문에 수십 년 동안 어둠 속에서만 살아온 한 남자의 이야기를 통해 일본 사회가 어떻게 70, 80, 90년대를 통과했는지를 그려낸다. 탁월한 세태 소설이며 동시에 지독한 로맨스 소설이다.

엄청나게 다양한 소재를 다루는 히가시노 게이고이지만 결코 소재를 그럴듯하게 다듬어내는 것에만 능한 작가는 아니다. 가장 좋아하는 책이 만화인《내일의 죠》와《거인의 별》이라 말하는 것처럼, 히가시노는 인간의 초월적인 의지와 타인에 대한 연민이 무엇인지 잘 알고 있으며 그것을 작품에 표현하는 작가다.《나미야 잡화점의 기적》에서 판타지를 통해 인간의 '기적'을 성실하게 그려내기도 하는 것처럼 히가시노의 소설에는 언제나 '인간'이 중심에 있다. 그것이야말로 히가시노 게이고의 소설이 그토록 많은 독자에게 사랑받는 이유다.

숙명 宿命

2020년 5월 29일 1판　1쇄 발행
2024년 3월　5일 1판 12쇄 발행

지　은　이　히가시노 게이고
옮　긴　이　권남희
발　행　인　유재옥

이　　　사　조병권
출 판 본 부 장　박광운
편　집　1　팀　박광운 최서영
편　집　2　팀　정영길 조찬희 박치우 정지원
편　집　3　팀　오준영 이해빈 이소의
표지일러스트　장민지
외 부 디 자 인　성지선
디 자 인 랩 팀　김보라 박민솔
디지털사업팀　박상섭 김지연 윤희진
라이츠사업팀　김정미 맹미영 이윤서
영업마케팅팀　최원석 박수진
물　류　팀　허석용 백철기
경 영 지 원 팀　최정연
발　행　처　㈜소미미디어
인쇄제작처　코리아피앤피
등　　　록　제2015-000008호
주　　　소　서울시 마포구 토정로 222번지, 403호
판　　　매　(신수동, 한국출판콘텐츠센터)
전　　　화　편집부 (070)4164-3960 기획실 (02)567-3388
　　　　　　판매 및 마케팅 (070)8822-2301, Fax (02)322-7665

ISBN 979-11-6507-725-9 (03830)